D1134473

De New Yorkers

Cathleen Schine

DE NEW YORKERS

Vertaald door Carla Hazewindus

ARENA

Oorspronkelijke titel: *The New Yorkers*
© Oorspronkelijke uitgave: 2007 by Cathleen Schine
Published by arrangement with Sarah Crichton Books, an imprint of Farrar,
Straus and Giroux, LLC, New York
© Nederlandse uitgave: Arena Amsterdam, 2007
© Vertaling uit het Engels: Carla Hazewindus
Omslagontwerp: Janine Jansen
Foto voorzijde omslag: Joyce Ravid
Foto achterzijde omslag: James Hamilton
Typografie en zetwerk: CeevanWee, Amsterdam
ISBN 978-90-6974-862-7
NUR 302

Dit boek is opgedragen ter herinnering aan Buster die me in anderhalf jaar meer over de stad heeft geleerd dan ik zelf in dertig jaar te weten was gekomen, en aan Janet die ook van hem hield.

Dankwoord

Mijn dank gaat uit naar mijn vriendin en redacteur Sarah Crichton en mijn vriendin en agent Molly Friedrich voor hun inzet, vakkundigheid en gevoel voor humor. En mijn zoon Tommy Denby wil ik bedanken voor de titel.

Proloog

Het is alweer een paar jaar geleden dat ik in de straat woonde die in dit verhaal een rol speelt. Het was geen trendy New Yorkse buurt. Er zijn geen herenhuizen, geen smalle historische pandjes, geen plakkaten ter nagedachtenis van voormalige beroemde bewoners. Het was zelfs niet eens een bijzonder mooi blok. De appartementsgebouwen waren weliswaar oud maar onbeduidend qua architectuur, en werden afgewisseld door winkels en bedrijfjes. De huizen langs de straat waren bijna allemaal opgesplitst in appartementen waarvan de meeste huurwoningen waren. Dat het merendeel van de huizen werd verhuurd, had ervoor gezorgd dat de buurt niet was veryupt, iets waar de aangrenzende buurten wel last van hadden. De buurt was daardoor nog steeds betaalbaar voor ploeterende musici, acteurs, secretaresses en glazenwassers, van wie sommigen in de loop der tijd succesvol werden en anderen gewoon oud. Een door de regering gesubsidieerd bejaardenhuis waar op donderdagavond AA-bijeenkomsten werden gehouden, droeg bij aan de couleur locale van de buurt. Dat gold ook voor de twee kerken waarvan de portalen elk een slaapplaats boden aan een vaste dakloze: een grote man met een keurige baard bij de lutherse kerk, en een verwarde vrouw op de stoep van de katholieke kerk. Er was ook een bar van waaruit een gestage voorraad bierflesjes zijn weg naar de straat vond. Doordat de straat dicht bij Central Park lag, werd hij druk bezocht door professionele hondenuitlaters, van wie je echt niet kon verwachten dat ze de uitwerpselen opruimden van de zeven à acht honden door wie ze werden voortgetrokken. En dus was de op zichzelf al niet zo fraaie straat, ook niet zo'n heel erg schone straat. Maar toch was het de fijnste straat waarin ik ooit heb gewoond. En de interessantste.

EEN
'Ik woon hier! Ik woon hier!'

We beginnen ons verhaal met Jody. Ze woonde al vanaf haar college-tijd in een appartement in het blok. Toentertijd was het een luxe wo-ning, zeker in vergelijking met het studentenhuis waar ze vandaan kwam. Na twintig jaar was voor haar de luxe van die ene kamer er wel vanaf, maar het ochtendlicht was nog steeds prachtig, de huur was nog steeds laag, en de grote kamer met een prachtige erker, hoog pla-fond en fraai lijstwerk, was nog steeds haar thuis.

Aan de achterkant van de kamer leidde een trapje naar een piep-klein keukentje, en nog een trapje op kwam je in de badkamer. Jody had het appartement onlangs zelf geschilderd, in een zachtgele kleur met de naam Nigeriaanse Pioen. Het lijstwerk en het plafond, waar ze bijzonder trots op was, waren glanzend wit. Elke keer dat de kamer baadde in het zonlicht dat door het grote erkerraam naar binnen viel, prees ze zich gelukkig met de sereniteit van haar geordende bestaan, daarin gesterkt door het idee dat de weekends die ze boven op een ho-ge ladder had doorgebracht, de moeite waard waren geweest. Inmid-dels stond de ladder in de linnenkast bij haar dure en zorgvuldig opge-vouwen lakens. Jody was over het algemeen genomen vrij zuinig en haar kleren kocht ze meestal bij winkelketens met redelijk geprijsde kleding. Lakens waren echter een heel ander verhaal. Voor haar waren lakens offerandes die vol ontzag en in alle nederigheid aan de goden van de nacht werden aangeboden. Elke nacht dat Jody zich onder het Egyptisch katoen uitstrekte, deed ze dat niet uit genotzucht, maar als een boeteling, een pelgrim, iemand die zoekende was, en hetgeen ze zocht was dus slaap.

In het holst van de nacht waarop ons verhaal begint, lag Jody, zoals in het holst van bijna alle nachten, in bed te piekeren. Overdag was ze een opgewekt iemand, zelfs een tikje aan de overdreven kant, maar 's nachts leed ze. De details uit haar drukke bestaan hingen dreigend als spoken boven haar, net zoiets als belastingaanslagen of boze schoonmoeders. Ze staarde in het donker en zag haar fouten en te- kortkomingen onder ogen. Op dit soort momenten werd ze omringd door een dikke duisternis, drukkend warm en dichtbij, en tegelijker- tijd kil en onverschillig. Natuurlijk probeerde ze het met tellen, en te- rugtellen, alsof ze op het punt stond onder het mes te gaan en net de verdoving toegediend had gekregen. Ze probeerde het met zingen, soms de melodie van een stuk dat ze aan het oefenen was, soms liedjes van Gilbert en Sullivan, waarvan ze alle teksten kende, een erfenis die ze van thuis had meegekregen. Af en toe kreeg ze de neiging de meest melodische fragmenten lekker hard te zingen, en haar stem door de donkere slaapkamer te laten schallen. Maar dat deed ze niet. Zelfs al lag er niemand naast haar – en dat was gewoonlijk het geval – dan nog zou haar stem bespottelijk klinken tussen de demonen van haar slape- loosheid.

Meestal zei ze de dag daarna op school dat ze geen oog had dichtge- daan. Dat vormde in ieder geval een kleine compensatie voor haar sla- peloosheid. De andere leerkrachten knikten dan, niet zozeer uit me- deleven als wel uit begrip, en het allerbelangrijkste, ontzag. Iedereen had wel eens een slapeloze nacht, maar ze waren het er allemaal over eens dat de nachten van Jody wel het meest slapeloos van iedereen wa- ren. Het verleende haar een zekere status, die ze min of meer koester- de.

Jody beschreef haar gevecht om in slaap te vallen altijd met een glimlach. Terwijl ze anders zo bescheiden was, kreeg ze op die mo- menten iets uitermate zelfvoldaans. Misschien had ze zich anders ge- dragen als het gebrek aan slaap aan haar te zien zou zijn geweest. Maar Jody's ogen stonden helder en er waren geen wallen te zien. Met haar korte blonde haar, gekleed in een pas gestreken blouse en een strak zit- tende broek, straalde ze een soort zonnige schoonheid uit. Ze rook fris en ze bewoog zich met een soort ingehouden energie. De kinderen waren dol op haar, ze werkte hard en mensen waren haar vaak dank- baar. Ze klopten bij haar aan als ze hulp of raad nodig hadden, en hoewel ze nog maar negenendertig was en er jonger uitzag, werd ze liefkozend 'Goeie ouwe Jody' genoemd.

Haar collega's waardeerden haar en waren aardig tegen haar, maar ze was met niemand bevriend. Jody vroeg zich regelmatig af of dat soms aan haar lag. Maar aan wie zou het anders moeten liggen? Het kon moeilijk aan de postbode liggen, hield ze zich zelf maar voor. Het lag ook niet aan de conrector. Het lag zelfs niet aan de Republikeinen. Maar wat deed ze dan verkeerd? Dat was voor Jody een raadsel, iets waar ze dus 's nachts in bed over lag te piekeren.

Natuurlijk had ze een hond genomen. Eigenlijk was ze van plan geweest een kat te nemen, omdat ze zich naar haar idee in een rap tempo tot een excentrieke oude vrijster aan het ontwikkelen was, en dus ook maar de daarbij passende attributen hoorde aan te schaffen. Maar toen ze eenmaal in het asiel was, zag ze een al wat oudere hond, een uit de kluiten gewassen bastaard pitbull, zo spierwit dat het wel roze leek, een vrouwtje. De hond kwispelde dermate overtuigend pessimistisch met haar staart dat Jody het enorme beest mee naar huis nam. Ze noemde de hond Beatrice, hoewel ze gezworen had haar nieuwe huisdier geen mensennaam te geven omdat ze dat aanstellerig vond en uitermate sneu voor een vrouw zonder kinderen. Maar toch had deze hond recht op een echte naam, vond ze. Beatrice was geen jonkie. Het asiel had haar opgepakt toen ze langs de straten van de Bronx zwierf. Ze was uitgehongerd, zat onder de teken en had duidelijk een zwaar bestaan geleid. De naam Beatrice bezat een zekere waardigheid, en Jody vond dat deze oude hond dat verdiende.

Beatrice was inmiddels dikker geworden en zag er goed verzorgd uit, een imposant dier, met raadselachtige blauwe ogen waarmee ze Jody voortdurend nauwlettend in de gaten hield. Ze bewoog zich traag, was niet erg speels, maar wel lief, en ze leek vooral dol op vreemden die ze heel blij begroette door met haar volle gewicht tegen hen aan te gaan staan, zich er totaal niet van bewust dat zo'n begroeting niet altijd op prijs werd gesteld. Ze vertrouwde iedereen, wat eens te meer een bewijs was van haar goede karakter, want tot dat moment was niemand dat vertrouwen waard geweest. Beatrice leek boven alle wereldse tekortkomingen te staan. Het was alsof ze wilde zeggen dat ze veel had meegemaakt, en dat daarom niets haar meer verbaasde, niets haar meer bang maakte en niets haar meer van haar stuk kon brengen. Ze mocht blij zijn dat ze nog leefde, en het was alsof ze zich daarvan bewust was.

Jody deed het licht aan en keek naar Beatrice die naast het bed op het kleed lag. Ze gaf een klopje op het brede voorhoofd van de hond. Beatrice had een grote, vierkante kop, zoals een kind een hondenkop zou tekenen. Haar bek was zo breed dat het leek alsof ze grijnsde, en haar tong hing naar buiten als een grote roze lap. Beatrice deed haar vierkante kop omhoog en likte Jody's hand. Jody kriebelde aan de oren van de hond en dacht: ik ben nu een excentrieke muzieklerares met een hond in plaats van een excentrieke muzieklerares met een kat. Ik maak stevige wandelingen in de regen met mijn hond in plaats van behaaglijk bij de elektrische kachel te zitten met een kop thee en een kat op mijn schoot. Hoewel, dacht ze, terwijl Beatrice zich met haar bleke lijf op het bed hees, er is ook niet zo veel verschil. Zo erg had ze het nou ook weer niet getroffen. Ze had Beatrice acht maanden geleden aangeschaft, acht maanden van verrukkelijke, wederzijdse adoratie en kameraadschap. Wanneer ze zich eenzaam voelde, hoefde ze maar naar Beatrice te kijken. Wanneer ze tegen iemand wilde praten, praatte ze tegen Beatrice. Hoewel haar leven naar normale maatstaven niet echt compleet te noemen was, vond Jody dat het er best mee door kon.

Toen kwam Jody Everett tegen en werd verliefd. Dat gebeurde net twee dagen na de slapeloze nacht die hiervoor werd beschreven. Nadat Jody de hele week kindertjes had geleerd samen te zingen en met houten blokken een driekwartsmaat te tikken, ging ze aan het begin van het weekend naar buiten voor een fijne wandeling met Beatrice. Het was februari en elke avond bleef het een beetje langer licht. Maar op deze bewuste middag sneeuwde het lichtjes en was alles grijs. Eenmaal in het park was Beatrice zo opgewonden als een kind, ze begroef haar neus in het dunne laagje sneeuw op het gras, ging er als een bezetene in liggen rollen en trapte met haar poten in de lucht. Geamuseerd en vertederd bleef Jody een beetje langer in het park dan gewoonlijk, hoewel het al flink sneeuwde en ze kletsnat was toen ze weer terug naar huis liepen. In de dwarrelende sneeuw stonden ze te wachten voor het rode licht op Columbus Avenue. Op het moment dat het licht op groen sprong, zag ze Everett. Natuurlijk wist ze niet dat hij zo heette, maar toen hij door het gordijn van sneeuw naar haar lachte, vond ze dat ze nog nooit zo'n knappe man had gezien. Ze draaide zich om en zag dat hij de overdekte markt op de hoek in ging. Hij zal wel in de buurt wonen, dacht ze, en hij is vast even de deur uit gegaan om een pak melk te kopen. Als het niet zo koud was geweest, ze zich niet ervoor had gegeneerd en geen enorme pitbull aan de riem had gehad, was ze blijven wachten en was ze achter hem aan naar zijn huis gelopen.

Nu ben ik echt een oude vrijster, dacht ze, ik word dus verliefd op de eerste de beste onbekende man die ik op straat tegenkom. En om dit nog eens even te onderstrepen, zette ze zodra ze thuiskwam theewater op.

Everett ontdekte pas dat het sneeuwde toen hij buiten kwam. Hij deed de deur open en meteen prikten de dwarrelende vlokjes in zijn ogen. Aan een paal stond een fiets vast waarvan het zadel, de handvatten en de banden waren bedekt met een kussentje sneeuw.

Everett was een heel gewone man, totdat hij lachte. Dan werd hij knap, of zelfs mooi, en opvallend. Met zijn tikkeltje ronde gezicht en regelmatige trekken zag hij er jongensachtig uit, een beetje sombere jongen weliswaar, maar toch. Zijn bruine haar was niet licht en niet donker, met een heel klein beetje grijs. Alleen wanneer hij lachte, viel het mensen op dat zijn ogen stralend blauw waren en dat zijn wangen een soort jeugdige blos hadden, hoewel hij al vijftig was.

De laatste tijd had hij niet vaak gelachen. Hij zat in zak en as, zou zijn moeder hebben gezegd. Hij had zijn hele leven hard gewerkt. Dat deed hij nog steeds, en het verveelde hem. De jonge chemici die voor hem werkten, waren doodsbang voor hem, en hij schiep er genoegen in als zijn verveling werd doorbroken wanneer ze met gebogen hoofd en trillende stem hun resultaten meldden, een vraag stelden of alleen maar hun naam noemden. Wanneer een man van vijftig zich verveelt, duidt dat volgens de boekjes op een midlifecrisis. Leslie, Everetts vriendin, had hem al daarop gewezen.

'Nee,' zei Everett. 'Verveling is gewoon een gebrek aan fantasie.'

En hij had het nog niet gezegd of hij wist dat hij de spijker op de kop had geslagen; dat hij gebrek aan fantasie had en dat hij niet alleen verveeld was, maar ook gedeprimeerd.

'Neem toch prozac, of zoiets,' zei Leslie.

Maar Everett gebruikte al prozac.

'O,' zei Leslie. 'Nou, ga dan op reis.'

'Ik ga helemaal nergens naartoe,' zei Everett. Het klonk venijniger dan hij had bedoeld. Leslie wilde hem tenslotte alleen maar helpen. Maar hoewel hij nog maar een maand met Leslie omging, kwam het bij hem op dat zij een van de dingen was die hem verveelden.

'Het gaat wel weer over,' zei ze, en ze gaf hem een kus op zijn wang.

Ze hadden in Central Park West gewandeld. De avond viel over het Museum of Natural History. De blauwe gloed van het planetarium paste wonderwel bij de nachtelijke hemel, de kale bomen en de negentiende-eeuwse bakstenen muren. Everett zag de harmonie van het geheel en vond het iets troostrijks hebben.

'Ja,' zei hij.

'Het is net als herpes,' zei Leslie. 'Snap je? Of gordelroos.'

Everett miste zijn dochter. Als kind was ze dol op sneeuw. Nu zou ze net als iedereen haar ogen dichtknijpen tegen de wind en op weg naar de ondergrondse moeite doen om niet uit te glijden. Hij voelde het gemis van haar handje in de zijne. Toen ze het huis uit ging om naar *college* te gaan, was het appartement opeens leeg, en vanaf dat moment hadden Everett en zijn vrouw Alison elkaar aangestaard alsof ze vreemden waren. Hun dochter was verbijsterd en razend toen ze gingen scheiden. Ze wilde gewoon terug naar haar eigen huis kunnen gaan. Ze begreep niet dat ze dat huis met zich had meegenomen, voor altijd.

Everett was zich ervan bewust dat hij geen erg zorgzame vader was geweest. En daarom overviel de eenzaamheid hem des te meer. Natuurlijk had hij van Emily genoten en met haar gepronkt, maar hij had haar ook bekeken alsof ze een exemplaar uit een mierenkolonie was in een glazen mierenboerderij. Ze was altijd in de weer, ze had zo veel om zich druk over te maken, te regelen en voor elkaar te krijgen. Ze was zo luidruchtig. Maar nu was het stil in zijn leven, zo stil als een besneeuwde straat.

Hij stond op de hoek van de straat te wachten tot het licht op groen sprong. Toen de rode vlek veranderde in een groene, doemde er in de zilveren sneeuwstorm plotseling een pittig dametje met een gigantische hond op. De hond keek hem met samengeknepen oogjes aan. Ze liepen op elkaar af. De hond was zo wit dat zijn roze huid door zijn vacht schemerde. Hij zag eruit als een enorme laboratoriumrat. Met blauwe spleetogen. Everett veronderstelde dat de hond het wel koud moest hebben in deze felle sneeuwbui. Toen ze elkaar passeerden kwispelde het roze beest met zijn staart en drukte zijn snuit tegen zijn dij, waardoor een sliert kwijl op zijn broek terechtkwam.

'Beatrice!' zei de vrouw.

Everett vroeg zich af waarom honden zo dol op hem waren. Omgekeerd was dat namelijk absoluut niet het geval.

'Geeft niets,' zei hij, omdat de vrouw er zo te zien nogal mee zat. Ze was klein, had grote ogen en was vrij aantrekkelijk, maar ook een beetje gejaagd, vond hij. Hij dwong zichzelf zijn gehandschoende hand op de kop van de hond te leggen. 'Geeft niets,' zei hij weer en hij lachte, eerst naar Beatrice de hond, en toen naar de vrouw.

'O!' zei ze, en ze keek hem strak aan.

Everett liep verder. Bestonden er regels hoe je je moest gedragen als je in een hevige sneeuwstorm hondenkwijl op je kleren kreeg? Hij had zijn best gedaan.

Hij deed de zwarte plastic gordijnen opzij die de sinaasappelen, aardbeien, appels en tulpen tegen de ijzige wind moesten beschermen, en liep door naar de Koreaanse kruidenier. Hij wist niet of het wel echt Koreanen waren. Hij ging er maar van uit dat de winkelbediendes die Spaans met elkaar spraken dat niet waren. Hij kocht een pak melk en ging naar huis. Zijn schoenen waren wit en nat van de pasgevallen sneeuw. Hij liep langs de homo die het restaurant op de hoek runde en die met onder elke arm een hondje over het trottoir glibberde. Hij knikte, maar de man, hij dacht dat hij Jimmy of iets dergelijks heette, scheen hem niet op te merken, en hij voelde zich een beetje verongelijkt.

Toen hij het rode stoplicht zag opgloeien in de winterse bui, bleef hij op de stoep staan wachten voor een brancard die een ambulance werd ingeschoven. Hij vond het nogal goed van zichzelf dat hij niet keek naar de in dekens gewikkelde gestalte, en daarmee respect toonde voor de narigheid van een ander. Maar toen riep hij plotseling in een vlaag van paniek: 'Ik woon hier! Ik woon hier!' Hij werd door een politieagent bij de arm gepakt. 'Er is een ongeluk gebeurd in appartement 4F,' zei de man. Everett dacht: 4F. Die chagrijnige oude man van beneden. Hij had altijd een paraplu bij zich. Everett wachtte op de lift. Hij zag twee blikjes kattenvoer op het bedieningspaneel in de hal staan. Huurders lieten daar vaak dingen achter die ze kwijt wilden, maar op de een of andere manier niet konden weggooien. Hij werd daar woedend van. Het was hier toch niet het Leger des Heils? Hij woonde op de vijfde verdieping, maar stopte op de vierde en liep naar de deur van de man die altijd een paraplu bij zich had.

'Hij is dood,' zei een buurvouw opgewonden. Ze stond met haar oranje donsslippers voor appartement 4F, samen met de andere buren van wie de zondagsrust was verstoord, en in gezelschap van een aantal agenten. 'Ik weet niet eens hoe hij heet,' zei ze. Ze pakte Everett bij de arm. 'Hij heeft zelfmoord gepleegd,' voegde ze er zachtjes aan toe.

'Ik weet ook niet hoe hij heet,' zei Everett na een ongemakkelijke stilte, en hij voelde zich schuldig, alsof dat de reden was waarom de man er een eind aan had gemaakt. Hij zag de man voor zich, languit in de ambulance, zijn gezicht bedekt en zijn paraplu naast hem.

'Wat gaat er nu met die hond gebeuren?' vroeg de buurvrouw met de donsslippers aan de politieagenten, terwijl ze Everetts arm nog steeds vasthield. Everett keek vol afschuw naar haar schoeisel, haar slonzige sweatshirt en joggingbroek. Het kwam bij hem op dat hij van al zijn buren de naam niet wist, hoewel hij hier al twee jaar woonde. Hij deed een stap bij haar vandaan.

'Moeten we het asiel bellen?' vroeg iemand.

'Er is hier helemaal geen hond,' zei een van de agenten.

'Een puppy,' hield de vrouw vol. 'Die heeft hij sinds vorige week.'

Everett vroeg zich af waarom iemand een puppy neemt en vervolgens zelfmoord pleegt. Hij ging naar huis en zette het pak melk weg.

Hij voelde zich reuze opgekikkerd en een stuk minder verveeld dan toen hij de deur uit ging.

De sneeuwstorm hield nog vierentwintig uur aan en veranderde toen in een zachte vlaag van dikke, natte sneeuwvlokken, en hield helemaal op toen de temperatuur tot ver onder het vriespunt daalde. Kleine hondjes renden naar de ingesneeuwde auto's om triomfantelijk tegen de opgehoopte sneeuw te plassen. De straten waren stil en onbegaanbaar. Het was te koud voor kinderen om te sleeën. Om vijf uur 's middags nam Jody Beatrice mee naar het park. De oude hond had een dikke roze trui met een kabelsteek aan. Ze banjerde door de sneeuw, en Jody had moeite om haar bij te houden. De takken kraakten onder het gewicht van een glazig ijslaagje. De lucht was stil en bevroren als de dood zelf en werd af toe doorbroken met vlagen van een venijnige, gure wind. Op de paden van Central Park was zand gestrooid, dat inmiddels al in het vieze ijs was verdwenen. Jody moest bij elke stap oppassen dat ze niet uitgleed. Ze had een sjaal om haar hoofd gebonden die haar neus en haar mond bedekte, en ademde haar eigen warme adem in. Haar capuchon belemmerde haar het uitzicht zoals de oogkleppen van een paard.

Ze sloot even haar ogen tegen de snijdende kou, maar moest ze meteen weer opendoen om niet haar evenwicht te verliezen. De straatlantaarns leidden haar een voor een als gele lichtvlekken door de vallende duisternis. Net zoals de kruimeltjes bij Hans en Grietje, dacht ze. Boven aan de trap van Bethseda Fountain bleven ze staan, en ze keek uit over het bevroren meer. De ijslaag was ongerept, glad en donker. Ik ben hier alleen, dacht Jody. Haar hart sprong eventjes op van vreugde. In New York, midden in Manhattan was ze helemaal alleen. Het kon eigenlijk niet, maar waar ze ook keek zag ze alleen maar sneeuw en ijs en kale bomen tegen de strakke zwarte lucht. Er was verder niemand. Niet eens een eekhoorn. Jody zei iets, maar haar stem werd gedempt door de sjaal. Beatrice keek haar aan. Jody trok de sjaal weg en ademde de vrieskou in.

'We zijn alleen,' zei ze, nu hardop.

Toen ze even later weer haar straat insloeg, was ze zielsgelukkig met haar eenzaamheid. Zelfs de langlaufer die haar tegemoet kwam, kon niets afdoen aan haar gevoel van vrijheid en grenzeloze melancholie.

De hele week bleef het pak sneeuw liggen en was het ijskoud. Jody was jaloers op haar buren, twee mannen met een heleboel kleine kinderen, die hun cairn terriërs gewoon in de tuin konden uitlaten. Haar badkamerraam keek op de achterkant uit, en ze kon beneden de honden als dolfijnen door de hoge sneeuwhopen zien klieven. Ze was van plan naar de film te gaan met Franny, een tekenlerares van vijftig met een woeste haardos, die in de helende werking van kristallen geloofde. Maar het weer was te slecht en Franny had gezegd dat ze van plan was thuis met een joint lekker een video te gaan kijken.

Voor het gebouw waarin Jody woonde, liep een pad tussen twee sneeuwhopen waar het trottoir was geweest. Paadjes van bevroren voetstappen liepen naar de portieken die spiegelglad waren van het ijs. Jody liep achter Beatrice aan die weer de roze trui aanhad die Jody voor haar had gebreid. Vertederd keek ze naar de merkwaardige gang en de gebogen poten van de hond, en ze vroeg zich af welk paadje naar het huis zou leiden van de man die had gelachen. Na de dag van de sneeuwstorm had ze hem niet meer gezien.

Beatrice hurkte netjes voor de lutherse kerk, waarbij ze een diep, geel gat achterliet. Jody keek naar de spetters in de sneeuw. Wat zouden de parochianen wel zeggen? Met haar voet veegde ze er verse sneeuw overheen en liep snel terug naar huis.

TWEE
'Alles ziet er vandaag zo anders uit'

Opeens ging het dooien. De sneeuw verdween en liet een heleboel zompige rommel en viezigheid achter. Overal gigantische plassen en rivieren van afval. Onder de witte winterdeken kwamen verborgen schatten tevoorschijn: bananenschillen, patatjes en folders voor af-haalmaaltijden dreven vrolijk en vrij rond in de goot. Hondenpoep die op de sneeuwhopen was gedeponeerd, smolt kleddering op het natte trottoir.

Terwijl Jody met Beatrice naar een stroompje in de goot stond te kijken en wachtte tot ze daar veilig overheen kon stappen, kwam er een man naast haar staan die zei: 'Fleurige boel, vind je niet?'

'Het zijn net lijkjes die boven komen drijven,' zei Jody.

De man begon te grinniken en sprong over het stroompje. Jody was sprakeloos en verbouwereerd toen ze de man herkende naar wie ze had gezocht, de man die had gelachen. Hulpeloos keek ze toe toen hij in een taxi stapte en wegreed.

Fleurige boel, vind je niet? herhaalde ze bij zichzelf, nog nagenietend van het zinnetje.

Diezelfde zaterdagmiddag zag Jody terwijl ze uit het raam keek de man weer. Ze was aan het breien geslagen, als een soort grap vanwege haar bestaan als zogenaamde ouwe vrijster, maar tot haar verbazing genoot ze van de monotone handeling en was ze er bovendien nog goed in ook. Ze had al een tijdje voor het raam zitten wachten, ter-wijl haar breinaalden tikten en razendsnel bewogen. Misschien maak ik wel een das voor hem, dacht ze. Ze keek naar de bol lichtblauwe wol die eigenlijk bestemd was voor een trui voor Beatrice, maar die ook wel geschikt zou zijn voor een herendas. Toen ze opkeek, zag ze hem in het gebouw aan de overkant van de straat naar binnen gaan.

In ieder geval had de man die had gelachen nu een huis.

De daaropvolgende weken liet Jody Beatrice uit aan de kant van de straat waar volgens haar Everett woonde. Ze vond het prettig om naast het gebouw waar hij woonde te blijven kletsen met Heidi, iemand die ook haar hond uitliet. Heidi was al in de tachtig. Ze had de Holocaust meegemaakt en was desondanks een en al energie en optimisme. Nog niet zo lang geleden was ze gevallen en daarbij was ze een tand kwijtgeraakt, en ze moest nog een maand wachten voordat dat kon worden gerepareerd. Daarom probeerde ze, een beetje tevergeefs, niet te lachen. Haar hond, een dikke mopshond die Hobart heette, zat aan haar voeten en maakte zachte snurkende geluidjes. Elke dag liep ze vier keer met hem een blokje om, weer of geen weer. Zelfs in de sneeuw zochten ze hun weg lang alle geulen op de stoepen. Heidi had vroeger ook een pitbull gehad en daarom was ze dol op Beatrice. Ze wilde met iemand praten en daarom was ze dol op Jody. Het was een interessante vrouw, met talloze verhalen: over de oorlog, over het Israël van na de oorlog, over haar oude huis in Duitsland dat ze vijf jaar geleden weer had bezocht, over de man van wie ze gescheiden was, over haar zoon in New Jersey die dol op haar was, over haar ouders die ze in de Holocaust had verloren, en over de wilde eendenfamilie die toen ze klein was bij haar in de achtertuin woonde. En daarom was Jody ook dol op haar.

Op de eerste zonnige ochtend sinds weken, liep Jody met Beatrice de trap af en bleef op de stoep staan om de stralend heldere hemel te bewonderen. Ze zag Heidi met haar hondje dat in een geruit truitje was gehuld, langzaam op haar af komen, en ze liep hen tegemoet.

'Alles ziet er vandaag zo anders uit,' zei ze.

'Een en al kleur,' zei Heidi.

Een andere bejaarde dame, klein en zeer verzorgd, zwaaide naar hen in het voorbijgaan. '*Muchacho, muchacho,*' riep ze naar Hobart, die niet eens de moeite nam om in haar richting te kijken.

Heidi had een broek aan en een prachtig wollen jack. Zelfs in haar waterbestendige laarzen slaagde ze er zoals altijd in er Europees en elegant uit te zien. 'Je ziet er ongelooflijk elegant uit,' zei Jody, en ondanks de ontbrekende tand moest Heidi toch even lachen.

Op dat moment kwam Everett voorbij, en terwijl Jody nog steeds naar Heidi's dankbare lach keek, kon ze hem net uit haar ooghoek zien. Ze draaide zich om, nogal onbeleefd besefte ze, in de hoop Everett te kunnen aankijken, maar hij was alweer voorbij.

Het was tien over acht op een dinsdagochtend en de auto's die geparkeerd stonden aan de straatkant van de binnenstad waren allemaal weg en stonden nu dubbel geparkeerd aan de andere kant van de straat vanwege het 'beurtelings aan de andere kant parkeren'. Toen Jody net in New York was komen wonen, vond ze het geweldig om naar dit ritueel te kijken. Het was een stille, gracieuze en synchroon verlopende straatdans. Tegen de tijd dat het kwart over tien werd, gingen de eigenaars naar hun auto en reden terug naar de lege plaatsen aan de zuidkant van de straat. Vervolgens bleven ze in hun auto zitten wachten tot half elf om daarna de dansvloer te verlaten. Toen Heidi klaar was met haar verhaal over de wilde eenden, een van Jody's lievelingsverhalen, liep ze verder met Beatrice langs de rij dubbel geparkeerde auto's. Ze passeerde een citroengele Prius en een oud Volkswagenbusje met zogenaamd grappige bumperstickers. Jody liep in de richting van een groot gat vol zand in het wegdek waar Beatrice af en toe lekker in ronddarde. Maar voordat ze daar waren, hurkte Beatrice bij een witte suv en deed een plas.

Jody keek voor zich uit, deels uit beleefdheid ten opzichte van Beatrice, deels uit afwezigheid, toen ze opeens weer tot de werkelijkheid werd teruggeroepen door een flink kabaal.

'Haal verdomme dat kreng bij mijn auto vandaan!'

De vrouw in de witte suv stak haar hand uit het raam en sloeg op het portier. Jody stond vlak naast de auto en leunde er bijna tegenaan, maar door de grote zijspiegel en de getinte ramen had ze niet gezien dat er iemand in zat. Het geram op het portier was vlak naast haar hoofd, en ze schrok zich dood.

'Rot op!' schreeuwde de vrouw.

Jody deinsde terug en trok Beatrice met zich mee. De vrouw had een raar oranje gezicht en schudde met haar vinger naar haar.

'Ik hou jullie in de gaten,' zei de vrouw.

Een beetje trillerig liep Jody bij de suv vandaan. De vrouw had haar behoorlijk aan het schrikken gemaakt, maar bovendien had ze Jody het gevoel gegeven dat ze hier niet thuishoorde. Ze draaide zich om naar de SUV. 'Wij wonen hier ook, hoor.' Maar ze zei het zo zacht en ze voelde zich meteen zo vreemd, dat het leek alsof ze daar helemaal niet ook woonden.

Everett had die ochtend totaal geen zin om naar het lab te gaan. Hij keek naar de heldere februarilucht. Wat had hij daar aan? Hij zou die heel prachtige dag in zijn allerminst prachtige laboratorium moeten doorbrengen. Hij ging naar de Koreaanse buurtsuper om een muffin te kopen. En toen, zonder erbij na te denken, kocht hij zomaar een bos tulpen. Wat een onzin, dacht hij een beetje verbaasd terwijl hij met de heldergele bloemen naar de ondergrondse liep. Hij zou ze op zijn bureau kunnen zetten, en zijn collega's daarmee waarschijnlijk op het verkeerde been zetten. Dat zou in ieder geval leuk kunnen zijn. Toen zag hij het kleine vrouwtje met haar witte hond op de stoep staan. Ze zag er een beetje eenzaam uit, bijna verloren. Iets aan deze vrouw die daar zo verlaten in de zon stond, ontroerde hem en hij liep naar haar toe.

'Beatrice!' zei hij tegen de vrouw, omdat hij zich plotseling haar naam herinnerde.

De hond kwispelde met zijn staart.

'Wat kijk je somber,' zei hij.

'Sorry,' zei de vrouw, en ze keek vervolgens nog somberder.

'Nee, ik wilde zeggen dat ik net bloemen heb gekocht. Ik wist niet waarom, maar toen ik je zo zag staan, besefte ik...'

Goeie god, dacht Everett, en hij zweeg even. Ga ik echt die zin af-maken: besefte ik dat ik ze voor jou had gekocht?

'Ik besefte...' Hij zweeg weer. 'Nou, alsjeblieft, Beatrice,' zei hij. Hij gaf haar de bloemen en liep vlug weg.

'Dankjewel,' riep ze hem na, 'Maar...'

Hij draaide zich om, zwaaide en ging met zijn muffin op weg naar zijn werk, onderwijl met een soort gevoel van trots nadenkend over zijn impulsieve daad.

Jody zette de bloemen in een vaas. Ze zag er niet langer somber en verloren uit. Ze had hem gezien, met hem gesproken, en hij had tegen haar gesproken en haar bloemen gegeven, ook al dacht hij dat ze Beatrice heette.

De dagen verstreken en de stengels van de tulpen bogen door, de gele bloemblaadjes vielen op de tafel en Jody ging elke ochtend naar school en gaf muziekles aan kleine, snel afgeleide kinderen. 's Middags, wanneer ze thuiskwam, oefende ze op haar viool. Op sommige avonden speelde ze in een kamerorkestje en af en toe viel ze in voor een vriendin die speelde in de orkestbak van een Broadwaymusical. De das die ze voor de man wiens naam ze niet wist had gebreid, was af en nu was ze bezig aan een trui met een ingewikkeld kabelsteekpatroon, in een kleur blauw waarvan ze hoopte dat die bij zijn ogen paste. Dit hield Jody tijdens lange, slapeloze nachten bezig terwijl Beatrice op het kleed naast haar bed lag, haar achterpoten naar achteren gestrekt en haar voorpoten naar voren. Een bleekroze Superman met een lange dunne staart. Die man hoefde het natuurlijk nooit te weten te komen van die blauwe trui. Ze stelde zichzelf gerust met de gedachte dat de trui net zo goed voor haar vader kon zijn, hoewel hij er in Florida niet erg veel aan zou hebben.

Na februari werd het maart. Op een winderige avond maakte Everett het verslag af dat hij aan het schrijven was. Het verbaasde hem dat het al zo laat was. Hij was helemaal de tijd vergeten. Soms werkte hij tot drie uur door zonder het te merken. Zijn appartement stond nergens meer mee in verbinding, dacht hij wrang, niet eens met de tijd. Hij controleerde zijn e-mail, in de hoop op een berichtje van Emily. Het enige bericht was een politieke kettingbrief van Alison, zijn ex. Bijna dagelijks stuurde ze hem een verzoek voor een bijdrage. Sinds Emily studeerde, was dit inmiddels het enige contact dat ze hadden. Natuurlijk waren er ook nog financiële aangelegenheden en afspraken over Emily's vakanties. Maar voor de rest was de vrouw met wie hij tot twee jaar geleden zijn hele volwassen leven had gedeeld, een volslagen vreemde. Plotseling een vreemde, dacht hij, en hij vond dat niet onaardig klinken. In zijn hart en zijn hoofd nam ze zo ongeveer eenzelfde soort plaats in als zijn neef Richard. Als kind elkaars beste vriendje, tijdens de puberteit uit elkaar gegroeid, en sindsdien vreemden voor elkaar. Everett miste Richard opeens. Ze hadden samen gefietst en naar de Doors geluisterd, *stop-motion* films gemaakt met Richards 8mm camera, waarbij ze in niet-bestaande auto's door de straat reden waar Everett woonde. Ze gingen in zee zwemmen en vissen. Ze pletten mieren en hingen urenlang lamlendig voor de tv. Everett voelde zich oud, en was een beetje geschrokken dat hij tot één uur 's nachts had zitten werken zonder het in de gaten te hebben. Het zou niet lang duren of hij was zo iemand die bijna helemaal niet slaapt, een eenzame oude man, die om twee uur 's nachts naar bed ging, drie uur later weer wakker werd en pas weer in slaap viel wanneer hij de volgende dag na het eten met zijn bord nog op schoot voor de tv indutte.

De e-mail van Alison herinnerde hem aan de op handen zijnde benoeming door de FDA Adviescommissie voor Voorbehoedmiddelen van een dokter die een boek had geschreven met de titel *Toen Jezus voor vrouwen zorgde: het genezen van vrouwen, toen en nu*, die weigerde voorbehoedmiddelen voor te schrijven, en vrouwen die aan PMS leden de raad gaf maar de Bijbel te lezen. In de mail werd de ontvanger gevraagd tegen deze benoeming in het geweer te komen, waarbij iedere vijfentwintigste ontvanger een protestmailtje naar het Witte Huis diende te sturen.

Everett had de pest aan kettingbrieven. Hij had de pest aan politiek. Nog erger waren politieke kettingbrieven, maar het allerergste was wel een politieke kettingbrief met achterhaalde informatie. De gewraakte dokter, inderdaad een misdadig iemand, was al jaren geleden benoemd.

'Lieve Alison,' schreef Everett terug. 'Het kalf is al verdronken. Dit bericht valt onder het kopje spam. Hartelijks, Everett.'

Meteen wenste hij dat hij helemaal niet had geantwoord. Wat was hij toch een zure oude man aan het worden. Alison ging hertrouwen en haar nieuwe echtgenoot zou echt de kans niet krijgen een zure oude man te worden die na het eten indut voor de tv. Deze man zou op zijn oude dag nog tot pittige natuurwandeltochten in Chileense wijngebieden worden gedwongen. Everett had de man met wie Alison ging trouwen nog nooit ontmoet, maar Emily had hem verteld dat Bernie jurist was. 'Bernie-maatje, lekker advocaatje,' had Everett gezegd, en Emily had gereageerd met 'getver' en gegrinnikt.

Hij stuurde Emily een berichtje. Toen hij de lucht opsnoof in zijn kamer merkte hij dat er te weinig zuurstof was. Hij deed het raam open en liet de kou binnenstromen. Beneden zag hij de vrouw met de grote witte hond lopen. Plotseling, zonder het zelf te beseffen, riep hij haar. Ze keek verbaasd naar boven en lachte toen.

'Wacht even!' zei Everett en hij stormde de deur uit, daarbij even de druk van zijn lege appartement achter zich latend. Hij was trots op zichzelf geweest dat hij haar tulpen had gegeven, met de gedachte dat hij toch niet zo oud, bekrompen en voorspelbaar was. Zijn ex-vrouw kon dan wel hertrouwen, maar hij kon spontaan bloemen aan een vrouw geven. Hij had nog vaak aan de tulpen gedacht, aan de heldere kleur toen hij ze aan haar gaf. Wat hij had gedaan – bloemen kopen en ze zomaar een vreemde in handen drukken – boeide hem in hoge mate. Toen hij net uit het raam naar beneden had gekeken en haar herkende, had haar aanwezigheid zowel iets aangenaams als iets onpersoonlijks voor hem. Net zoiets als de bloembak met geraniums, die 's zomers door het smeedijzeren hekwerk van de kerkramen groeiden. Of de kat die tegen het raam van het hoekappartement op de begane grond lag te slapen. Of de hoek van de rode bakstenen muur van het appartement aan de overkant van de straat. Everett had namelijk veel minder aan Jody gedacht dan aan zijn eigen opmerkelijke gedrag.

Voordat hij haar riep, had Jody hem al voor het raam zien staan. Ze had zich afgevraagd of hij misschien naar haar uit stond te kijken, zoals zij zelf zo vaak achter haar raam op hem zat te wachten. Ze wist dat dat natuurlijk niet zo was, maar een beetje dromen was toch niet erg? Even dacht ze eraan om naar hem te zwaaien, maar toen puntje bij paaltje kwam, durfde ze niet.

En nu liep Jody naast hem in Central Park West. Ze kon het bijna niet geloven. Beatrice was opgesprongen toen ze hem zag en had haar enorme poten op zijn schouders gelegd, hem in de ogen gekeken, zijn oren gelikt en gejankt van blijdschap.

Everett duwde de hond van zich af en vroeg zich af of de prijs voor een beetje gezelschap om twee uur 's nachts misschien niet iets te hoog was. Hij vond honden maar niks. Het woord hond kende hij trouwens alleen maar in uitdrukkingen met een ongunstige betekenis: je was zo ziek als een hond, je was hondsmoe, je werd honds behandeld. Iets kon zó erg zijn, dat de honden er geen brood van lustten. En je vond de hond in de pot als je vanwege het hondenweer te laat thuiskwam.

'Hoelang woon je al hier in de buurt?' vroeg Jody hem nadat hij zich had voorgesteld.

'Iets meer dan twee jaar. Sinds mijn scheiding. Ik heb een dochter die af en toe bij me woont. Maar nu studeert ze. Het is leeg in huis.'

'Ben je daarom nu op straat?'

'Vast wel. En wat voor excuus heb jij?'

'Onrust? Geen idee. Ik slaap slecht.'

Everett kwam erachter dat ze violiste was en muzieklerares aan de Trumbo School, een van de vooruitstrevendste privéscholen in Manhattan. Alison wilde vroeger niet dat Emily daar naartoe ging. De kinderen droegen geen uniform en mochten hun gang gaan, zei ze. Kinderen, dacht Everett. Kinderen en dieren. Daarmee omringde Jody zich. Hij hield niet van dieren en het enige kind dat hij kon verdragen, was dat van hemzelf, en dat was bovendien geen kind meer. Maar Jody leek toch wel een leuk type. Ze was zo opgewekt, zo schattig en zo'n gewoon blond meisje. En het was ongelooflijk fideel dat ze om twee uur 's nachts met een buurman ging wandelen die haar bloemen had gegeven en vanaf de vijfde verdieping naar haar had geroepen. Het was nog een wonder dat ze niet dacht dat hij haar stalkte.

'Ik vraag me af of mijn vader mij ooit heeft gemist toen ik uit huis ging,' zei ze. 'Ik hem in elk geval niet.'

'Echt niet?' Everett vond het niet aardig klinken.

'Nee, maar nu mis ik hem wel.'

Everett probeerde zich te herinneren of hij zijn ouders had gemist toen hij ging studeren. Hij wist het niet meer.

'Hij woont in Florida. Allebei mij ouders wonen in Florida,' zei Jody. 'Samen,' voegde ze er snel aan toe.

Ze liepen langs het museum, toen draaiden ze zich om en liepen over Columbus terug.

'Mijn vrouw gaat trouwen,' zei hij.

Ze schoot in de lach.

'Dat klinkt wel een beetje gek, hè? Mijn ex-vrouw, natuurlijk.'

'Is dat goed of niet goed? Of allebei?'

'Als ze me dan geen politieke kettingbrieven meer mailt, is het helemaal goed.'

Jody knikte meelevend, en Everett vroeg zich af waarom hij haar dat allemaal toevertrouwde, zomaar aan een vreemde op dit late uur. De hond sjokte tussen hen in, en het was zo stil dat ze de straatgeluiden konden horen. Een radio van een voorbijrijdende auto. Het opgewonden gekef van een paar hondjes dat afkomstig leek uit een huis. De piep van een autodeur die werd ontgrendeld, het gekletter van het deksel van een vuilnisbak waar een man met een paardenstaart zijn afval in gooide.

'Rare tijd om je vuilnis buiten te zetten,' zei Everett.

'Rare tijd om erbij te zijn dat mensen hun vuilnis buiten zetten,' zei Jody

Everett keek bedenkelijk. 'Hij zou zijn haar eens moeten knippen.'

Jody glimlachte alleen maar, en Everett die had gedacht dat die rare nachtbraker met zijn vuilnis een makkelijk gespreksonderwerp zou zijn, zweeg lichtelijk geïrriteerd.

'Kale mannen met paardenstaarten zijn het ergst, vind je niet?' zei Jody.

Everett ontdooide, knikt bevestigend en zette zijn nieuwe vriendin bij haar deur af.

Jody lag in bed, woedend op zichzelf vanwege haar onvoorspelbare en recalcitrante gedrag. Ze had wekenlang van Everett en zijn mooie lach gedroomd, en deze avond had hij haar van boven geroepen, echt uit de hemel. Hij had haar dingen toevertrouwd, gewild dat ze met hem meeleefde. En hoe had zij op dat vertrouwen gereageerd? Op dezelfde vanzelfsprekende, luchtige manier waarmee ze op alles reageerde. Het leek wel alsof ze op school was. Als een leraar bijvoorbeeld zei: 'De komkommer van de saladebar is altijd zo droog,' dan zou ze met een opgewekte glimlach antwoorden: 'Nou ja, in ieder geval niet droger dan de radijsjes.' Had zij Everett het medeleven getoond waar hij zo overduidelijk naar op zoek was? Welnee. Ze had tegen hem gezegd dat ze haar vader niet miste toen ze ging studeren, en dat was wel het allerlaatste wat hij wilde horen. Ze had hem geplaagd met zijn pedante opmerking over die man met die sneue paardenstaart die zijn vuilnis zo laat buitenzette. Ze had zich laten kennen als de onromantische, starre en onsympathieke oude vrijster die ze was. Toen hij zei dat zijn vrouw ging trouwen had ze gelachen. Ze had hem uitgelachen! Het was niet te geloven. Hij zou haar nooit meer uit zijn raam roepen. Hij was in de ijskoude nacht naar beneden gekomen, als een god, en het enige waar ze toe in staat was geweest, was een beetje giechelen. Goden waren er niet aan gewend dat iemand om ze moest giechelen. Goden hadden überhaupt niet veel gevoel voor humor.

'Waarom zou ik geïnteresseerd zijn in een man zonder gevoel voor humor?' zei ze hardop.

Beatrice, die naast haar lag uitgestrekt, deed haar kop omhoog.

'De wereld is vol mysteries, Beatrice,' zei Jody, en de hond deed gerustgesteld haar ogen dicht.

DRIE

A deux

Ik denk dat het tijd wordt dat we onze aandacht vestigen op George, hoewel hij nog niet in de buurt woont. George is achtentwintig jaar, en was vroeger een wonderkind. Dat wist niemand. Behalve George. Hij wist niet helemaal zeker op wat voor gebied hij een wonderkind was, maar ondanks het moeilijk te definiëren karakter van zijn gave bleef hij eraan vasthouden en droeg hij hem met zich mee.

Als kind was hij slungelig, mager en verlegen, en liep altijd rond met speelgoedpoppetjes die met armen en benen uit zijn zakken staken. Hij wist altijd precies wat voor kleren hij aan wilde, en weigerde hulp bij het aankleden waardoor hij er in de ogen van volwassenen nogal slordig en merkwaardig uitzag. Georges status als wonderkind was een geheim, en dat geheim was volkomen veilig bij hem.

Hij groeide op tot een knappe jonge man met een romantisch, tikkeltje ongezond, donkerharig uiterlijk. Hoewel hij nog steeds niet bij elkaar passende kleren droeg, had hij daar toch een draai aan weten te geven, waardoor zijn slechte smaak tot een soort stijl was uitgegroeid. Zijn zakken puilden niet langer uit, omdat er niets anders in zat dan een paar verfrommelde bonnetjes, een verlopen MetroCard, en misschien de versleten portemonnee die hij voor zijn afstuderen had gekregen. Op dat moment was hij werkzaam als kelner, maar soms stak zijn geheim nog wel eens de kop op, als het getintel van een slapende voet.

George had één zusje en zij heette Polly, een zus die van jongs af aan tegen George opkeek. Hij was haar grote broer en natuurlijk sterker, alleen al door zijn lengte. Toen hij acht was en zij zes, en hij in haar ogen daardoor veel en veel ouder leek, had hij haar de toegang tot zijn kamer ontzegd en mocht ze niet meer met zijn speelgoed spelen. Dit leidde ertoe dat zijn zus hem vanaf dat moment zo ongeveer aanbad. Maar hoewel Polly gewoon zijn kleine zusje was, had ze een scherpe blik. Ze adoreerde George, dus hield ze hem in de gaten met grenzeloze liefde en ook met een soort liefdevolle bazigheid. George had haar nodig. Hij wist alleen niet hoe erg. Ze voelde zich ontzettend verantwoordelijk voor hem. Net zoals voor bijna alles wat op haar pad kwam.

Ze was een flink kind geweest, met roze wangen, luidruchtig en veeleisend, maar vanbinnen was ze niet zo stoer. Zelfs toen ze nog klein was, verbaasde ze zich over het geluid van haar eigen stem, waar een en al autoriteit uit sprak. Haar broer vroeg haar regelmatig om hulp. Zelfs haar ouders vroegen haar om raad en vertrouwden op haar oordeel. Zolang ze het zich kon herinneren, ging ze al gebukt onder deze last. Tot haar eigen verbazing was ze nogal dominant, en het had jaren geduurd voordat ze aan haar eigen gedrag gewend was geraakt. Maar nu maakte ze er gebruik van alsof het haar maar was komen aanwaaien; iets waarvoor ze niet had gewerkt en wat ze ook niet echt verdiende, maar wat wel reuze handig was. Polly had geleerd zich te gedragen alsof ze precies wist wat ze deed. Natuurlijk was er één minpuntje: als iedereen om je heen luistert naar wat je zegt, ga je dat misschien zelf ook doen. Laten we het maar meteen vaststellen: Polly was net zo impulsief als dominant. Maar wat haar ontbrak aan analytisch vermogen of weloverwogenheid, maakte ze meer dan goed door haar gulheid en mateloze enthousiasme.

Op de dag van de sneeuwstorm liep Polly naar boven over een donkere, smalle trap in een net zo donker en smal gebouw, in Lower East Side, waar haar broer een kamer huurde. Ze ging een trap op en toen de volgende. Het gebouw telde vijf verdiepingen en haar broer woonde op de bovenste etage. Polly was klein van stuk, ze had een goede conditie en ze was voldaan over de snelheid waarmee ze naar boven rende, alsof ze aan een wedstrijd meedeed.

Ze was een keer met een jongen uitgeweest die had gezegd dat ze een groot hoofd had in vergelijking met haar lichaam, en dat sterke mensen vaak een groot hoofd hadden, moest je maar naar Bill Clinton kijken. Hij bedoelde het als een compliment, maar ze kreeg meteen

een hekel aan hem, want het klopte was hij zei. Toen ze in de spiegel keek, zag ze zichzelf ineens als een popperig figuurtje met een grote kop. Soms dacht ze er nog wel eens aan, Bill Clinton...

Ze hield de dikke *Sunday Times* tegen zich aan gedrukt. De ammoniakstank van de kattenbak van Georges benedenbuurvrouw prikte in haar ogen. Op de deur van de vrouw stond een sticker met het verzoek de brandweer in te schakelen als er iets met de katten aan de hand was. En het waren er zes, stond er. Polly klopte op Georges deur.

'Ik ben het,' zei ze.

De deur ging open en haar broer stond lachend voor haar, omhuld door het winterlicht dat langs hem heen de gang in viel. Ondanks de stank van de katten, en ondanks alle narigheid die Polly had meegemaakt, kwam ze onder de indruk van Georges hartelijke welkom. Knipperend met haar ogen tegen het stralende licht en de stralende George, dacht ze bij zichzelf: ik zou toch nooit ongelukkig kunnen zijn. Toen schoot haar te binnen dat dat heel goed kon, en ze legde haar hoofd tegen Georges schouder,

'Mannen zijn varkens,' zei hij. Hij pakte de krant aan.

'Nee,' zei ze. 'Dat klopt niet.'

'O, nee?'

Ze haalde haar schouders op en ging op de bank zitten. Wat mankeerde er trouwens aan varkens? Ze waren slim en waren leveranciers van bacon. Georges tv stond zonder geluid aan. Een reisprogramma? Beelden van een kustlijn. George pakte de tas uit haar handen. Bagels, gerookte zalm en creamcheese. Hij gaf haar een kop koffie. In dit opzicht was hij een attente broer, hij maakte het haar naar de zin, gaf haar dingetjes.

'Ik voel me vreselijk,' zei ze.

Georges blik werd onzeker, hij gaf haar een klopje op de rug en vertelde vervolgens een grappig verhaal over het restaurant waar hij werkte. In dat opzicht was hij niet zo'n attente broer; op de zeldzame momenten dat zij het zichzelf toestond haar zorgen te uiten of haar zwakte te tonen, veranderde George altijd onmiddellijk van onderwerp. Zoals ook deze ochtend, toen Polly hardop zei dat ze ongelukkig was, alleen maar om te kijken wat hij zou doen.

George begon onmiddellijk met een verhaal, eigenlijk een mop met een baard, over een man die doet alsof hij blind is om de barkeeper zover te krijgen dat hij zijn chihuahua mee het café in mag nemen.

'Ik heb nog nooit een chihuahua als blindengeleidehond gezien,' zegt de barkeeper, die in Georges versie Keith heette.

'Wat zeg je me nou?' zegt de zogenaamd blinde man. 'Hebben ze me een chihuahua in de maag gesplitst?'

'Wat ben je toch altijd een hulp voor me,' zei Polly warm.

'Kijk,' zei George zachtjes, en hij wees vol ontzag naar de muur, alsof ze in een bos waren. Alsof ze een vos zagen. Maar het was geen vos. Het was een kakkerlak. Een witte, bleke kakkerlak, die haastig wegvluchtte. 'Een albino.'

Polly was heel eventjes gebiologeerd door de albino kakkerlak. Eigenlijk wilde ze opstaan en hem doodmeppen met de krant. Maar het was zo'n raar gezicht om het witte insect over de witte muur te zien lopen, dat ze er niet toe kon komen. In plaats daarvan bleef ze zitten kijken totdat de kakkerlak achter de tv schoot.

'Niet te geloven,' zei George grinnikend.

Polly en George trokken al vanaf heel jong met elkaar op. Hun ouders scheidden toen George vijf was en Polly drie. Ze pendelden tussen de twee huizen, *à deux*, zoals Polly het voor zichzelf noemde, net als balletdansers. Zolang ze het zich kon herinneren, was George haar partner in deze dans, de constante in haar leven. Ze kon zich niet voorstellen dat er een week voorbij zou gaan zonder hem te hebben gezien, of een dag zonder hem aan de telefoon te hebben gesproken. Afgezien van hun doordeweekse ontmoetingen zagen ze elkaar vrijwel elk weekend. Soms was dat tijdens een brunch met vrienden. Soms kwam George als hij het laat had gemaakt om vier of vijf uur 's nachts naar haar appartement. Wanneer ze dan 's ochtends wakker werd, trof ze hem opgekruld in haar leunstoel aan, als een zwerfhond, en dan bakte ze eieren voor hem. En heel af en toe, zoals deze ochtend, ondernam ze de tocht naar zijn gruwelijke flatje in de Lower East Side en bracht ze bagels met gerookte zalm mee. Ze was dol op hem.

'Ik heb nog nooit zoiets goors gezien, echt niet. Ik kom hier nooit meer,' zei ze.

George gaf geen antwoord. Hij had zijn mond vol. Hij had zin om iets te zeggen met de kleverige creamcheese en de halve bagel in zijn mond, alleen maar om Polly op de kast te jagen. Hij trok zijn wenkbrauwen omhoog en deed zijn lippen van elkaar.

'Heb niet de moed,' zei ze.

Het winterse licht was zilverig, gefilterd door het raam, een vage, rechthoekige vlek waarin zijn zus zat, superieur als een kat. Maar ze is ook superieur, dacht hij. Zij had gemakkelijke kleding aan, of in elk geval haar versie daarvan. Haar manier van kleden vertoonde wel enig raakvlak met de zijne, laten we zeggen zoals chimpansees en mensen aan elkaar verwant zijn. Ze had een spijkerbroek aan, maar hoe kwam ze daaraan? Misschien in een modetijdschrift gezien? Alles was perfect: de stof, het denim had precies de goede kleur, de pasvorm was geraffineerd, helemaal volgens de nieuwste trend. Ze droeg een gebreide trui, duur. George stak zijn hand uit en gaf een klapje op haar schouder. Ze legde haar wang tegen zijn arm.

'O, George,' zei ze, en hij hoorde niet zozeer maar voelde een wanhopige zucht. Hij sprong op en wilde de kamer doorlopen, maar zodra hij een stap had gezet, draaide hij zich weer om. Hij vond het vreselijk als ze verdrietig was. Het kwam op hem over als een soort verraad.

'Wat is er?' vroeg Polly. Maar dat wist ze donders goed.

'Zullen we naar de film gaan?' zei George.

'Ik heb geen huis,' zei Polly terwijl ze haar jas aantrok.

'Je kunt toch hier komen,'

Polly keek naar de plek op de muur waar de albino kakkerlak over had gelopen. 'Ik dacht het niet.'

George gaf haar de sjaal aan die ze op zijn krakkemikkige futonbank had laten vallen. 'Ja, het is hier redelijk erg,' zei hij. 'Zeg, als zijn vrouw hoor je toch het huis te krijgen?'

Polly deed net alsof ze dit niet had gehoord. Zij was niet met Chris getrouwd. Hij woonde er al jaren toen ze bij hem in was getrokken, en ze had een nog grotere hekel aan het appartement dan ze aan Chris had. In wezen leek het appartement op dit moment heel erg op Chris: een nietszeggend eenpersoons flatje in het kille, schitterende omhulsel van de toren waarin hij woonde. Dat was een perfecte beschrijving van Chris. Natuurlijk had ze zijn gebrek aan emotie ooit prettig gevonden, toen ze dat nog voor betrouwbaarheid had aangezien. Vanaf het moment dat Polly bij hem introk, had ze het idee dat het gebouw, dat aan de Hudson stond, terugdeinsde voor het indrukwekkende Manhattan, en overhelde naar de torens in New Jersey, aan de overkant van het water. Het stond daar zo geïsoleerd van de stad dat de beheerder voor een pendelbus had gezorgd, die de bewoners naar de dichtstbijzijnde halte van de ondergrondse bracht.

'In elk geval kun je hier vanavond blijven slapen,' zei George. 'Op de futon.'

Polly rilde.

'Ik heb een week de tijd,' zei ze. Chris was gaan langlaufen, een reisje dat ze samen met hem had willen maken, maar nu zou ze die tijd besteden om een appartement te zoeken.

Ze liepen de trap af, naar buiten, de sneeuw in die sinds Polly's komst, een paar uur geleden, was veranderd van een paar heldere wollige vlokjes in een dichte, wervelende wolk. Mijn vriendje zet me aan de kant, dacht ze. Heeft me aan de kant gezet, verbeterde ze zichzelf. Hij heeft me gedumpt. En ik zal never nooit binnen een week een appartement vinden. Er zit niks anders op dan bij mijn broer en zijn albino insecten in te trekken. Ze keek naar de besneeuwde stoep. Haar laarzen zouden worden verpest.

Terwijl George en Polly door de sneeuw ploeterden, zat Simon genoeglijk in zijn leren leunstoel, met zijn voeten op de leren voetenbank, de enige twee meubelstukken in zijn kleine huiskamer. Simon woonde wél in ons huizenblok, en was daar achttien jaar geleden komen wonen, kersvers van de hogeschool, hoewel ook toen al niemand Simon als kersvers zou omschrijven. Hij was altijd al een ouwelijke jongen geweest, die het heerlijk vond om in zijn eentje te zijn, en als het even kon, dat dan het liefst in zijn badjas. Hij werkte met mensen, maar hij had geen enkele affiniteit met hen. Buiten zijn werk had hij het daarom altijd over zichzelf als asociaal werker in plaats van als sociaal werker.

En nu, op zevenveertigjarige leeftijd, woonde hij nog steeds in zijn benedenwoning met één slaapkamer op nummer 232, in een hoog, somber huis aan de zuidkant van de straat. Simon genoot van het weekend, en op deze zondag had hij zoals gewoonlijk op zijn gemak de krant doorgespit, een pot koffie leeggedronken, en een uurtje geslapen, zoals hij wel vaker deed na het koffiedrinken. Nu keek hij uit het raam naar de kleine, ondergesneeuwde tuin verderop. Elke werkdag wandelde Simon om kwart voor acht naar de halte van de ondergrondse in Seventy-second Street. Afhankelijk van zijn afspraken liep hij dan ergens tussen vier en zeven uur weer terug naar huis. Hij was asociaal sociaal werker in de buitenwijk Riverdale. Iedere dag had hij een aktetas bij zich die was volgepropt met dossiers van mensen die in zijn ogen onfortuinlijk, ongelukkig en onaangepast waren. De enige verandering in Simons patroon vond plaats in de herfst, wanneer hij plotseling en helemaal verdween. Dit gebeurde elk jaar, zolang men het zich kon heugen, tenminste, als het iemand zou zijn opgevallen. Maar Simon was gewoon een van de vele mensen die haastig over het trottoir liepen, en zijn buren, die ook haastig over het trottoir liepen, hadden geen interesse in een willekeurige voorbijganger met een aktetas. Maar toch, de conciërge die hij elke morgen toeknikte, een elegant geklede zwarte man in een rolstoel die hem vanaf zijn vaste plek op de stoep altijd heel hoffelijk goedemorgen wenste, de tiener die naast de bloemen bij de Koreaanse supermarkt was geposteerd om winkeldiefstal tegen te gaan – die kregen als de zomer voorbij was 's morgens het gevoel dat er iets was veranderd. Dan haalden ze hun schouders op en weten het aan het weer, of zeiden dat er misschien iets in de lucht zat. En ja hoor, Simons afwezigheid ging altijd gelijk op met het vallen van de blaadjes. Tegen november sloot Simon zijn dossiers, liet zijn aktetas voor wat hij was en droeg de onfortuinlijken, ongelukkigen en onaangepasten over aan zijn collega's. November was de tijd van de vossenjacht, en in november trof je Simon aan in de golvende heuvels van Virginia, gezeten op de rug van een enorme bruinrode ruin, gekleed in een zwarte jas, met op zijn hoofd een zwarte fluwelen cap, en glimmende zwarte laarzen aan zijn benen. De rest van het jaar woonde hij alleen op de benedenverdieping van een huis dat uitkeek op een prachtige tuin. Zelf had hij geen toegang tot de tuin – dat voorrecht had alleen het gezin dat twee verdiepingen boven hem woonde en van wie iemand pianoles gaf. Maar toch kon hij elke lente vanuit zijn raam de narcissen zien die door een onverwachte sneeuwbui waren ondergesneeuwd. Hij kon de vier slanke stammen van de berken zien en de gele zanger tussen de jonge, zachte blaadjes. Daarna volgde het donkere augustusgras en de donkere augustusblaadjes, roerloos tegen de donkere augustushemel. Al zijn vrienden gingen eind augustus de stad uit. Ze ontvluchtten de stad naar Cape Cod, Main en soms Parijs of Venetië. Maar Simon bleef geduldig wachten op de herfst. Soms dacht hij er wel eens aan om te verhuizen uit zijn kleine, donkere en vochtige appartement. Er waren eigenlijk maar twee dingen waardoor hij bleef. De tuin die hij na al die jaren zo goed kende. En de huur. Simons appartement had een huurstop. Jagen was een dure sport. Simon bleef waar hij was om het zich te kunnen veroorloven in de herfst weg te gaan.

Hij was lang, een tikkeltje lomp, en hij had het verfrommelde gezicht van iemand die net uit zijn bed is gekropen. Daarmee nam hij de meeste mensen voor zich in, zelfs voordat hij zijn mond had opengedaan. En dat was maar goed ook, want hij sprak niet vaak en hij sprak ook niet echt duidelijk. Hij had een zware, onduidelijk stem waardoor mensen zich altijd naar hem toe bogen om hem te kunnen verstaan. Maar hij kon wel goed luisteren. Hij was intelligent, en wat zijn werk betrof behoorlijk gedisciplineerd, maar daarbuiten was Simon vreselijk verlegen. Daarom was het zo goed dat hij zich in zijn eentje kon redden. Deze sneeuwdag had hij heerlijk rustig in zijn eentje in zijn leunstoel doorgebracht, maar om twee uur 's middags kreeg hij honger. Er was niets te eten in huis, want hij at nooit thuis. Hij zat liever aan de bar in een restaurant, en las dan onder het eten een boek. Maar welk restaurant zou op een dag als deze open zijn? Hij trok zijn jas en zijn laarzen aan, pakte een editie van *The American Senator*, zette een idiote gebreide muts op die zijn tante hem met Kerstmis had gestuurd en stapte naar buiten, de sneeuw in. Simon kleedde zich altijd zorgvuldig, maar soms was hij er op het laatste moment niet meer helemaal bij met zijn hoofd. Met zijn kleurige, slaphangende muts schuifelde hij over het trottoir, over het smalle spoor dat sneeuwvrij was, achter een magere vrouw in een lange nertsjas aan. Hij wist dat hij haar wel eens eerder op straat had gezien, want hij herkende haar aan haar jas, maar hij wist niet wie ze was.

De vrouw in de nertsjas woonde bij Simon aan de overkant in een groot appartement in een klein appartementsgebouw. Ze woonde daar al vanaf haar trouwen, en dat was meer dan veertig jaar geleden. Ze was een mager, nerveus iemand, met een altijd gebruinde huid, in een kleurschakering die je in de natuur zelden tegenkomt. Vooral niet in een sneeuwbui. Ze was ouder dan ze eruitzag, dat kwam echter alleen maar omdat ze eigenlijk helemaal geen leeftijd leek te hebben. Van sommige mensen kun je zeggen dat ze goed geconserveerd zijn. Dat gold ook voor Doris, maar in haar geval was het alleen maar, nou ja, geconserveerd. De meeste mensen hielden niet van Doris en dat kon Doris op haar beurt helemaal niets schelen. Ze was schooldecaan op een exclusieve jongensschool, waar de kinderen allemaal een uniform droegen. Doris beschouwde de hele wereld als een verwende en recalcitrante puber, lastig en vol hormonen, een bolwerk van onbeschoftheid en wanprestaties. Dit, de wereld dus, was haar juk. En hoewel ze deze last verfoeide, onttrok ze zich niet aan haar plicht. Ze ging maar door met begeleiden en advies geven, en ook met leven, met een grimmig soort superioriteit, gekoppeld aan een bijna hysterisch en onuitroeibaar pessimisme. Ze was op weg naar het restaurant op de hoek om soep te halen. Tenminste, ze hoopte dat er soep was, maar ze ging ervan uit dat ze wel weer teleurgesteld zou worden. Want zo zat de wereld in elkaar: teleurstellend. Hoezeer je ook je best deed om dingen te verbeteren, de wereld liet je vallen. Op deze weinig uitnodigende dag had ze net zo goed een blik Progresso-linzensoep open kunnen maken. Maar ze wilde haar favoriete restaurant steunen door twee grote bakken erwtensoep te gaan halen, haar lievelingssoep en de specialiteit van de zondag, wat het vandaag toevallig was, noodweer of geen noodweer. Toch wist ze bijna zeker dat het restaurant dicht zou zijn, en pas weer 's maandags open zou gaan, op tijd voor de andijviesoep, bittere, dunne troep die ze oneetbaar vond, maar die op een onverklaarbare manier de lievelingssoep van haar man was. Nou, ze zou er morgen echt niet voor de deur uit gaan. Niet in dit weer. Harvey moest zelf maar gaan. Ze was ook maar een mens.

Tot Doris' verrassing was de Go Go Grill open. De eigenaar zat aan zijn vaste tafeltje met zijn gebruikelijke glas wijn, alsof het buiten helemaal geen noodweer was. Hij begroette haar met dezelfde hartelijkheid als altijd, de hartelijkheid die hij tegenover al zijn klanten tentoonspreidde, zonder aanzien des persoons, zodat niemand kon klagen. Maar toch was niemand daar tevreden mee. Dat was dan ook een van de redenen dat mensen steeds weer terugkwamen, elke keer in de hoop dat ze ditmaal een speciale behandeling of gunst zouden krijgen.

'Het verbaast me dat u open bent,' zei Doris. Ze leek een tikje teleurgesteld, en dat was ze dan ook. Ze had verwacht dat haar hoop op erwtensoep in de grond zou worden geboord, maar die verwachting kwam niet uit.

'Ik heb toch niks anders te doen,' zei Jamie. Zijn twee cairn terriërs lagen aan zijn voeten te slapen. Geheel tegen de regels liet hij honden toe in zijn restaurant. Al vijf jaar lang betaalde hij af en toe een boete en werd verder met rust gelaten. Zijn ontspannen houding ten opzichte van de volgens Doris eeuwig vijandige krachten in de wereld – het weer, de regering, zijn eigen klanten – was voor Doris een bron van zorg en ergernis. Het leek alsof Jamie zich totaal niet inspande, en toch zat zijn restaurant altijd vol. Buiten was het noodweer, binnen sliepen de honden en was er eten voor de klanten, en personeel om het te serveren. Borden werden afgewassen en de vis werd gefileerd. Er waren pannen en er was pasta om erin te doen.

Jamie draaide zich om om een man met een schreeuwerig gebreid mutsje te begroeten die achter Doris het restaurant binnen kwam. Doris hield er niet van als mensen haar de rug toekeerden. Jamie, zei ze bij zichzelf terwijl ze zich behaaglijk wentelde in haar gevoel van afkeuring, was een egoïstische en zelfingenomen man, en leek daarin op Nathan Ehrenwerth, een jongen die de donderdag daarvoor naar haar kantoor was gestuurd. Ze moest nodig weer eens met zijn ouders praten. Die moeder wist van voren niet dat ze van achteren leefde. Margaret Nathan, dacht Doris met weerzin. Misschien hadden ze dat kind daarom Nathan genoemd, als geheugensteuntje voor zijn verstrooide moeder. Hoe die vrouw ooit een boek had kunnen schrijven – of waren het meerdere boeken? – was Doris een raadsel. Geen wonder dat die jongen zo'n warrig type was. Maar de vader – Edward Ehrenwerth – was een aantrekkelijke Engelsman. Geweldig welbespraakt. Doris kon zich niet voorstellen wat deze welbespraakte, hoogopgeleide man met zijn zoon aan moest: een ongeconcentreerde, nooit in hele zinnen pratende wanpresteerder met doorgegroeide wenkbrauwen, gympen met losse veters, en een iPod aan de band van zijn afzakkende broek. Jamies wenkbrauwen liepen in elk geval niet door. En hij had waarschijnlijk ook niet gespijbeld onder wiskunde om in de bibliotheek strips te gaan zitten lezen, een halsmisdaad voor een scholier. Maar wat had Doris Jamie graag gedwongen tot een schriftelijke verontschuldiging of een week vrijwilligerswerk. Natuurlijk zou het bij iemand als Jamie niet opkomen om iets aan vrijwilligerswerk of liefdadigheid te doen, behalve misschien een paar dollars geven aan het aidsfonds. Volgens Doris waren homo's ongelooflijk narcistisch. Toch was het waar dat Jamie op het eerste gezicht niet narcistisch overkwam. Hij kleedde zich niet zoals je misschien zou verwachten, en ook had hij niet zo'n idioot getraind figuur zoals in die kringen gebruikelijk was. In feite zag hij er een beetje verfomfaaid en gezellig uit. Dus kwam ze al met al tot de conclusie dat Jamie volledig onbetrouwbaar was.

Zittend aan de bar wachtte ze stilzwijgend op haar soep.

'Kan ik u iets te drinken aanbieden?' vroeg Jamie, en hij ging naast haar zitten.

Doris keek hem argwanend aan. Iets te drinken? 's Middags?

Hij gaf een klopje op haar hand. 'Thee? Daar wordt u warm van. Of een cappuccino, als dank dat u door dat afschuwelijke weer bent gegaan?'

Ze nam een kop thee zonder theïne en bedacht, misschien kwam het door de warme thee, of de warme belangstelling, dat weet ik niet, dat die arme Jamie ondanks zijn tekortkomingen en zijn vooringenomenheid toch een jonge man met toekomst was. En ook nog een huisvader, voegde ze er voor zichzelf aan toe. In deze vergevingsgezinde stemming vroeg ze hoe het met zijn kinderen ging. Uit eerdere gesprekken en wat ze op straat had gezien, wist ze dat hij er vijf had. Twee setjes tweelingen – twee jongens van twee en twee van vijf – en een meisje van zeven. Zijn vriend, of partner, huwelijkspartner of echtgenoot – ze ging ervan uit dat ze wel naar Toronto of zelfs Provincetown zouden zijn gegaan, zo ging dat tegenwoordig toch? – was voor zover ze wist een effectenbankier, dus ze konden het zich veroorloven. Maar vijf kinderen in deze tijd en op zijn leeftijd? Geen wonder dat hij er een beetje afgetobd uitzag, ook al had hij twee kindermeisjes.

Jamie verzekerde Doris dat het heel goed ging met zijn kinderen – in Doris' hoofd gingen allerlei alarmbellen rinkelen, hier was iets absoluut niet in de haak – en richtte zich tot Simon, die nog steeds met dat gekke mutsje op aan de bar een omelet zat te eten. 'Waarom verhuis je niet naar Virginia, dan kan ik je appartement overnemen,' zei Jamie met iets klagerigs in zijn stem.

Simon keek stomverbaasd. Hoe wist Jamie dat hij naar Virginia ging? Hij at bijna elke avond in het restaurant, maar hij had nooit met iemand over de hem zo dierbare vakantiemaand op de jachtgronden gesproken. 'Ik denk...' Simon zweeg. Inderdaad, waarom deed hij dat niet? vroeg hij zich af. Hij staarde naar zijn eten. Naast de omelet lag een stronkje broccoli rapini te glanzen in het licht van een kaars. 'Ik denk omdat ik gewoon hier woon,' mompelde hij.

Hoewel Jamie in een groot huis woonde, twee deuren van Simon vandaan, was hij voortdurend op zoek naar lege appartementen. Naast zijn vijf kinderen onderhield hij ook nog een roedeltje knappe ex-vriendjes. Hij deed Doris af en toe aan een eend denken, met een lange sliert eendenkuikentjes die overal achter hem aan liepen. De ex-vriendjes werkten in het restaurant als ober, manager, chef, en boekhouder. Sommigen waren niet zo jong meer, anderen wel. Ze bezaten verschillende nationaliteiten en spraken diverse talen. Op die manier had Jamie een behoorlijk potje Zweeds en Russisch geleerd. Zijn Spaans en Duits waren perfect, en zijn Portugees redelijk. Go Go, de naam van het restaurant, betekende hond in het Chinees.

'Je zou iets moeten doen met al die talen,' zei Doris, maar toen hij vroeg wat hij daar dan mee moest doen, wist ze het niet. Dus ging ze met haar soep door de sneeuwstorm terug naar Harvey, die de nare gewoonte had ontwikkeld om naar pokerwedstrijden op de televisie te kijken en lang niet zo veel prijs stelde op de soep als ze mocht verwachten.

Simon nam ook soep mee naar huis. Hij warmde hem op voor zijn avondeten, pakte gelaten zijn aktetas in voor de volgende ochtend en ging naar bed. Zoals altijd had hij weer ontzettend van zijn rustige weekend genoten.

Polly zat klaar om naar bed te gaan in de huiskamer van het hoge gebouw waar ze uit moest, en keek naar de flikkerende lichtjes van de stad, die door de grijze sneeuwbui schenen. Het appartement bevond zich op de twintigste verdieping en ze kon het Empire State Building zien, met een rode spits die een roze gloed verspreidde. Aan de overkant van de straat zag ze in een gebouw mensen dansende bewegingen maken, het kon ook zijn dat ze trainden voor een vechtsport, in het wit geklede mensen die langs de ramen van een studio bewogen. Ik haat het hier, dacht ze. Maar toch moest ze huilen en wilde ze helemaal niet weg. Ik haat Chris, dacht ze. Maar toch hield ze een oud hemd van hem tegen haar wang gedrukt. Hij had een halfleeg bierflesje op de salontafel laten staan, zo vertrouwd. Ze miste hem. Ze gingen nu twee jaar met elkaar en hadden een jaar samengewoond. Hij verliet haar voor een meisje op zijn werk. Een jurist, net als hij. Polly dacht dat als Chris en zijn nieuw vriendin het uit zouden maken, ze van elkaar alimentatie zouden kunnen eisen zonder advocatenkosten te hoeven maken. Alleen waren ze gespecialiseerd in onroerend goed, dus dat hielp niet echt, en ze zouden gegarandeerd allebei de zaak verliezen. Deze gedachte verschafte haar een beetje troost. Ze stond op, spoelde het bierflesje onder de kraan om en gooide het in de recycle-emmer. Ze gaf een schop tegen de recycle-emmer en luisterde tevreden naar het gerinkel.

Ondanks de kou en de sneeuw ging Polly de volgende ochtend met makelaars bellen. Eindelijk kreeg ze een jonge man aan de lijn die er in was geslaagd zijn kantoor te bereiken en haar dolgraag in de namiddag het nieuwe aanbod wilde laten zien. Ze deed haar langlaufski's aan en zoefde in tranen in de winterse schemering naar West End Avenue, om op tijd op haar afspraak te komen. In de vrieskou en het donker had het wel een uur geduurd voordat ze haar bestemming bereikte. Over haar hele lichaam transpirerend van de inspanning, haar gezicht gevoelloos van de kou, zoefde ze langs iemand die gehuld liep in sjaals met een grote witte hond aan de lijn, en zag toen het adres op een luifel die bijna bezweek onder de sneeuw.

De makelaar was jonger dan Polly, en dat wekte niet erg veel vertrouwen, maar wel bemoedigend was dat de huur van het appartement was vastgelegd en niet zou stijgen. Onder zijn dikke parka droeg hij een pak en stropdas. Ze stapten op de vierde verdieping uit de lift en stonden toen voor een deur waar geel politietape voor hing.

'Niet op letten,' zei de makelaar, en hij trok het weg.

'Oké,' zei Polly. Ze dacht aan Chris en opeens gonsde haar hoofd van woede en ellende. De makelaar reikte haar beleefd een tissue aan, die ze wel nodig had, maar niettemin afsloeg. Hoewel ze op de koudste dag van het jaar dapper door de straten van New York had geskied, voelde deze jonge makelaar met overschoenen aan zijn voeten, haar hulpeloosheid aan. Dit was een ongewone en zeldzame gewaarwording. Ze voelde zich vaak genoeg hulpeloos, maar bijna niemand merkte dat ooit. Ze trok haar schouders naar achteren.

'Dank je wel,' zei ze kordaat en ze keek hem recht in de ogen.

Tot haar voldoening zag ze dat de makelaar onder de indruk zijn ogen neersloeg. Dat leek er meer op. Maar tegelijkertijd voelde ze weer de tranen over haar wangen rollen. Ze draaide zich om en deed alsof ze keek naar het akelige nisje dat de makelaar een kombuiskeuken noemde. Ze veegde haar ogen af en snoot haar neus zo geluidloos mogelijk. Kombuiskeuken, dacht ze. Dat is dubbelop. Een kombuis is al een keuken, op een boot. Kombuisachtige keuken zou je moeten zeggen. Of waarom niet gewoon alleen maar kombuis, de rest was overbodig, omdat ze immers overduidelijk niet op een boot waren. Of alleen maar piepklein keukennisje? Ze liep achter de makelaar en probeerde haar aandacht erbij te houden. Het gebouw was aan de buitenkant onopvallend, hoewel de rode baksteen er leuk uitzag in de sneeuw, maar het appartement zelf was armoedig en donker, groter dan ze eigenlijk nodig had en duurder dan ze eigenlijk kon betalen. Ze vroeg zich af waarom ze überhaupt de moeite had genomen om te gaan kijken.

De makelaar deed een fel plafondlicht aan. Daar stonden ze dan in het lamplicht, in een plasje gesmolten sneeuw. 'De huiseigenaar is een vriend van me,' zei hij.

Polly, transpirerend en met haar ski's in haar armen, keek hem aan. Ze begreep nauwelijks waar hij het over had. Ze wilde naar huis, maar ze had geen huis.

'Nou, ja, hij is mijn oom. Daarom wist ik van dit appartement. De vorige huurder is vertrokken en heeft al zijn meubilair achtergelaten. Het is een buitenkansje.'

'Heeft hij zijn meubilair achtergelaten?'

De makelaar keek naar de grond.

'Hij is min of meer gestorven.'

'O,' zei Polly.

Ze keek met iets meer interesse om zich heen.

'Wil zijn familie die spullen dan niet?'

'Zou jij die willen?' vroeg de makelaar.

Er stond een oude, goedkope bank die helemaal was doorgezakt. Er stond een smalle boekenkast met afbladderend eikenhouten fineer, volgepropt met vergeelde kranten. De bijzettafel, met hetzelfde afgebladderde eiken fineer, had maar drie poten. In een van de slaapkamers zag Polly een matras met vuile lakens op de vloer. De andere slaapkamer was volgestouwd met nog meer kranten.

'Je hoeft het niet gemeubileerd te nemen,' zei de makelaar vlug.

Polly keek uit het raam van de ene slaapkamer. Ze was op de vierde verdieping. De bovenste takken van een met sneeuw bedekte boom spreidden zich voor haar uit. Achter de ramen aan de overkant van de straat scheen een warm, gelig licht.

'Wanneer is hij gestorven?' vroeg ze.

'Eh... eergisteren.'

'Waaraan is hij gestorven?'

'Eh, tja, eh, hij heeft zich opgehangen.'

'Heeft hij zich hier opgehangen? Twee dagen geleden? En je laat nu al dat appartement zien. Ben je wel goed bij je hoofd?'

De makelaar werd knalrood.

'Het is mijn eerste opdracht,' fluisterde hij.

'Jezus,' zei Polly, die zich afvroeg of het misschien niet strafbaar was dat ze hier waren. 'Nou ja!'

Daar stonden ze, de jonge makelaar starend naar de vloer, en Polly starend uit het raam. Ze hoopte maar dat ze de gele tape weer op zijn plaats konden krijgen.

'De huur ligt vast,' zei hij nog even.

'Je oom zou zich moeten schamen,' zei Polly. 'Allemachtig.' Ze keek naar een geparkeerde auto waarvan de wielen rondtolden in de sneeuw en die niet van zijn plaats kwam. Ze hoorde het gejank van de motor. De chauffeur stapte uit, sloeg met een klap de deur dicht en schuifelde weg. Polly hoorde opnieuw gejank. Maar nu kwam het vanuit het appartement.

'Hoor je dat?' vroeg ze.

De op zijn plaats gezette makelaar haalde zijn schouders op. 'Het is toch echt een buitenkansje, hoor,' zei hij.

Polly liep in de richting van het geluid en bleef voor een kast staan. Ze deed de deur open en zag op een hoopje kleren een piepklein hondje zitten.

'Wauw!' zei de makelaar.

Polly nam het beestje in haar hand. Het jankte.

Ze draaide zich om naar de makelaar, die zijn mobieltje tevoorschijn had gehaald.

'Oom Irv?' zei hij. 'U zult het niet geloven...'

Polly zei: 'Zeg tegen oom Irv dat ik het neem.'

VIER

'George! Word wakker!'

Iedereen die wel eens naar een appartement heeft gezocht, zal moeten toegeven dat mensen die op huizenjacht zijn niet veel gevoel tonen voor de vorige bewoners. Zodra een makelaar de deur opendoet en er volkomen vreemde mensen naar binnen lopen om alle kasten open te doen, zijn de oude huurders, of ze nu verhuisd zijn naar de Noordpool of afwachtend in de gang staan, volkomen onbelangrijk.

Ikzelf ben gewoon over kleine en waarschijnlijk snoezige kinderen heen gestapt omdat ik alleen maar oog had voor de staat waarin de vloerbedekking verkeerde waarop ze zaten te spelen, of de te kleine oppervlakte van de kast waarin hun speelgoed lag opgestapeld. Maar de andere kant ken ik ook. Ik ben behandeld alsof ik onzichtbaar was door onbekenden die plannen maakten om mijn huis van binnen te slopen, die totaal ongevoelig boekenplanken inspecteerden met de overduidelijk bedoeling ze af te breken, of die gruwden van de kleur groen waar ik zo trots op was. Bij de huizenjacht komt weinig hoffelijkheid kijken. Het vorige leven van het appartement doet er niet toe. Maar zelfs de meest wanhopige, de meest hartstochtelijke woningzoekende zal zich toch een beetje ongemakkelijk voelen wanneer het huis is vrijgekomen, niet vanwege een nieuwe baan in Memphis of de geboorte van een drieling, maar vanwege een zelfmoord die in de woonkamer heeft plaatsgevonden. Hoe laag de huur ook is, of hoe krap de huizenmarkt, Polly's besluit om appartement 4F te nemen mag gerust smakeloos worden genoemd.

Wat voor jou of mij totaal onbestaanbaar zou zijn, was voor Polly onontkoombaar, en ik moet toegeven dat ik haar daar des te meer om mag. Er was een puppy zonder baas en een appartement zonder bewoner, er was een heel leven vergooid. Voor de man kon ze niets meer doen, maar voor dat hondje des te meer. Dat hondje was er en het had haar nodig. Het appartement was er ook, en zoals Polly het zag, had dat haar ook nodig. Polly hoorde een schreeuw om hulp en wanneer Polly een schreeuw om hulp hoorde, en soms ook wanneer ze die niet hoorde, gaf Polly daar gehoor aan.

En dus werden zodra de straten sneeuwvrij waren de spullen van de overleden man uit huis gehaald, verwijderden mannen in overall de geur van de dood, werd het appartement geverfd in een standaard soort wit en kreeg de vloer een laag polyurethaanlak. Polly schrobde zelf de badkuip schoon. Nog maar twee weken nadat ze het appartement voor het eerst had gezien, huurde ze een busje, laadde daarin de weinige dingen uit Chris' appartement en reed met Geneva, haar beste vriendin, naar IKEA, waar ze meubels kocht voor de woonkamer en haar slaapkamer, borden en glazen, bestek, een pan, twee koekenpannen en een fluitketel.

'Alles gekocht in één winkel,' zei Polly toen ze voor haar nieuwe woning parkeerde. Geneva klom achter in het busje en duwde de dozen naar buiten voor Polly, die vervolgens de dozen over een hoge sneeuwwal heen moest tillen naar het sneeuwvrije paadje op de stoep.

Op de dag dat Polly verhuisde, liep Jody met Beatrice over hetzelfde paadje. Het was glad en Jody keek oplettend naar de grond om te zien waar ze liep, terwijl ze door Beatrice werd voortgetrokken. De lange staart van de hond zwiepte hard heen en weer. Wat was Beatrice toch ontzettende sterk, dacht Jody vol trots. Indrukwekkend sterk, als een atleet, zelfs in haar roze trui. Misschien werden pitbulls daarom voor het gevecht getraind, omdat ze zo mooi waren en een atletische gratie bezaten.

Jody schudde haar hoofd. Soms kreeg ze zelf ook schoon genoeg van de manier waarop ze alles wilde vergoelijken.

'Pardon,' zei iemand luid.

Jody keek op en zag een klein, knap meisje in een mooie jas met een bontrand dat een kartonnen doos over de sneeuwhoop op het trottoir sleepte.

'Neem me niet kwalijk,' zei Jody, en ze trok Beatrice aan de kant. 'We versperren de hele stoep.'

'Nee hoor, ik wilde je alleen vragen of je een goede dierenarts weet, een aardige.'

Jody dacht even na. Vond ze haar dierenarts aardig? Hij ging wel. Een beetje veel eigendunk, maar wel vriendelijk en modern in zijn aanpak. Ze gaf de naam van de dierenarts en zag dat het meisje de kartonnen doos liet wegglijden naar de stoeprand en de informatie in haar Palm Pilot invoerde.

'Ik heb net een pup,' zei het meisje, dat zich voorstelde als Polly.

Wat een indrukwekkend stemgeluid, dacht Jody met iets van ontzag. En wat een schitterende laarzen. 'Gefeliciteerd,' zei ze.

Jody meende dat ze een klagerig, beduidend minder autoritair stemgeluid uit het busje hoorde komen. Ze draaide zich om in die richting, maar omdat Polly niet reageerde, nam ze aan dat ze zich had vergist. Polly zat op haar hurken in de sneeuw, met haar gezicht tegen Beatrices snuit gedrukt. Jody mocht haar meteen. Beatrice likte de wangen van het meisje, snuffelde in haar zakken en bleef toen in de snijdende vrieskou roerloos stilstaan.

'Ik kom hier wonen,' zei Polly toen ze weer was opgestaan. 'Vandaag. Er zat een puppy in mijn appartement. Ik vond hem in de kast.' Onwillekeurig vormde ze haar hand tot een kommetje en stak hem uit, alsof ze de puppy aan haar buurvrouw liet zien.

'Kom uit de kast en naar buiten ermee!' riep Jody opgewekt en volkomen misplaatst. Ze had de vorige avond een documentaire over de homobeweging gezien op een educatieve zender. 'Of mag hij nog niet naar buiten?' voegde ze er iets minder uitgelaten aan toe.

'Zou kunnen. Ik weet niet precies hoe oud hij is. Mijn broer heeft hem meegenomen naar het asiel, en daar zeiden ze dat hij ongeveer zes weken is. Hij heeft ook een prik gekregen. Maar ik weet niet wat ik hem te eten moet geven. Ik heb op internet gekeken en een dierenwinkel gebeld, maar als er hier een dierenarts in de buurt is, lijkt me dat een veel beter idee...'

Haar autoritaire stem was volkomen in tegenspraak met haar onzekere opmerkingen, en kreeg daardoor iets uit een andere tijd, een meisje uit een film uit de jaren dertig, het type verslaggeefster, afkomstig uit de hogere kringen. Ze lachte ook verlegen, en dat maakte haar op de een of andere manier alleen nog maar aantrekkelijker. Jody vond ook dat het verstandig was om naar een dierenarts in de buurt te gaan. Het was haar duidelijk dat deze Polly het soort meisje was met wie je het graag eens wilde zijn. Polly kwam zowel kwetsbaar als sterk over. Omdat Jody, vanuit de gedachte dat ze een oude vrijster was, dacht dat anderen haar wel hard zouden vinden in plaats van sterk, en zielig in plaats van kwetsbaar, vond ze Polly een soort wonder.

De stem uit de auto was nu duidelijk te horen en was ook iets dringender.

'Oké, oké,' zei Polly.

'Het beste met je hondje,' zei Jody terwijl ze samen met Beatrice verder zwoegden over het sneeuwpaadje.

'De man van dat appartement heeft zich opgehangen,' riep Polly haar achterna.

Jody bleef staan. De man van het appartement had zich opgehangen. Op de dag van de sneeuwstorm had ze zoiets opgevangen. Toen ze met Beatrice thuiskwam van hun wandeling, stond er een ambulance met een heleboel mensen omheen. Dit meisje was verhuisd naar het appartement van de overleden man. Ze vroeg zich af of er in haar eigen appartement ook mensen waren gestorven voordat zij er kwam wonen. Dit idee was nog nooit bij haar opgekomen, terwijl dat heel goed had gekund, omdat het gebouw al meer dan honderd jaar oud was. Ze keek naar de overkant van de straat waar haar deur nog net zichtbaar was boven de sneeuwhopen.

'Goh,' zei ze.

Maar het ging haar niets aan en Beatrice stond te rillen. Ze zwaaide even ten teken dat ze ervandoor ging en liep verder.

En mijn vriendje heeft me ook nog gedumpt, wilde Polly het weglopende figuurtje naroepen, alsof die twee dingen iets met elkaar te maken hadden. Ze slaakte een zucht en ging terug naar het busje om Geneva te helpen, die ongeveer bevroren was en totaal niet geïnteresseerd bleek in Polly's nieuwe buurvouw of haar grote witte hond met die roze trui.

'Ik vind het maar een enge bedoening met dat appartement,' zei Geneva tegen haar. 'Een waanzinnig slecht karma.'

'Het gaat toch om míjn karma.'

Haar ouders hadden gebeld en haar verboden het appartement te huren. 'Er zijn nog zo veel andere appartementen in New York, Polly.'

'Maar in andere appartementen zijn geen in de steek gelaten puppy's,' legde Polly zo kalm mogelijk uit.

George was boven bij het hondje, en Polly drukte trots op de nieuwe zoemer naast het plekje waar haar naam op een stukje tape stond geschreven dat over de naam van de overleden man was geplakt.

George zat op de vloer van de lege woning op zijn zus en haar vriendin te wachten, en aaide het slapende hondje. Het was een zacht hoopje hond, honingkleurig met witte pootjes en één wit oortje. George had het hondje mee naar het asiel genomen om te informeren wat voor prikken hij moest hebben, en de dierenarts daar had hem gezegd dat het beestje ongeveer zes weken was en eigenlijk te jong om bij zijn moeder weg te zijn. George had het diertje daarna zo veel mogelijk tegen zich aan gehouden, en vroeg zich af of dat het beestje zou troosten. Ze schrokken allebei van de deurbel.

In de lift keek een man van middelbare leeftijd George argwanend aan.

'Mijn zus is verhuisd naar 4F,' zei George. Hij stak zijn hand uit. 'Ik heet George.'

'4F?' De man fronste zijn wenkbrauwen. 'Maar...'

'Ik weet het,' zei George. Toen de man geen aanstalten maakte om zijn uitgestoken hand te drukken, trok George hem terug. 'Het huis stond leeg,' zei hij in een zwakke poging zijn zus te verdedigen. 'Ze heeft dit hondje daar gevonden.' Hij hield de puppy omhoog.

'Goeie god,' zei de man. 'Er was dus toch een hond.'

George begon een hekel aan de man te krijgen.

'Mijn zus heet Polly,' zei hij, in een laatste poging tot hoffelijkheid. 'Daar is ze.' De liftdeuren gingen open en ze zagen Polly, die wankelend op haar hooggehakte laarzen dwars door de sneeuwhopen bezig was een enorme doos naar de ingang van het gebouw te slepen. De onvriendelijke man hield de deur open voor Polly en knikte flauwtjes. '5D,' zei hij, en hij liep door.

Polly had nauwelijks oog voor hem. In het gebouw waar Chris woonde, kende ze ook geen van de buren, en bovendien was ze meer geïnteresseerd in het hondje, dat ze van George overnam, en in de lobby van haar nieuwe woning.

'Howdy,' zei ze zachtjes. Zo had ze hem genoemd.

'Je had hem net zo goed Hallo kunnen noemen,' had haar vader gezegd.

'Kijk!' zei Polly terwijl ze over het kopje van de puppy naar een tafeltje keek dat in de hal stond. 'Feestartikelen!' Iemand had er een oud videospelletje en een deegroller met rode handvatten op neergelegd. Ze pakte de deegroller op. Misschien ging ze wel een taart bakken of er iemand mee op zijn kop slaan, zoals een vrouw in een strip. Toen legde ze hem weer terug.

'Ik wil niet te inhalig zijn op mijn eerste dag,' zei ze.

Polly was bureauredacteur van een woontijdschrift, een baan waarvan ze hield en die ze volgens haarzelf nog steeds had omdat ze op de middelbare school Latijn had gehad. En hoewel het tijdschrift gericht was op woninginrichting, was ze veel meer geïnteresseerd in bijzinnen dan in behang en het onderhoud van kozijnen. Toen met de hulp van George en Geneva de dozen waren uitgepakt en de meubels in elkaar waren gezet, was dan ook duidelijk te zien dat haar interesse ergens anders lag. Het appartement was eerder kaal dan sober ingericht, geen rustige maar saaie kleuren. Het had de sfeer van een gloednieuwe kamer in een studentenflat, maar Polly was verrukt.

Nadat George en Geneva 's avonds waren vertrokken, zette Polly de plakkerige bakjes van de afhaalmaaltijd in de koelkast en ging op de nieuwe bank in haar nieuwe appartement zitten. Ze keek naar het hondje dat over de kale houten vloer darde. Ze keek toe hoe hij vlak naast de krant die ze had neergelegd zat te plassen. Toen ze het plasje had opgeruimd, gooide ze een piepende rubber hamburger naar hem toe. Daarna keek ze hoe hij een tennisbal wegsloeg met zijn brede pootjes. Ze dacht aan de vorige bewoner, en het was net alsof hij nooit had bestaan. Polly vond dat ze een soort altaartje moest maken ter nagedachtenis aan hem. Ze stak een kaars aan in haar nieuwe IKEA-kandelaar en zette die in de vensterbank.

'Het was toch een kwestie van chemie?' zei ze tegen de puppy. 'Soms kan niemand daar iets aan doen.' Ze moest denken aan de tekst die in enorme gele letters op de muur van een gebouw in Seventy-second Street was geschilderd: DEPRESSIE IS EEN CHEMISCHE FOUT, GEEN KARAKTERFOUT.

Howdy kauwde met zijn vlijmscherpe tandjes op een sok.

'Ik weet zeker dat het iets chemisch was,' zei ze weer. 'Of genetisch.' Toch had ze nog steeds een licht, maar vertrouwd gevoel van verantwoordelijkheid.

'Ik ga voor jou zorgen,' zei ze tegen de puppy.

Als George er nog was geweest, zou hij hebben gezegd dat ze overdreef. Ook zou hij eraan toe hebben gevoegd dat alles meestal vanzelf wel in orde komt.

'Jij bent de enige die me begrijpt,' zei ze tegen het hondje. Ze lag op de vloer te piekeren terwijl Howdy met haar haren speelde.

Wat zou Chris op dit moment doen? Zat hij op de bank op zijn laptop naar zijn fantasievoetbalelftal te kijken, met de tv aan en een biertje onder handbereik? Zijn nieuwe vriendin zou wel naast hem zitten, met haar eigen laptop. Het was niet eerlijk dat Polly verliefd was geworden op iemand met zo weinig diepgang. Ze hield zich tenminste voor dat Chris oppervlakkig was, en ze vermoedde dat het nog waar was ook. Maar de jaren dat ze bij elkaar waren geweest, had dat haar helemaal niets kunnen schelen, en nu ze uit elkaar waren, deed het er gek genoeg nog veel minder toe. Ze had van hem gehouden en ze miste hem. Hij mocht dan net zoveel diepgang hebben als een krant, het maakte niets uit nu hij onbereikbaar voor haar was. Polly snikte even. Ze ging op haar buik liggen, begroef haar gezicht in haar armen en huilde, min of meer in de verwachting dat het hondje zijn snuit tegen haar natte wangen zou duwen om haar te troosten. Ze wachtte, kreunde toen wanhopig en iets luider dan eigenlijk de bedoeling was geweest, en dat klonk zó zielig dat ze meteen welgemeend hysterisch begon te snikken. Howdy speelde gewoon verder, en had er geen idee van dat ze hem nodig had. Toen Polly eindelijk was uitgehuild, kwam ze ontgoocheld overeind, waste haar gezicht en troostte zichzelf zo goed en zo kwaad als het ging met een loempia.

Eerder op die dag stonden Doris en Simon op het punt gelijktijdig de Go Go Grill te verlaten. Op dat moment bleven ze even staan om uit het grote raam van het restaurant naar de vrachtwagen te kijken die de straat versperde. Doris, die al uit haar humeur was omdat die lange man met dat stomme gebreide mutsje weer was opgedoken, was totaal niet te spreken over de gehuurde bestelwagen en de stapel IKEA-dozen.

'Jongelui,' zei ze bits. En immigranten, dacht ze, maar dat zei ze niet hardop. Dat was het soort mensen dat bij IKEA kocht, en zowel jongelui als immigranten maakten rotzooi en hadden hun autoradio altijd keihard aan staan.

'Dat is vast voor het zelfmoordappartement,' zei Simon. Hij had ook de ambulance en de brancard in de sneeuwstorm gezien. 'Dat is ook snel.'

Jamie kwam achter hem staan. 'Dat noem ik nou ongepaste haast.'

'Hij heeft zich opgehangen,' zei Doris. 'Dat heeft de conciërge van 213 me verteld.'

'Twee slaapkamers,' zei Jamie en hij schudde treurig zijn hoofd, waarbij hij met zijn hand gebaarde naar een paar knappe kelners die aan een tafeltje zaten te lunchen.

'Het was een chagrijnig iemand en die woning leek wel een vuilnisbelt, heb ik gehoord,' zei Doris.

'Ik zou daar nooit kunnen wonen, dat kan ik je wel vertellen. Mij te gruwelijk,' zei Simon. 'En ook geen tuin...' Hij zweeg even en zei toen voorzichtig: 'Niet toch?'

Doris keek hem met onverholen misprijzen aan.

'Nou ja...' mompelde Simon, en hij duwde de deur open en liep weg.

'We mogen hopen dat ze al die dozen recyclen,' zei Doris en ze knikte in de richting van de bestelauto en verliet toen ook het restaurant.

Jamie zuchtte even, ging vervolgens terug naar het tafeltje van zijn ex-vriendjes met hun zwarte broek en witte overhemd en schonk hen, zijn personeel, nog een beetje wijn in.

Die avond beende George van de ondergrondse naar Mott Street om te gaan werken. Een tijdje had hij 's nachts op een taxi gezeten. Maar toen had hij via een vriend dit baantje als kelner gekregen. Het was geen erg goed restaurant, duur, vol pretenties, een hippieachtige inrichting en in Georges ogen een gedrocht in deze voormalige achterbuurt, maar het had het voordeel dat het maar drie blokken van zijn eigen appartement vandaan was. Af en toe was het er een gekkenhuis, een geweldig gedoe van klanten, specialiteiten en vuile borden. Maar er waren ook pauzes waarin hij kon wegdromen. Thuis kon hij ook wegdromen. Hij wist dat hij daarmee moest ophouden en iets nuttigs moest doen met zijn vrije tijd. Maar als hij thuis niet wegdroomde, dan speelde hij computerspelletjes, keek naar films of luisterde naar muziek op zijn iPod.

Terwijl hij wegdroomde, richtte hij zich op zijn zusje. Wat moest hij met Polly? Hij was het niet gewend om zich over haar zorgen te maken. Dat was háár taak, zich zorgen maken. Mijn taak is het om weg te dromen, dacht hij met weerzin. Hij had Polly achtergelaten op haar nieuwe bank, doodmoe terwijl nog veel dingen onuitgepakt waren, en zo te zien trots op haar nieuwe appartement. George kon zich niet voorstellen dat hij daar moest wonen. Waar had ze twee slaapkamers voor nodig? Ze had nauwelijks genoeg meubels voor de zitkamer en haar eigen slaapkamer. In de andere slaapkamer stonden nu de dozen die ze nog niet hadden uitgepakt. En hoe kon iemand in vredesnaam verhuizen naar een plek waar kortgeleden een zelfmoord had plaatsgevonden? Hij was niet bijgelovig, maar op hem kwam het nogal morbide over. En bovendien was Polly nu zo overduidelijk ongelukkig. Het leek hem niet erg bevorderlijk voor het welzijn van zijn depressieve zus om de plaats in te nemen van een depressieve man die zich had opgehangen. Maar Polly wilde toch niet naar hem luisteren, Polly luisterde namelijk naar niemand.

Het zat George ook niet lekker dat het uit was tussen Polly en Chris. Hij wilde Polly niet afvallen, maar de waarheid was dat hij Chris graag mocht. Chris was niet de meest fascinerende man ter wereld, soms was hij een beetje opdringerig, en hoewel zijn baan als junior onroerendgoedadvocaat te saai voor woorden was, praatte hij er onafgebroken over. Maar Chris hield ook van uitgaan en George was vaak met hem meegegaan. Ze gingen naar clubs en bars en dronken, flirtten en dansten. Polly ging ook wel eens mee, maar ze hield het niet lang vol en wilde meestal weer vroeg naar huis. Als George en Chris het een beetje gehad hadden, gingen ze in een café nog stilzwijgend een biertje drinken. Dat waren gezellige en vriendschappelijke momenten. Zou George deze avonden met Chris nu moeten opgeven omdat Chris en zijn zusje uit elkaar waren? Natuurlijk moest hij dat, dacht George spijtig, en op dat moment was hij ervan overtuigd dat hij het net zo erg als Polly vond om Chris kwijt te raken.

'Wat mankeert jou?' vroeg de gastvrouw van het restaurant. Ze heette Alexandra en ze was waarschijnlijk net zo oud als hij. Wanneer ze maar kon gaf ze hem op zijn kop, en ze had tot twee keer toe geprobeerd hem te laten ontslaan. Allebei de keren was het hem gelukt aan een zekere werkloosheid te ontsnappen, maar wel op het nippertje.

'Niets,' zei hij. Hij had tegen de bar staan leunen. Opeens was hij een en al aandacht en hij draaide zijn hoofd om om te kijken of er bestellingen moesten worden opgenomen, maaltijden moesten worden geserveerd of dat er moest worden afgerekend.

'Nou ja!' zei ze.

'Waarom let je altijd zo op me?'

Ze wees naar een man en een vrouw die bij het raam zaten.

'Je bent vergeten hun bestelling op te nemen, George.' Toen knikte ze in de richting van zes homo's die aan een ronde tafel zaten te gieren van het lachen. 'Je hebt niet gevraagd of ze nog wat willen drinken, George. Daarmee verdienen we namelijk hier ons brood, George.'

George voelde zich rood worden. Hij was boos en hij schaamde zich.

'Je hebt geknoeid met de preipuree en...'

En ik heb in de lamsschotel gespuugd, dacht hij, maar dat heb je niet gezien.

'Neem me niet kwalijk,' zei hij.

Alexandra snoof. 'Wat doe je hier eigenlijk?' vroeg ze.

En George vroeg zich, en niet voor de eerste keer, precies hetzelfde af.

'George! Wakker worden!'

Ze sloeg hem met haar pen op zijn hoofd en beende weg.

George herinnerde zich een meisje in de tweede klas dat hem op het schoolplein achternazat om hem met een potlood op zijn hoofd te kunnen slaan, en hem dan wilde zoenen. De rest van zijn dienst probeerde hij zichzelf wijs te maken dat hij Alexandra zou kunnen aanklagen voor seksuele intimidatie. Aan het eind van de avond nam hij ontslag.

VIJF

Een heer

Toen het eindelijk ging dooien, moest Simon aan de lente denken, en de lente hield natuurlijk de belofte in van de zomer, wat weer betekende dat het niet lang daarna herfst zou worden. Er bestaan mensen op deze wereld die het geluk hebben dat ze kunnen genieten van het ogenblik, die gezegend zijn met een perfect gevoel voor tijd, die altijd de juiste, schitterende toon weten te treffen, hier, in het heden. Simon hoorde daar niet bij. De enige dingen die hem als muziek in de oren klonken, waren de maand november en de weekends dat hij naar Virginia kon gaan. Al het andere was slechts een zwakke afspiegeling daarvan. Maar zelfs van de zwakke afspiegeling kon hij genieten wanneer hij zich voor de geest haalde dat hij zijn laarzen aantrok en het enorme paard waarop hij elk seizoen reed met lange, golvende bewegingen onder zich voelde lopen. Simons kamergenoot op college, en tevens zijn beste vriend, had een huis met stal en een bestaan geërfd, en elk jaar werd hij in november uitgenodigd om in het gastenverblijf te komen logeren en deel te nemen aan dat bestaan. Na twintig jaar was dit het enige leven dat echt belangrijk voor hem was.

Simon kloste met zijn waterproof laarzen de trap op van de ondergrondse, en vervolgens waadde hij door de grote plassen naar huis. Het was nog niet eens zes uur en nu al donker. Er reed een ambulance voorbij met loeiende sirene, die hem onderspatte met ijskoud, modderig water. Op dit soort momenten nam hij de vrijheid om toe te geven dat hij New York haatte, en het was niet de eerste keer dat hij erover dacht om een baan in Virginia te gaan zoeken. Maar zoals altijd wanneer zijn overpeinzingen op het punt stonden tot een daadwerkelijke verandering te leiden, gingen Simons gedachten opeens een andere kant op. Hij mocht dan misschien niet helemaal gelukkig zijn met zijn leven, maar hij was er in elk geval aan gewend. Dus op het moment dat hij zag dat een grote witte hond naast hem ook onder de modderspatten zat, richtte hij zijn aandacht daarop.

'Jij moet in bad,' zei hij tegen de hond. 'En ik ook.' Hij praatte gemakkelijker tegen honden dan tegen hun baasjes, en daarom bleef hij naar het dier kijken. Maar dit baasje, een nogal aantrekkelijke vrouw, was een beetje zenuwachtig geworden en haalde een pakje Kleenex uit haar tas. 'Hier,' zei ze, en ze gaf hem een tissue. 'Hebt u hier iets aan? Kijk nou, uw mooie jas. Nu maar hopen dat degene die in die ambulance ligt er ook echt slecht aan toe is.' Toen het tot haar doordrong wat ze had gezegd, schoot ze in de lach. Simon had uit beleefdheid de papieren zakdoek aangenomen, hoewel hij wist dat die kapot zou gaan en niets zou uitrichten wanneer hij ermee over zijn camel jas zou wrijven, en nu probeerde hij te voorkomen dat de hond alsnog met zijn poten vlekken zou maken op de plekken die nog niet onder de modder zaten.

'Beatrice,' zei de vrouw streng. De hond hield op en ging met zo'n intens zielige uitdrukking op haar snuit zitten dat Simon meteen spijt had dat hij de hond niet zijn gang had laten gaan en haar vieze poten op zijn jas had laten zetten, want die moest toch naar de stomerij. Hij aaide de hond over haar kop.

'Arme Beatrice,' zei hij. 'Kijk niet zo treurig.' Beatrice gehoorzaamde meteen en sprong tegen hem op, met haar poten tegen zijn borst. Ze gaf hem een lik over zijn kin terwijl haar baasje aan de riem trok.

Toen Beatrice ten slotte weer met haar poten op de grond stond, had Simon even tijd nodig om het baasje, dat overstuur was en zich doodschaamde, gerust te stellen.

'Het spijt me vreselijk,' zei ze steeds maar. 'Ze snapt niet hoe groot ze is... Ze is heel lief... Neem me niet kwalijk... Ik hoop dat u niet van haar bent geschrokken...'

Simon verzekerde de vrouw ervan dat er niets aan de hand was, door op zijn hurken te gaan zitten en zijn gezicht tegen Beatrices snuit aan te drukken. Alleen maar om te laten zien dat hij de hond en de vrouw niets kwalijk nam.

'U bent een echte heer,' zei het baasje.

En dat vond Simon heel fijn om te horen. Dat had hij nou net altijd willen zijn, een heer. Van de weeromstuit en tot zijn eigen verbazing nodigde hij de vrouw, die Jody bleek te heten, vervolgens uit om iets in de Go Go te gaan drinken.

Hoewel de Go Go zich op de hoek van ons blok bevindt, was de ingang maar een paar stappen vanaf de plek waar ze hadden staan praten. Jody had er nog nooit een voet binnen gezet.

'Ik ben hier nog nooit binnen geweest,' zei Jody. 'Gek, hè? Ik woon maar twee deuren verder, op 236.'

'En ik op 232!' zei Simon, alsof dat iets wilde zeggen, alsof hun deuren, die zich aan dezelfde kant van de straat bevonden, hen met elkaar verbonden. 'De hond mag naar binnen,' zei hij, en hij gebaarde naar het restaurant. 'Tenminste, de eigenaar heeft de zijne altijd bij zich.'

Jody stond vlak bij hem, en ze hield haar hoofd schuin om te kunnen verstaan wat hij daar bromde. 'In sommige zaken mag ik met de hond 's zomers aan een tafeltje op de binnenplaats zitten,' zei ze. 'Maar niet dikwijls. Mensen zijn vaak bang voor Beatrice.' Ze sprak nogal luid, alsof hij hardhorend was.

Simon deinsde achteruit, een beetje maar, en zei dat hij niet bang was voor Beatrice. Dus gingen ze aan de bar zitten, dronken genoeglijk een paar drankjes en aten een bordje gefrituurde calamaris, terwijl Beatrice op de grond sliep.

Het restaurant was niet groot en de bar liep over de hele lengte van de muur. Aan de andere kant stond een met bruine stof beklede muurbank, en in het midden stonden een stuk of acht kleine tafeltjes. Het was een plezierige ruimte, simpel en nogal sober. De enige kleur werd ingebracht door de grote rode lampenkappen aan het plafond. Jody wist dat dit het enige goede restaurant in de buurt was en ze vroeg zich af waarom ze er nooit naar binnen was gegaan. Ze bestelde automatisch een witte wijn, maar toen Simon om een glas bourbon vroeg, merkte dat ze dat eigenlijk liever had gehad. Toch zei ze niets, ze pakte haar glas wijn op en nipte ervan op een manier die naar zij hoopte, zowel beschaafd als geraffineerd was.

Wat een aardige man, dacht ze, en meteen daarna vroeg ze zich af hoe het zou zijn om hier met Everett te zitten. Sinds die nachtelijke wandeling had ze hem niet meer gezien, hoewel ze Beatrice elke keer aan zijn kant van de straat had uitgelaten. Als de taxi hém nou eens had ondergespat in plaats van Simon, zou hij haar dan ook hebben gevraagd iets te gaan drinken?

'Ja, natuurlijk,' zei ze toen tot haar doordrong dat Simon net aan haar had gevraagd of hij het laatste stukje calamaris mocht pakken.

Ze vroeg zich af of deze twee mannen elkaar kenden. Misschien waren ze wel bevriend. Bij deze gedachte glimlachte ze in Simons richting. Hij bloosde en sloeg in één keer zijn glas water achterover terwijl Jody van haar wijn nipte en afwezig uit het raam staarde.

Simon zag dat de ober zijn glas weer volschonk.

'Dank je wel,' zei hij.

De ober leek hem niet te horen, maar daar was Simon aan gewend. Hij boog zich voorover en aaide de slapende hond. Beatrice sloeg luidruchtig met haar staart op de houten vloer, waarop Jody zich van het raam afkeerde en hem weer aankeek. Ze heeft haar gelaat weer naar me toegewend, dacht Simon. Hij vroeg zich af of ze elkaar zouden weerzien, samen iets zouden gaan eten of op zondag zouden brunchen. Anders zou het een beetje raar zijn als ze elkaar weer toevallig op straat zouden tegenkomen. Hij zou haar bellen, dacht hij. Ze was prettig gezelschap, besefte hij. Misschien wel omdat ze een beetje afwezig was. Hij bestelde nog meer wijn, deze keer een fles, en vroeg een tweede glas. Hij voelde zich euforisch.

Toen Doris en haar man Harvey om kwart over zes binnenkwamen voor het theatermenuutje, was Simon een beetje aangeschoten. Toch herkende hij de vrouw met de onnatuurlijk gebruinde huid en de nertsjas. Hij knikte naar haar en zij knikte met een uitgestreken gezicht terug. Ik woon in een gemeenschap, dacht Simon. In een buurt. Zonder dat hij er erg in had begon hij een liedje uit *Mister Rogers' Neighbourhood* te neuriën.

'Goh ja,' zei Jody zacht. 'Wat jammer dat hij overleden is.'

Ze keek uit het raam en zag toen Everett lopen met een meisje dat zo sprekend op hem leek dat het wel zijn dochter moest zijn.

'Dat is een buurman,' zei ze.

Simon wierp een blik op de twee weglopende gestalten. 'O ja?' zei hij. 'Ken je hen?'

'Nou nee,' moest Jody bekennen, en ze voelde zich een beetje voor gek staan. Ze kon hem toch niet vertellen dat hij haar uit het raam had geroepen en haar een grote bos tulpen had gegeven? 'Niet echt.'

Toen zag ze in een hoekje van het restaurant het meisje zitten dat haar op straat had aangehouden en naar een dierenarts had gevraagd, het meisje dat het zelfmoordappartement had betrokken. Ze wilde tegen Simon zeggen dat daar nog een buurtbewoner zat, en dat die nu in het appartement van de overleden man woonde, maar ze schaamde zich vanwege haar opmerking over Everett en bovendien was ze te verlegen. Ze zag dat het meisje aan de tafel gezelschap kreeg van een jonge man, een erg bleke jonge man met zwart haar, gekleed in een leuk allegaartje van een gestreept jasje en dito broek.

Polly, die op George had zitten wachten, had Jody niet herkend en haar niet eens zien zitten. Ze had het veel te druk met haar plan om George over te halen bij haar te komen wonen. Het appartement was te duur voor haar en te groot. Toch werd ze alleen al bij de gedachte aan een vreemde als huisgenoot kwaad op Chris en op de wereld in het algemeen. Maar George? Hij was haar broer. En hij had haar nodig.

'Dan heb je een slaapkamer en een badkamer,' had ze tegen hem gezegd. 'Het is idioot dat ik alleen in zo'n groot huis woon.'

Hij had de dozen helpen uitpakken die in de tweede, overbodige, slaapkamer slingerden. Hij had haar stomverbaasd aangekeken. George had vaak tegen zichzelf gezegd dat hij voor Polly alles overhad. Hij zag zichzelf sowieso als iemand die over het algemeen voor mensen klaarstond. Hij hield bijvoorbeeld graag de deur voor iemand open, stond voor iemand op in de bus, of hielp mensen met oversteken. Soms beschouwde hij zichzelf min of meer als een anonieme barmhartige Samaritaan, een superheld die het goede tentoonspreidde door middel van het kleine gebaar. Maar bij zijn zus intrekken? Naar de Upper West Side met al die wandelaars en dure supermarkten? Zou dat een teken zijn van goede wil, of een teken dat hij helemaal geen wil had? Hoe dan ook was het George iets te veel gevraagd. Hij was tenslotte al bezig Polly's boeken allemaal alfabetisch te rangschikken. Was dat nog niet genoeg?

'Dat meen je niet,' zei George.

Polly meende het juist wel. Terwijl ze in het restaurant op George had zitten wachten en eraan dacht hoe ze er weer over zou beginnen, werd ze afgeleid door een woordenwisseling tussen de restauranteigenaar en een barkeeper.

'Je bent ontslagen,' zei de eigenaar, duidelijk geïrriteerd. Vervolgens herhaalde hij dit blijkbaar in iets wat op Portugees leek. De barkeeper werd razend, hij sloeg met zijn vuist op de bar en beende naar de uitgang. Maar toen hij bij de deur was, aarzelde hij en riep iets op smekende toon terug. Jamie wierp hem een vernietigende blik toe, waarna de barkeeper ten slotte afdroop.

Polly keek hem peinzend na. Georges besluit om zijn baantje als ober op te zeggen, als je dat tenminste een besluit kon noemen, en Polly vond van niet, deed haar meer dan het George deed. Ze probeerde nog altijd te wennen aan een oudere broer die nog steeds niet wist wat hij wilde. Ze wist dat hij in het geheim onvoorwaardelijk in zichzelf geloofde, iets waar ze niks van snapte, net zoals iemand die twijfelt geen begrip kan opbrengen voor een waarachtige gelovige, maar zijn onverstoorbaarheid was onuitstaanbaar. Zelfs met zijn ouders had hij het er niet over gehad dat hij werkloos was, maar dat lag niet zozeer aan zijn onverstoorbaarheid, als wel aan een gezonde weerzin tegen een preek vanaf de andere kant van het continent. Maar Polly bleef voor de zoveelste keer met het gevoel zitten dat ze voor haar broer moest zorgen. Hij was aan het zwalken. Het idee dat hij aan het zwalken was, beviel haar maar niets, omdat ze het gevoel had dat zwalken onherroepelijk tot een fiasco of zelfs tot totaal losslaan zou leiden. 'Zwalken.' Het woord deed haar denken aan boten op zee, en de zee deed haar denken aan donkere diepten. Polly had nooit gezwalkt. Ze mocht dan misschien maar met kleine stapjes vooruitgaan, maar zoals ze zichzelf voorhield, het belangrijkste was het woordje 'vooruit'. George was anders, hij liet zich maar een beetje meedrijven en zij was er van overtuigd dat het tijd werd om hem op het droge te trekken. Toen ze de barkeeper naar de deur zag stormen, zag ze haar kans schoon.

'George,' fluisterde ze toen hij binnenkwam en naast haar ging zitten. De gedachte dat hij bij haar moest komen wonen was door dit voorval geheel op de achtergrond geraakt. 'De barkeeper heeft net ontslag genomen. Kun jij achter een bar staan?'

'Hier?'

'Wat maakt dat nou uit. Ja of nee?'

George haalde zijn schouders op, op een manier waaraan ze in de loop der tijd een hartgrondige hekel had gekregen.

'Dat kun je wel,' vond Polly, en vervolgens vertelde ze hem wat hij moest zeggen om zich als ervaren barkeeper voor te doen.

'Ga nu met hem praten,' zei ze. George stond op uit zijn stoel en deed wat hem werd gezegd.

Het bleek dat hij zijn ervaring en kunnen helemaal niet zo erg hoefde aan te dikken.

'Heb je een woning?' was alles wat Jamie vroeg.

'Hoezo? Eh, ja.'

'Je bent aangenomen.'

'Echt waar?'

Vervolgens begon Jamie op verongelijkte toon te vertellen dat hij de rest van zijn personeel maar al te goed kende, dat ze allemaal veel te veel op hem leunden, dat hij al kinderen thuis had, en dat hij zijn restaurant niet ook nog eens door kinderen kon laten runnen, dat niemand van hen de moeite nam Engels te leren, dat er tenslotte grenzen waren, dat loyaliteit één ding was, en dat niemand kon beweren dat hij niet loyaal was, maar dat niemand zou kunnen opbrengen wat hij allemaal moest opbrengen, en wanneer George iets niet wist, dat hij, Jamie, hem dat allemaal wel zou bijbrengen, als George maar vanavond kon beginnen.

'Als hij mocht terugkomen,' zei Jamie, die dreigend in de richting van de deur keek waardoor de vorige barkeeper was weggeglipt, 'dan kan hij borden gaan wassen.'

Jody keek gefascineerd toe hoe de onderhandelingen verliepen. De eigenaar van het restaurant was duidelijk een van de twee mannen van de tuin die ze vanuit haar badkamerraam kon zien. Ze herkende de twee honden die achter hem aan kwamen toen hij met de jongen in het streepjesgeval naar de bar liep. Het meisje dat Jody eerder had gezien, liep ook naar de bar toe en ging aan de andere kant van de bar tegenover de jongen in streepjespak zitten. Ze zag er uitermate zelfvoldaan uit. Was Mister Rogers er maar met zijn oude overjas, dacht Jody, onderwijl genietend van de bekende gezichten, en ook omdat ze iedereen niet goed genoeg kende om met hen te hoeven praten. Ze vroeg zich af hoe het met de puppy ging, maar toch ontweek ze het meisje toen zij en Simon de deur uit gingen. Eén kennismaking met een nieuwe buurtbewoner op een avond was genoeg. Ondanks haar protest had Simon de rekening betaald en haar daarna naar huis gebracht. Het leek wel bijna een afspraakje, besefte ze toen ze de trap op liep, een ouderwets afspraakje. Ze dacht nog wat een prettig iemand hij was, en toen ging ze bij het raam zitten wachten tot Everett en zijn dochter voorbij zouden komen. Op weg naar huis of waar ze dan ook vandaan mochten komen.

Everett en Emily waren gaan eten in een Japans restaurant in Seventy-second Street. Ze bestelden een schaal met sushi voor twee personen. Het plateau was zo groot dat het aan beide kanten van de tafel tien centimeter uitstak, en Emily keek een beetje gegeneerd om zich heen toen het voor hun neus werd neergezet.

'Leslie zei dat ze het jammer vond dat ze niet met ons mee kon,' zei Everett.

Zonder het te willen wierp Emily hem een felle blik toe, en boog toen snel haar hoofd om het te verbergen.

'Goh,' zei ze.

Everett wist dat ze zijn vriendin niet mocht. Waarom zou ze ook? Hij was zelf ook niet zo erg dol op Leslie. Waarom was hij überhaupt over Leslie begonnen? Om eerlijk te zijn had ze helemaal niet gezegd dat ze het jammer vond dat ze er niet bij kon zijn, naar alle waarschijnlijkheid omdat hij haar niet eens had uitgenodigd.

'Lieverd, ik heb ook recht op een eigen leven.'

'Ik houd je niet tegen. Ik heb niks gezegd.'

Maar dat was het hem nou juist. Ze had inderdaad niks gezegd.

'Nou ja,' zei hij, en hij begon over iets anders, namelijk wat Emily nodig had voor haar reis naar Italië van de zomer.

Tegen de tijd dat ze onder Jody's raam door liepen, hadden ze elkaar een arm gegeven, en Jody keek glimlachend toe terwijl haar breinaalden tikten in de avondstilte

Terwijl de weken verstreken, de dagen steeds minder grijs werden en eind maart de wind aanwakkerde, keek Polly met tevredenheid naar George die aan het werk was in zijn nieuwe baan. Ook raakte ze er steeds meer van overtuigd dat ze George wel zover zou kunnen krijgen om bij haar te komen wonen. Polly was iemand met vurige interesses en haar laatste vurige interesse was George. Ze zou hem onder haar vleugels nemen, dat wilde dus zeggen; haar appartement zien binnen te krijgen. Ze was dol op haar appartement. Ze was dol op George. George had bescherming nodig. En zij een huisgenoot. Volgens Polly's hoogst persoonlijke wiskundige theorie kon je dat bij elkaar optellen. Ze had rustig afgewacht en haar plannetje lag klaar. Als George laat uit zijn werk kwam, gebeurde het toch al vaak dat hij bleef slapen, en om dat te stimuleren had ze alvast maar een bed voor de andere slaapkamer besteld, want dan kon hij daar een paar kleren laten liggen. Ze kocht zelfs een elektrische tandenborstel voor hem. Maar ze wist dat Howdy de grootste trekker was.

Howdy was flink gegroeid, maar hij mocht nog steeds niet naar buiten. Pas als hij vier maanden was en al zijn injecties had gekregen, mocht hij op straat of in het park worden uitgelaten. Hij had eindelijk geleerd om in zijn plastic doos met fleecedekentje te wachten tot hij naar de badkamer werd meegenomen, waar in een hoekje blauwe onderleggers lagen.

Polly had ze in de dierenwinkel gekocht (maar ze zagen er eigenlijk net zo uit als de onderleggers waar haar oma in het ziekenhuis op lag toen ze een nieuwe heup kreeg), en daar deed hij dan braaf zijn behoefte op. Ook als hij thuis losliep ging hij netjes naar het hoekje in de badkamer om zijn plasje op de onderleggers te doen. Natuurlijk was dit allemaal niet vanzelf gegaan, hoewel Howdy er misschien wel minder moeite mee had gehad dan Polly. De eerste week had hij de hele tijd gejankt wanneer Polly hem 's nachts opsloot in zijn hokje, en als hij ging janken, moest Polly huilen, belde ze George en maakte hem wakker. Dit gebeurde tien nachten achter elkaar, tien slapeloze nachten waarin Polly naar het hartverscheurende gejank van Howdy en George naar Polly's wanhopige stem moest luisteren. Tien ochtenden waarop Polly om vijf uur opstond om Howdy naar de verfrommelde, niet-gebruikte blauwe onderleggers te dragen, hem weer in zijn hondenhokje te zetten, hem er na tien minuten weer uit te halen, en zo maar door, tot hij eindelijk zijn poot optilde. Polly hoorde het zielige gejank en gepiep, haalde het hondje uit zijn hokje, deed het er weer in, steeds maar weer, net zolang totdat ze zich niets meer aantrok van de boeken die ze over dit onderwerp had gelezen en de artikelen die ze had gedownload, en het hondje vrij liet rondlopen en hem liet plassen waar het hem uitkwam. Toch kreeg Howdy het op een gegeven moment door, hij begon op vaste tijden zijn behoefte op de onderleggers te doen, en zodra het deurtje van zijn hokje dichtviel, plofte hij neer op zijn dekentje, waarna hij onmiddellijk in slaap viel. Zo raakte de pup gewend aan zijn hok, aan het plassen op onderleggers, en hield Polly op met huilen en het midden in de nacht opbellen van George. Maar een puppy kan niet de hele dag alleen gelaten worden. Daarom wist Polly George zover te krijgen dat terwijl zij op haar werk was, hij elke middag een paar uur op het hondje kwam passen, hem zijn behoefte liet doen en even met hem speelde. Vanwege zijn baan en omdat hij op het hondje paste, was George nu bijna altijd in de buurt, en Polly wilde daar nu een soort vorm aan geven. Maar elke keer dat ze erover begon, lachte George alleen maar. Ze moest zichzelf echt inprenten dat hij soms met fluwelen handschoenen moest worden aangepakt. Hij kon behoorlijk koppig zijn. Alleen al de manier waarop hij zich kleedde, zei genoeg. Niemand snapte daar iets van, maar voor hemzelf was het zonneklaar en het had geen zin hem op andere gedachten te brengen. Ze moest dit voorzichtig spelen.

Tegelijkertijd had ze nog meer, en net zo belangrijke plannetjes met haar broer. Eentje daarvan had met Geneva te maken. Geneva was Polly's beste vriendin. En in de loop van de tijd had Polly de hoop opgevat dat deze beste vriendin ook de beste vriendin van haar broer zou worden. Af en toe keek Polly naar haar broer, naar zijn merkwaardige kleren en zijn overduidelijke gebrek aan ambitie. Dan zag ze een boeiend en uitgestrekt gebied voor zich, een prairie met wuivend gras, die lag te wachten om eens grondig te worden omgeploegd

ZES

'Bloemen die in de lente bloeien'

Natuurlijk was het vervelend dat het elke dag regende nu het lente was, maar Everett had er schoon genoeg van dat iedereen het daar steeds maar over had. Alle winkeliers, liftbediendes, collega's en alle mensen die hij aan de telefoon kreeg, het deed er niet toe vanuit welk deel van het land ze belden, hadden het over de stortbuien.

'Ja,' zei Everett dan. 'Het regent.'

Maar ondanks zijn afkeer van praatjes over het weer, was hij niet immuun voor de overlast. Hij had de pest aan het gedoe van zijn grote paraplu open en dicht te doen. Hij had de pest aan de loodgrijze, overhangende bewolking. Hij had de pest aan zijn natte schoenen en klamme sokken. Hij werd ondergespat door taxi's en bussen. Mensen snauwden tegen hem en hij snauwde terug. In deze stemming, veroorzaakt door het deprimerende weer en irritatie, besloot hij het dan eindelijk maar uit te maken met Leslie. Ze waren het er inmiddels al over eens geworden dat je 'ook met andere mensen moest kunnen omgaan', wat dat ook mocht betekenen. Volgens hem betekende het dat ze te beleefd waren om het in één klap uit te maken. Trouwens, 'uitmaken' klonk hem op zijn leeftijd bespottelijk in de oren, net zoals 'vriendinnetje' en 'vriendje'. Maar hoe dan ook, hij moest het nou eindelijk maar eens uitmaken.

'Ik heb je nooit gelukkig gemaakt,' zei ze met trillende lippen.

'Wel waar, natuurlijk wel. Ik vind je geweldig,' reageerde hij. 'Geweldig. Maar...'

'Maar niemand kan jou gelukkig maken,' voegde ze eraan toe, en ze stond plotseling op. Everett keek hulpeloos toe terwijl het tafeltje stond te wiebelen en haar wijnglas omviel, waardoor de inhoud, een uitmuntende Gavi, op zijn broek terechtkwam.

Leslie wierp nog één keer een blik op hem en zijn natte broek en beende toen het restaurant uit. 'Ik had rode wijn moeten nemen,' zei ze nog.

Toen hij na deze confrontatie naar huis liep, op de achtste regenachtige dag, zag Everett Jody en Beatrice. Hij had betaald voor het eten, dat overigens niet slecht was geweest, hij zou daar echt nog wel een keer terugkomen, en realiseerde zich opeens dat hij op weg naar de stad zijn paraplu in de taxi had laten liggen. Woedend stond hij meer dan een kwartier te wachten op een taxi die vrij was. Eenmaal in de taxi bedaarde hij een beetje toen hij zag dat iemand anders ook zijn paraplu had vergeten. Dat was een goed voorteken, dacht hij, hoewel hij niet in voortekens geloofde.

Net op het moment dat hij uit de taxi stapte, liepen Jody en Beatrice langs zijn voordeur. Ze hadden alle twee een felgele regenjas aan, waardoor ze op twee een beetje eigenaardige schoolkinderen leken. Everett aarzelde even, en vroeg zich af of Jody hem zou zien. Hij was doodmoe nadat hij het had 'uitgemaakt' met zijn 'vriendinnetje'. En hij was kletsnat. Maar toen zag ze hem inderdaad en lachte ze naar hem, op zo'n vriendelijke en ongedwongen manier dat hij ontspande.

Zodra ze in gesprek raakten, deed Everett zijn paraplu open. Hij was niet helemaal ontevreden over zichzelf, alsof hij dit moment had voorzien. Helaas was de paraplu felroze met groene kikkers erop. Toch had hij niet de moed hem weer dicht te doen, want dat zou hij er nog meer de aandacht op vestigen. Vervolgens bleven Jody en hij bijna een uur onder het roze schermpje staan kletsen. Toen wenste Everett haar nog een prettige avond, aaide de hond over haar natte kop, en ging naar boven waar hij onmiddellijk zijn handen waste. Tot zijn verbazing had Jody onder de paraplu een sigaret gerookt. Toch stonk ze niet naar sigarettenrook, zoals zo veel rokers. Ze zag er zo gezond uit. En intelligent, want ze hield net als hij van Gilbert en Sullivan.

Hij maakte een martini klaar, en zei tegen zichzelf dat hij die verdiend had omdat hij een einde had gemaakt aan de toch al afbrokkelende relatie met Leslie. Hij luisterde naar het gerinkel van de ijsblokjes in de shaker. Hij trok zijn natte schoenen en sokken uit, maar hij had nog steeds zijn vochtige pak aan. Hij nam het glas mee naar de badkamer, deed zijn kleren uit en legde ze over de rand van het bad. Toen trok hij een blauwe pyjama aan, gewassen en gestreken door de stomerij, ging op de rand van zijn bed zitten en zette het nieuws aan. Vervolgens ging hij zijn dochter zitten missen. Emily missen was een soort activiteit geworden. Het was niet langer een gevoel, maar een fysieke daad, die tijd en ruimte vereiste.

Hij dronk zijn glas leeg en keek naar de olijven. Emily at altijd de olijven uit zijn martini op. Het appartement was stil en ontzield zonder haar, zo groot als een echt huis, zo nutteloos als het huis van iemand anders. Haar afwezigheid gonsde in zijn oren terwijl hij op de rand van het bed in elkaar kroop en tv keek. Buiten dit stukje bed was de rest van het appartement volkomen vreemd. Hij had het allemaal niet nodig. Hij hoorde hier niet. Everett zei tegen zichzelf dat deze idiote treurigheid nergens op sloeg. Zijn dochter was niet eens weg, ze zat op college. Ze kwam naar huis in de vakantie. Dan sliep ze in haar eigen bed, liet het licht in de badkamer branden, sloeg met de deur van de koelkast. Everett wist plotseling weer hoe het voelde, alsof het op dat moment echt gebeurde, wanneer na een beetje getrek Emily's rubberen laarsje eindelijk van haar tweejarige voetje losschoot.

Ze was heel strikt in het verdelen van de tijd tussen haar ouders, en Everett kon het niet uitstaan wanneer ze bij haar moeder was. Dat was niet zo geweest toen Emily opgroeide, en ook niet het eerste jaar nadat Alison en hij waren gescheiden. Het ging om nu, omdat het aantal dagen nu zo beperkt was.

Misschien moesten Alison en hij maar weer met elkaar trouwen, dacht hij. Dan wordt mijn portie verdubbeld.

Maar het idee om weer met zijn ex-vrouw te trouwen was niet erg aanlokkelijk. Kinderen die het licht in de badkamer lieten branden was één ding. Maar een vrouw was iets anders. Met uitzondering van zijn dochter, die in zijn ogen niets verkeerd kon doen, was Everett behoorlijk intolerant ten opzichte van anderen. Zo had hij er nooit op aangedrongen dat Leslie bij hem bleef slapen. Ze was een indringster in zijn eenzaamheid, zijn verlatenheid.

Die avond belde Emily op. Ze was haar mobieltje kwijt en wilde niet dat hij zich zorgen maakte als hij haar niet kon bereiken.

'Dat is lief van je,' zei hij. Hij glimlachte. Hij wachtte. Hij wist wat er nu zou komen.

'Eh...'

Hij wachtte en glimlachte nog steeds. Zelfs waneer ze om geld vroeg, vond hij het nog fijn.

Natuurlijk zei hij altijd tegen haar dat je verantwoordelijk met geld moest omgaan, dat het belangrijk was op haar geld te letten, vooruit te plannen, dat het misschien een goed ideetje was om iets opzij te zetten, in geval van nood, en dat hij haar natuurlijk geld zou geven om te gaan skiën, voor boeken, schoenen, kussens, parkeerboetes, bibliotheekboetes, of wat het déze week, maand of dag mocht zijn. Ze was niet zo onaangepast meer. Ze schaamde zich ervoor iets aan hem te vragen. Dat was in elk geval een verbetering, stelde Everett tevreden vast.

Onder het tandenpoetsen dacht hij aan Jody. Hij had haar moeten uitnodigen om iets te gaan drinken. Dat zou hij ook hebben gedaan als ze niet die grote, natte hond in die idiote regenjas bij zich had gehad. Maar ze hadden wel afgesproken om de volgende avond bij de Go Go te gaan eten. Waarschijnlijk zou ze die hond dan wel thuis laten. Hij ging naar bed en voelde zich schuldig tegenover Leslie. Ik ben een schoft, dacht hij. Maar toch sliep hij de slaap der onschuldigen.

Jody daarentegen was klaarwakker. Ze doorliep op haar viool een moeilijke passage van Sibelius, waarbij ze een denkbeeldige strijkstok gebruikte. Toen ze er genoeg van had, ging ze met haar breiwerk in de vensterbank in de erker zitten. Ze had de verbaasde uitdrukking op zijn gezicht gezien toen ze die sigaret opstak. Waarom had ze dat eigenlijk gedaan? Ze rookte pas sinds kort weer, en echt niet veel. Waarom had ze dat uitgerekend op dat moment gedaan?

'En wat dan nog?' zei ze hardop.

Maar toch vond ze het wel belangrijk. Ze had maar zo weinig tijd met Everett doorgebracht dat haar elk moment en elke uitdrukking op zijn gezicht was bijgebleven. Ze dacht erover na wat ze de volgende dag zou aantrekken. Op het moment dat ze naar zijn handen keek om de steel van de paraplu, had ze zenuwachtig die sigaret opgestoken. Mooie handen. Mooie man. Misschien was die paraplu van zijn dochter. Hij was een beetje stijfjes in zijn doen en laten, maar wel zelfverzekerd. Alleen een man die zeker was van zichzelf kon rondlopen met een roze paraplu met kikkertjes. En dit soort zelfvertrouwen had iets krachtigs. Hoewel ze heel goed wist dat dit vaak niets met kracht te maken had, vond ze het toch iets geruststellends hebben. En ze zou met hem gaan eten, Jody, de zogenaamde oude vrijster. Ze stond op en stopte haar breiwerk in de mand. Ze liep naar het boekenkastje waar de telefoonboeken stonden en zocht zijn naam op. Vol opwinding zag ze zijn naam op het dunne papier staan. Ze deed het licht uit, stapte in bed en luisterde naar het gesnurk van de hond tot het ochtendlicht door de hoge ramen naar binnen viel en de goudgele muren opgloeiden in de dageraad. Het regende niet meer. Ze maakte Beatrice wakker en wandelde vervolgens met haar naar het botenmeer in Central Park waar ze naar de rimpeltjes op het water keek die door de wind werden veroorzaakt.

George had weer bij Polly gelogeerd, zoals hij wel vaker deed. Ze was echter vergeten het rolgordijn naar beneden te doen, en daardoor maakte het ochtendlicht hem eerder wakker dan hem lief was. Hij liep naar het raam om het rolgordijn omhoog te doen en zag toen Jody en Beatrice vanuit het park naar huis lopen. George herkende Jody als een van de klanten uit het restaurant, of liever gezegd: hij herkende de hond. Hij kon moeilijk gezichten onthouden, wat zijn werk als barkeeper er niet gemakkelijker op maakte. Maar hij kon zich ermee redden. En het kon hem trouwens niet veel schelen. Het was tenslotte een tijdelijk baantje. Ooit zou hij beginnen met... iets.

Hij ging terug naar bed en sliep tot het middaguur. Toen haalde hij Howdy uit zijn hok en liet hem zijn behoefte doen op de onderleggers. Hij gooide een speeltje naar het hondje en keek hoe toe het diertje het ding aan flarden scheurde. George rende de kamer rond met de puppy achter hem aan, waarbij hij af en toe zijn voet optrok en Howdy met zijn tanden aan zijn sok bleef bungelen. Hij zag hoe Howdy zich schoonlikte. De puppy begon altijd met zijn linkerpootje, likte daaraan, en wreef er af en toe als een kat mee over zijn oortje. Hij vroeg zich af of honden linkshandig konden zijn.

Toen Polly van haar werk thuiskwam, was George er nog. Het kostte hem te veel moeite om helemaal naar huis te gaan en daarna weer meteen terug te moeten.

'Denk jij dat honden linkshandig kunnen zijn?' vroeg hij.

'Ze hebben geen handen,' zei Polly op geïrriteerde redacteurstoon, waarna ze hem vervolgens maar meteen bestookte met argumenten waarom hij bij haar zou moeten komen wonen. 'Moet je nou zien. Je bent hier nu toch ook? Je kunt net zo goed ja zeggen. Je woont hier eigenlijk al.'

'Geniet jij nou maar van je privacy, Polly. Privacy is fijn.'

'Niet waar. Ik bevind me in een neerwaartse spiraal, en steven af op een scheidingsdepressie.' Het klonk als een dreigement, of was het bluf. Ze stak haar onderlip pruilend naar voren en zei toen: 'Ik doe het voor jou, hoor.'

George slaakte een zucht. Hij vond het moeilijk om Polly iets te weigeren wat ze nodig had als excuus dat ze het voor hem deed. Hij nam het hondje op schoot en tilde hem bij zijn voorpoten op naar zijn gezicht, zijn achterpoten op zijn dijen en zijn voorpootjes slap als de armpjes van een pop. Howdy sprong naar zijn gezicht, gaf hem een lik en piepte. George dacht eraan hoe het zou zijn om bij Polly in te trekken. Het was een stuitende gedachte. Hij dacht eraan hoe het zou zijn om bij Howdy in te trekken. Dat was een stuk verleidelijker. Howdy zou er zijn wanneer hij 's avonds ging slapen en Howdy zou er zijn als hij 's morgens wakker werd. George had Howdy al geleerd om te zitten en te gaan liggen, te wachten wanneer hij in een andere kamer was, en te komen als hij hem riep.

Polly zei: 'Je huurcontract voor die gore kloteflat loopt toch al bijna af...'

'Polly, hou je kop daarover.'

Dat ging nu al weken zo. George vroeg zich wel eens af of het niet beter zou zijn om bij Polly te gaan wonen in plaats van ruzie met haar te maken.

'Hou zelf je kop,' zei Polly.

George dacht aan zijn gore kloteflat. De kakkerlakken werden steeds brutaler. Het doucheputje was verstopt.

'Het is best een eind van het restaurant,' zei hij tegen zichzelf, maar blijkbaar hardop, want Polly liep naar hem toe, pakte de hond van zijn schoot en zei: 'Dat is dus geregeld.' Ze ging zitten met Howdy en zette de tv aan.

George keek naar zijn zusje dat nog steeds haar kantoorkleren aanhad. De beslissing was gevallen en dat had niet aan hem gelegen. Ondanks Polly's opmerking wist hij niet eens zeker of het wel geregeld was, maar dat het geregeld was, was zeker. Hij was opgelucht. Hij had een hekel aan ruzie en hij had een hekel aan beslissingen nemen. Nu waren beide obstakels uit de weg geruimd, eenvoudigweg door alleen maar toe te geven. Toch voelde hij zich ook een beetje vernederd, en hij kon het niet laten om te zeggen: 'Maar Polly, je weet dat ik graag naakt rondloop.'

Polly keek bedenkelijk.

George voelde zich meteen een stuk beter, liep naar de koelkast en pakte een biertje. Er stond altijd bier in Polly's koelkast, dat was nóg een pleister op de wonde. En melk, brood, geitenkaas en yoghurt. Verder waren er olijven, appels en een doos Petit Ecolier-koekjes. Op het aanrecht stond een nog dichte blauwe zak chips.

Polly die nog steeds bedenkelijk keek, zei: 'Nee, dat doe je helemaal niet.'

'Ik heb een keer een kamergenoot gehad die in zijn blootje rondliep,' was zijn reactie. Hij ging naast haar zitten, blij met zijn bier, en op zijn schoot de blauwe zak chips en de doos koekjes. 'Soms zat hij bloot op de keukentafel.'

Maar Polly, zeker van haar overwinning, stonk er niet in.

Die avond, terwijl George drankjes serveerde en Polly aan de bar haar broer nauwlettend maar met een welwillend oog in de gaten hield, werd Jody de tafel gewezen waar Everett zat te wachten. Hij stond op toen ze eraan kwam. Dat vond ze ouderwets en ontroerend, hoewel zijn gezicht gespannen stond, de blik van een punctueel iemand die heeft zitten wachten. Jody keek onwillekeurig op haar horloge. Ze was nog niet eens vijf minuten te laat, en zeker niet laat genoeg om zich te hoeven verontschuldigen.

'Met strak gelaat en mismoedige tred...' zong ze zonder dat het haar bedoeling was.

Plotseling verscheen Everetts schitterende lach. 'The Mikado', zei hij. 'Ik hoop alleen dat het eten geen "gruwelijk lot" is.'

Jody ging opgelucht zitten, maar ze sprak tegelijkertijd zichzelf streng toe. Doe gewoon, Jody, zei ze tegen zichzelf. Wat mankeert je? Als je indruk op een man wilt maken, moet je hem niet beledigen en pesten. Het pesterijtje had hij dit keer niet eens in de gaten gehad, en zo te merken vatte hij de tekst van Gilbert en Sullivan eerder op als iets tussen hun tweeën dan als kritiek op zijn norse houding. Maar zo zou ze het niet steeds maar treffen. Ze had er nog even over gedacht Beatrice mee te nemen, omdat ze had gezien hoe dol de hond op Everett was, en omgekeerd. Bovendien herinnerde ze zich de vriendelijke aai over die natte kop de avond daarvoor, maar nu was ze blij dat ze haar thuis had gelaten. Ze zou nog de handen vol aan zichzelf hebben.

Terwijl Everett de rekening betaalde, kon ze zichzelf er met moeite van weerhouden om 'Bloemen die bloeien in de lente' aan te heffen. Dat deed haar vader altijd wanneer hij zijn portemonnee tevoorschijn haalde, en vervolgens uitgelaten de biljetten of creditcard op de tafel gooide. Maar ze slaagde erin om haar uitbarsting tot de volgende strofe, een simpel 'Tra la', te beperken, wat Everett niet erg leek te vinden. Die avond ging ze naar bed in een rusteloze maar tevreden gemoedstoestand.

Nadat Everett haar bij de deur had afgezet, stond hij in de hal op de lift te wachten. Die halvegaren in het gebouw hadden een poppenwandelwagen en een verfomfaaide detective met de titel Retour afzender van Violet Shawn Dunston op de tafel in de lobby achtergelaten. Hij snapte niet waarom iemand de moeite zou nemen een verfomfaaide oude detective neer te leggen. En wie had er nou in vredesnaam een afgedankte poppenwagen nodig? Ja, een afgedankte pop, dacht hij nog. Opeens miste hij zijn oude woning, de conciërge, en de liftbediende. Hij was daar tijdens zijn highschooltijd komen wonen, eerst met een aantal kamergenoten en later met Alison toen het gebouw een coöperatie werd en zij met z'n tweeën de woning tegen een belachelijk lage ledenprijs hadden gekocht. Het appartement met drie prachtige slaapkamers was nu verkocht, en de opbrengst hadden ze samen gedeeld. Ze hadden allebei een aardige winst geboekt, maar het leven draaide niet alleen om geld, dacht hij, en deze waarheid als een koe maakte het verlies van zijn voormalige woning des te schrijnender. Everett miste dat huis. En plotseling miste hij het ook om getrouwd te zijn. Het was niet normaal dat een man van zijn leeftijd alleen woonde.

Tegen de tijd dat hij boven was gekomen, de deur had opengemaakt en zijn rustige, ordelijke flat in ogenschouw nam, voelde hij zich een stuk beter. Hij ging naar bed en bladerde door een glossy tijdschrift over onroerend goed dat hij opgestuurd had gekregen, en vervolgens las hij de onroerendgoedadvertenties in de krant, net als elke avond. Hij was niet van plan om te blijven huren, dat wist hij wel. Hij dacht aan Jody. Hij vroeg zich af hoe haar flat eruit zou zien. Hij mocht haar wel. Ze was geestig, op een onopvallende en een beetje spottende manier. Dat ging goed samen met haar opgewekte manier van doen. En ze had het er niet één keer over gehad dat het niet meer stortregende. Everett bladerde door de rest van de krant, maar hij had die ochtend al bijna alles gelezen. Hij deed het licht uit en wilde dat hij die Violet Shawn Dunston detective van de tafel in de lobby had meegenomen, wie die Violet Shawn Dunston ook mocht zijn.

ZEVEN

De *chick magnet*

Is het wel eens bij je opgekomen dat bazigheid een soort grootmoedigheid is? De drang om anderen te laten profiteren van iets waarmee de goden je zo rijkelijk en wonderbaarlijk hebben bedeeld? Ik denk dat dit van toepassing was op Polly. Bovendien was ze nog zo jong, nog maar zesentwintig. Elke morgen vond ze dat ze had geboft, en was ze vol verbazing over het prachtige blauw van de lucht, of, als het zo uitkwam, het prachtige grijs. De eerste drie maanden in New York, toen ze naar college ging, keek Polly vaak om zich heen en riep dan: 'Taxi's!' En dat was niet om er eentje aan te houden, maar gewoon uit pure verwondering dat ze er waren. Deze opwinding over de wereld om haar heen, de vreugde, het 'taxi's' roepen, was misschien de reden waarom de beëindiging van haar relatie met Chris zo hard was aangekomen.

Polly geloofde dat de wereld vol beloften was. We kunnen het haar niet kwalijk nemen dat ze soms per ongeluk dacht dat zij zelf al die beloften in het leven had geroepen, en onbewust ook de verplichting op zich had genomen om alles wat krom was recht te trekken. Het was alsof ze zichzelf met haar eigen volwassen stem de waarheid hoorde verkondigen, en daar als een kind aan gehoorzaamde. En zoals ze, net als een kind, zich niet afvroeg of die waarheid wel klopte, moeten we niet vergeten dat Polly ook een heel weeksalaris besteedde aan een handpers en soms geen bh droeg naar haar werk. Ze was jong en wanneer sommige van haar beslissingen verkeerd uitvielen en zich tegen haar keerden, was ze altijd verbaasd, maar ging ze nooit bij de pakken neer zitten.

Het besluit om met George te gaan samenwonen bleek bijvoorbeeld zo'n onaangename verrassing in petto te hebben. Polly werd in de onmiddellijke nabijheid van haar broer namelijk noodgedwongen geconfronteerd mat de manier waarop hij met meisjes omging. Als hij inderdaad naakt op de keukentafel was gaan zitten, had ze dat niet weerzinwekkender gevonden.

In het begin had ze alleen te maken met de manier waarop hij zich in huis gedroeg, en dat was lang niet zo erg als ze had gevreesd. George hield zijn rotzooi beperkt tot zijn eigen kamer, en ze had daar trouwens toch niets van kunnen zeggen, want ze was zelf ook slordig, behalve op haar kasten, want die waren keurig netjes en op orde. In de keuken deed George zijn uiterste best, en hij liet de koelkast alleen maar af en toe openstaan, hij deed het licht vaker wel uit dan niet, en leegde de vuilnisemmer wanneer hem dat werd gevraagd. Zijn baan als barkeeper leverde genoeg op om zijn deel van de huur te kunnen betalen. Hij deed zijn best, soms op het overdrevene af, en hij was geweldig met de hond. Geweldig, écht geweldig... liet hem zijn behoefte doen, gaf hem te eten, ging met hem frisbeeën, touwtrekken, leerde hem zitten. Ja, geweldig, maar zoals het met zo veel geweldige dingen gaat, ging deze geweldige aandacht voor de hond Polly uiteindelijk dwarszitten.

Hoewel Howdy nog niet de straat op mocht, moest hij volgens de boeken en artikelen op internet wel in aanraking komen met mensen en wennen aan straatgeluiden, auto's, fietsen, kinderwagentjes, paraplu's, rollerskaters en brandweerauto's. Deze gewenning diende tot stand te worden gebracht met behulp van een soort babydraagzak die speciaal voor honden was ontworpen. Daarmee moest je dan heen en weer lopen over Columbus Avenue, met Howdy's kop vlak onder je kin en zijn harige poten die in alle richtingen zwaaiden. Deze taak kreeg George vaak toebedeeld. George was overdag thuis, dus was dat niet meer dan logisch, maar Polly was hem niettemin dankbaar, omdat haar broer zich zo opgewekt en vol ijver van zijn taak kweet. Het resultaat was dat Howdy een heel vriendelijk, goed aangepast hondje was, dat niet bang was voor mensen en dieren, ongeacht postuur, leeftijd of aard. Hij bleef rustig onder alle omstandigheden: gillende sirenes, knetterende knalpotten, radio's, helikopters, fanfares, politieke bijeenkomsten, donderslagen, krijsende babytweelingen, oorverdovende drilboren. Polly was trots op haar puppy, en op een kinderlijke en beschermende manier, die ze zich van jongs af aan had eigengemaakt, was ze ook trots op haar broer, alsof hij ook een puppy was.

Maar George was geen puppy, moest Polly toegeven. Hij was een man van achter in de twintig die totaal geen aanstalten maakte om zich aan iets of iemand te binden. En terwijl ze ervan genoot dat het zo goed ging tussen George en Howdy, viel het haar tegelijkertijd op dat George bijna elke week een ander vriendinnetje had. Ze had niet veel contact met hen, want het leven van haar broer was strikt gescheiden van het hare. Omdat de flat ooit uit twee appartementen had bestaan, waren er nog steeds twee voordeuren, waarvan eentje direct op Georges kamer uitkwam. Deze kamer, een voormalig studioappartement, was groot en licht en had een eigen badkamer. De enige keren dat Polly een van de vriendinnetjes tegenkwam, was in het knusse keukentje. Daar trof ze 's morgens regelmatig een schaars gekleed meisje aan dat aan het koffiezetten was. Dan lachten ze tegen elkaar en stelden zich aan elkaar voor. Maar het duurde nooit lang of voor het ene vriendelijke meisje kwam een ander vriendelijk meisje in de plaats.

Polly protesteerde uit naam van alle single vrouwen. Ze verafschuwde Georges promiscuïteit en tegelijkertijd was ze er jaloers op. Ze stond achter zijn exen, of zij nu genoeg van George hadden, of George van hen. Zaten zij ook thuis te treuren over hun verloren liefde en ingestorte hoop, net als zijzelf? Ze hield zichzelf voor dat het helemaal geen echte vriendinnen waren, dat ze niet een jaarlang met George hadden samengewoond, elke gedachte met hem hadden gedeeld, als stel hadden geleefd, stiekem aan trouwen hadden gedacht, zoals zij met Chris had gedaan. Maar toch wilde ze ieder nieuw vriendinnetje waarschuwen. Zo begint het, wilde ze zeggen. En dan is het allemaal opeens over.

Maar wat gebeurde er als dit het begin was van iets wat niet over ging? Dat het deze keer standhield? Toch niet elke relatie eindigde in een puinhoop? Dat meisje zou zo gelukkig zijn. George zou zo gelukkig zijn. Toch? Op deze manier hield Polly zichzelf bezig, met zich zorgen over George te maken. Hij was zo stuurloos. In de zes jaar dat hij van *college* was, had hij niets anders gedaan dan maar een beetje rond-zwalken. Maar het ergste was dat Polly zich aan die meisjes ging hech-ten en hen miste wanneer ze wegbleven. Samen met haar broer kwam ze voortdurend afgedankte liefjes tegen. Wanneer ze met hem aan de wandel was, trok hij soms de klep van zijn pet over zijn ogen, en dook weg in de kraag van zijn jas totdat een van zijn ex-vriendinnetjes, als het ooit die naam mocht hebben gehad, voorbij was gelopen.

'Als je op je werk je handen maar thuishoudt,' zei ze tegen hem.

George haalde alleen even zijn schouders op.

'Ik weet heus wel dat je al die prachtige meisjes niet in het restau-rant oppikt.' Daar was ze nogal zeker van, omdat ze daar meestal zelf was, en een beetje rondhing terwijl hij drankjes mixte en biertjes tap-te.

'Polly, bemoei ik me wel eens met jouw liefdesleven?'

'Nee, maar ik heb helemaal geen liefdesleven.'

Meteen begon George al grappen makend het gesprek een andere richting te geven, weg van Polly's sombere romantische vooruitzich-ten en zijn eigen veroveringen.

Polly wist dat ze jaloers was, en ze wisten allebei dat gevoel te nege-ren, tot het moment dat ze het van zich af konden schudden, een beet-je zoals een slang zijn verschrompelde huid in het zand achterlaat. Maar toch, wanneer Polly met Howdy op haar schoot thuiszat, pro-beerde ze zich soms voor te stellen waar George was. Ze vermoedde dat hij af en toe nog wel met Chris afsprak, maar ze durfde het niet te vragen omdat ze bang was dat het inderdaad zo was. Dat zou ontzet-tend ontrouw zijn, en ze wilde niet eraan denken dat George ontrouw zou zijn. Ze was afhankelijk van George. Hij was leuk en vrolijk, maar ook een beetje losgeslagen en zwartgallig, en hij zorgde ervoor dat ze niet zo eenzaam was.

Want Polly vond dat ze erg eenzaam was. De andere redacteuren met wie ze werkte waren wel oké, maar ze waren ouder dan zij. Ze hadden het bijvoorbeeld over het schoolgeld van hun kinderen, ter-wijl zij nog steeds bezig was haar studieschuld af te lossen. Verder zat ze urenlang met Geneva aan de telefoon, en wanneer Polly bij George aan de bar van de Go Go zat, sprak ze af met Geneva in een echte bar in het centrum. Maar Polly durfde niet eens te flirten, en ze had de neiging te veel en te vaak over Chris te praten. Wanneer ze met vrienden op stap was, was ze tegelijkertijd bang Chris tegen het lijf te lopen. Verschillende vrienden van collega's woonden in het centrum, en ze zagen elkaar tijdens verjaardagen, etentjes en in het café. Af en toe speelden ze pool. Soms gingen ze naar de film. Toen het nog niet uit was met Chris, was Polly altijd degene die aankwam met een nieuw restaurant, een nieuw drankje, en haar vrienden meetroonde naar een nieuwe film. In een leren koffer had ze haar eigen keu voor het poolen. Maar nu stond de keu in de kast. Ze wilde absoluut de buurt niet uit, ze dronk wat er voorhanden was en ze keek liever tv dan dat ze naar de film ging. Polly was verdrietig en eenzaam, en George haar broer, was degene die dat onrustige en lege gevoel het best kon wegnemen. Je onder de mensen begeven was vermoeiend en energieverslindend gedoe. En als het mogelijk was geweest dat George haar in zijn *papoose* mee had kunnen nemen, zou ze dolgraag er bij het hondje zijn ingekropen. Papoose, dacht ze. In Webster's, het grote woordenboek, werd 'papoose' vermeld onder de betekenis kind van een Indiaan, en niet als de draagdoek waarin het kind werd gestopt. Nou, jammer dan, ze was nu niet aan het werk, voor haar was het papoose, en George had er eentje om.

Hoe ze ook de baas speelde over George, hij was nog steeds haar grote broer, dezelfde die haar had geholpen haar koffertje in te pakken terwijl ze samen tussen hun ouders laveerden. Twee keer per week, terwijl Polly met haar luide stem respect wilde afdwingen en ondertussen zijn hand stevig vasthield. Nu zat ze daar in de woonkamer en wilde ze dat hij er was. Voor iemand die niet echt een bestaan had, had hij het ongelooflijk druk. De huiskamer van de flat had twee ramen die uitkeken op wat de makelaar als een binnenplaats had beschreven, maar die iemand anders gewoon een luchtkoker zou noemen. Polly kon vanuit haar beide ramen de onderkant van de luchtkoker zien, waar bergen vuilniszakken lagen opgestapeld, in gezelschap van oude kachels, matrassen, deuren, kapotte lampen, stoelen met drie poten, een vieze paarse bank en een kleurig plastic klimrek met een rare vorm waar geen enkel kind in zou kunnen klimmen. Niet lang nadat Polly was verhuisd, was ze tot de ontdekking gekomen dat de luchtkoker – ze herkende de boekenkast en het bijzettafeltje van de man die zelfmoord had gepleegd – werd gebruikt als vuilnisbelt. Ze had ogenblikkelijk bamboe rolgordijnen aangeschaft om het vuilnis aan het zicht te onttrekken. Maar rolgordijnen hielden ook het licht tegen, en nu het lente was vond ze het prettig om ze op te trekken en de ramen open te zetten, waardoor er 's morgens twee uur lang een dun straaltje zon naar binnen viel. Dat deed ze voor Howdy, die behaaglijk ging liggen in elk streepje licht dat hij kon vinden. Wanneer de ramen openstonden, waren de geluiden uit de andere flats die op de luchtkoker uitkwamen duidelijk hoorbaar. De kinderen aan de overkant jengelden. Het stel van boven was aan het ruziën. En de zanger en de zangeres, een tenor en een sopraan, die in verschillende flats woonden waren aan het zingen. Ze gaven alle twee zangles, en de toonladders van hun leerlingen gingen in de luchtkoker soms een ware strijd met elkaar aan. Deze avond was er maar één stem te horen, die van de sopraan, begeleid door een piano. Polly zette de radio aan om de eindeloze herhalingen te overstemmen. Howdy likte zachtjes haar hand. Ze keek naar zijn oogjes die dichtvielen en dacht aan haar huisgenoot. Wat stond er verder op Georges agenda? Ze vroeg zich af met wie hij nu uit was, en ze nam opnieuw het besluit dat George en Geneva hartstochtelijk verliefd op elkaar moesten worden. Hoewel geen van beiden ook maar de minste interesse in de ander had getoond, hadden ze volgens haar maar een klein duwtje nodig, en voor dat duwtje zou zij zeker zorgen.

Terwijl Polly zijn romantische toekomst aan het plannen was, reed George op zijn fiets langs de Hudson naar Battery Park. 's Avonds na het werk ging hij altijd fietsen. Hij had Polly nooit iets over deze uitstapjes verteld, want dan zou ze zich alleen maar zorgen maken, waardoor zijn leven tot een hel werd en het hare idem dito. Raar hoor, met je zus samenwonen. Hij wilde haar heel graag gelukkig maken, maar uiteindelijk was hij de enige man op de wereld die daar absoluut niet toe in staat was. Hij twijfelde er niet aan dat ze een man nodig had. Ze had zich helemaal op het hondje gestort, en daar kon hij wel inkomen.

Hij was ook gehecht aan de puppy, alleen al als hij aan hem dacht; aan de uitdrukking in zijn donkere oogjes, de manier waarop hij zijn kopje vragend scheef hield, zijn zijdeachtige gouden velletje, de manier waarop hij water uit zijn bakje slobberde...

George schoot in de lach. Het leek wel alsof hij verliefd was. Hij dacht veel meer aan Howdy dan aan de meisjes met wie hij uitging. Uitgaan? Wat een idiote uitdrukking. Neuken, dat leek er meer op. Maar nee. Daarmee deed hij zichzelf tekort. Elke keer was hij weer vol hoop. Het meisje met wie hij nu omging, Sarah, leek het einde. Hij was haar tegengekomen toen ze op weg was naar huis nadat ze in de bioscoop een lachfilm van de broers Farelly had gezien. Ze had een exemplaar van de verzamelde gedichten van W.H. Auden bij zich, haar lievelingsdichter, dat ze voor de film begon bij boekwinkel Barnes & Noble had gekocht. Ze was blijven staan om de wriemelende puppy in de draagzak te aaien. Haar gezicht kwam vlak bij dat van George en de adem stokte in zijn keel; ze was beeldschoon. Hoge en lage cultuur, lief en verrukkelijk. Wat wilde hij nog meer? Waarom was hij niet verliefd op haar? Wat mankeerde hem?

Het kwam nooit bij George op dat er iets mis zou zijn met de meisjes op wie hij niet verliefd kon worden. Hij was eerlijk en ijdel genoeg om de verantwoordelijkheid helemaal op zich te nemen. Het kwam zelden voor dat hij het echt duidelijk uitmaakte. Op de een of andere manier voelden ze het aan en dan bleven ze weg.

Hij had het gevoel dat hij een open raam was. Ze zweefden naar binnen, en weer naar buiten, en veroorzaakten alleen maar een licht gewapper van de gordijnen. Ik ben een openstaand raam, dacht hij, en hij vond het bijna lekker om zelfmedelijden te hebben bij dit fijne beeld. Hij stelde zich het zachte briesje voor, de streling van de gordijnen langs zijn gezicht en het koesterende zonlicht. Maar wacht even, het gordijn kon niet langs zijn gezicht strijken. Hij keek niet uit het raam, hij was het raam zelf.

In elk geval deed hij zijn best. Polly daarentegen verzon alleen maar excuses om niet de deur uit te hoeven. Soms hing ze met haar vriendinnen voor de buis en dan keken ze naar *Friends*, wat hij ongelooflijk en bijna om te kotsen zo zielig vond. Wanneer hij in de Go Go was,

was zij er ook. Af en toe sleepte hij haar mee om te poolen of naar een bar te gaan. Maar ze praatte nooit met iemand. Hij vroeg zich af waarom het zo veel voor hem betekende, maar het was gewoon zo. Polly's geluk had altijd veel voor hem betekend. Ze was zijn geslaagde, bazige kleine zusje, en tot op heden had hij alleen maar hoeven doen wat ze zei om haar gelukkig te maken. Dat vond hij prima, en daar was hij ook goed in. Polly zorgde voor alles. Polly had altijd de regels bepaald, en George had, net als hun vader en moeder, met verdeeld succes geprobeerd die na te leven. Wanneer hun ouders buiten hun boekje gingen, toen hun vader bijvoorbeeld een luchtbuks voor George kocht, wat niet mocht van zijn moeder; toen ze bij hun moeder waren en van haar niet naar de bruiloft van een oom van vaderskant mochten; kortom, wanneer de boosheid en competitiedrang van hun ouders de logica en de liefde voor hun kinderen gingen overheersen, zorgde Polly ervoor dat alles weer op zijn pootjes terechtkwam. Ze was druk, aanwezig en koppig, en George was dankbaar dat hij alle wereldse beslommeringen aan haar kon overlaten en zich lekker in zijn eigen droomwereldje kon terugtrekken. Maar nu, met de wind in zijn gezicht, de heldere sterren boven de Hudson, terwijl hij langs de silhouetten van de pieren reed die als een roetsjbaan in het donkere water verdwenen, nu besloot hij dat hij voor Polly een vriendje moest en zou vinden.

Ongeveer een week later, op een avond in april, toen de dagen weer lengden en de lucht warm, vochtig en vol geuren was, ontdekte Polly het geheim van Georges succes bij het vrouwelijk deel van de buurtbewoners. Omdat het zo'n mooie dag was, liep ze van haar werk door het park terug naar huis. De duizenden narcissen, fris en stralend, glinsterden in de zon, nog nat van het buitje dat die ochtend was gevallen. Forsythiastruiken helden over de stenen bovenkruisingen van het park. De geur van de vochtige aarde zorgde voor vreugdetranen in Polly's ogen. Lente! Hij was er weer! De bomen hadden nog geen blaadjes, maar de vogels die van ergens vandaan ergens naartoe waren gegaan, zaten al te zingen op de takken. Polly liep naar huis, samen met andere mannen en vrouwen in kantoorkleding en kantoorschoenen, iedereen licht in het hoofd van de geurige lente, en vrolijk zwaai-end met aktetassen.

Polly kocht brood bij een bakker in Columbus Street, en klemde het warme brood tegen haar borst. Ze voelde zich bevoorrecht dat ze in een wereld leefde waar ook nog vers brood bestond, en liep een paar blokken verder naar haar straat. En toen zag ze daar op een bank voor een café, op de hoek van de straat voor die van hen, George zitten. Hij zat daar met Howdy die in de draagzak voor op zijn buik hing. How-dy was donzig en glanzend in het zachte, afnemende licht. George lachte en sprak lieve woordjes tegen hem, kuste zijn zijdezachte kopje, en Howdy probeerde al kronkelend en wurmend George een lik over zijn wang te geven. Polly bleef staan, terwijl haar hart zowat barstte van trots en liefde. Ze had nog nooit zoiets liefs gezien, vond ze. Opeens merkte ze dat ze niet de enige was die naar het tweetal stond te kijken. Twee beeldige meisjes met grote leren tassen en dure zonne-brillen bleven staan kijken en brabbelden iets in een babytaaltje met een Frans accent. Toen ze verder liepen, kwam er een ander meisje aan, een donkerharige jonge vrouw, bleek en van een nonchalante schoonheid, een beetje zoals George. Ook zij bleef staan om het hond-je te aaien. Terwijl Polly aan de overkant van de straat stond te kijken, ging het nieuwe meisje naast George op de bank zitten. Polly liep snel door naar huis.

'Gebruik je de hond om meisjes te versieren?' vroeg ze toen George met Howdy thuiskwam.

'Hij is een waanzinnige *chick magnet*,' zei George. 'Niet te geloven.'

'Dus jij gebruikt Howdy die al de zelfmoord van zijn baasje heeft moeten meemaken om "meiden te versieren"?'

Polly kon wel eens niet slapen als ze dacht aan de vorige bewoner van de flat. Wat was dat voor iemand geweest? Waarom was hij zo on-gelukkig geweest? Ze hoopte maar dat de puppy hem nog een beetje warmte en plezier had gegeven voordat hij stierf. Vervolgens werd ze dan weer boos omdat hij de puppy alleen en opgesloten in een kast had achtergelaten. Daarna verontschuldigde ze zich dan weer tegen-over de overleden man, die blijkbaar zo verschrikkelijk verdrietig was geweest. Aansluitend vroeg ze zich dan af hoe hij eruit had gezien, waar hij was begraven, en wat voor ouders hij had gehad. Ten slotte zette ze dan de tv aan en keek naar oude films, terwijl zich in haar geest één grote brij had gevormd van verontwaardiging, gêne en verdriet ten opzichte van de vreemdeling die zich in haar flat had opgehangen. Zíjn appartement, verbeterde ze zichzelf, waarbij ze op dit punt gekomen soms het licht aandeed.

Maar nu pakte Polly Howdy uit de draagzak en hield hem in haar armen.

'Je bent walgelijk,' zei ze tegen George.

George schoot in de lach, waardoor Polly vastbeslotener was dan ooit dat George zich moest binden aan een bij hem passende vriendin, en die bij hem passende vriendin zou Geneva zijn.

ACHT

'Koop je wel eens bloemen?'

Omstreeks deze tijd was Polly weer gaan roken. Ze rookte niet veel. Op kantoor was het verboden, in restaurants was het verboden, en zelfs in cafés was het verboden. Ze was er zo aan gewend naar buiten te gaan om een sigaret te roken dat ze zelfs thuis, waar van haar wel gerookt mocht worden, altijd naar buiten ging en dan geleund tegen de bakstenen muur de buren langs zag komen. Een dikke oude vrouw in een zwarte jurk strompelde met een stok voorbij en mompelde iets in het Italiaans. Drie of vier jonge stelletjes kwamen het Maleisische restaurant uit, lachend en op elkaar leunend. Polly had de vrouw met de grote witte pitbull al een paar keer gezien en haar bedankt voor de naam van de dierenarts, en ze was erachter gekomen dat de hond Beatrice heette. Terwijl ze daar op die zachte avond zo buiten stond te roken en probeerde uit te knobbelen hoe ze George en Geneva bij elkaar kon brengen zonder dat dat te veel zou opvallen, maar toch opvallend genoeg om niet om elkaar heen te kunnen, zag ze Beatrice en haar baasje aan komen wandelen. De vrouw glimlachte vriendelijk naar Polly. Ze had een Oxfordhemd aan met korte mouwen, maar toch was ze erin geslaagd er fris en aantrekkelijk, bijna stijlvol uit te zien.

'Wanneer mag ik die puppy een keer zien?' vroeg de vrouw.

'Ga 's middags maar naar het café op de volgende hoek van het volgende blok,' zei Polly. 'Daar hangt mijn broer rond om meisjes te versieren.'

'Echt waar? Gebruikt hij de puppy als lokaas? Dat is nog eens creatief.'

'George is zo creatief als het maar kan. Natuurlijk doet hij er niet echt iets mee...'

Polly was nijdig, en hoewel ze in haar achterhoofd wel wist dat het niet erg netjes was om haar broer zwart te maken tegenover een vreemde, kon ze zich niet inhouden. Ze bood haar toehoorster een sigaret aan, die ze tot haar verbazing aannam.

'Goh, niemand rookt meer tegenwoordig.'

'Ik ben net weer begonnen,' zei de vrouw.

'Echt waar? Ik ook,' zei Polly, en ze klaagde nog een poosje door over George, tot achter haar de deur bewoog en ze opzij moest stappen. Een man van middelbare leeftijd en een meisje van ongeveer achttien kwamen naar buiten. Beatrice sprong tegen de man op en drukte haar snuit in zijn hand.

'Hallo, Beatrice,' zei Everett tegen de hond. 'Ik weet nog wie je bent.'

'Zo te zien kent ze jou ook nog,' zei het meisje.

'Ja, nou en of,' zei Jody. Ze keek Everett aan die onmiddellijk zijn ogen afwendde. Toen vermande hij zich en stelde Emily en Jody aan elkaar voor.

'En ik ben Polly,' zei Polly.

Jody moest lachen om dat 'en'. Alsof Polly het stukje was dat nog ontbrak. Zo veel zelfvertrouwen voor iemand van die leeftijd. Verbazingwekkend.

'Ik woon in 4F,' ging Polly verder.

'O,' zei Everett, en hij trok een wenkbrauw op.

'Jazeker,' zei Polly, 'die ene flat.'

'Nou...' zei Everett.

Er viel een stilte.

'Polly heeft een puppy,' zei Jody snel, en op hetzelfde moment besefte ze dat het hondje er niet bij was en deze opmerking dus sloeg als een tang op een varken. En ze vroeg zich tevens af waarom deze opmerking om de stilte te doorbreken haar zo kinderachtig in de oren klonk. Polly heeft een puppy! Polly heeft een puppy! Ze had Everett in geen weken gezien. Hij had niets van zich laten horen. En was dit nu het enige wat ze kon bedenken? Niet dat hij het er zo veel beter vanaf bracht, trouwens.

'Hoe is het met je?' vroeg ze. 'Wat heb je allemaal gedaan?'

'Nou...' Hij haalde zijn schouders. 'Het gaat goed. Ik had het druk...'

Jody besefte dat ze hem zonder het te bedoelen in een ongemakkelijk positie had gebracht. Of was dat juist wel haar bedoeling?

'Pap?' zei Emily. 'We zijn al een beetje aan de late kant.'

En vervolgens liepen Everett en Emily in de richting van Broadway.

Jody keek hen een tikje wanhopig na en draaide zich toen om naar Polly.

'Gek, dat ik wel weet hoe je hond heet maar niet hoe jij heet,' zei Polly. 'Ik beschouwde je gewoon als de mammie van Beatrice.'

Jody had er een hekel aan wanneer mensen deden alsof een hond hun kind was. Ze vond Polly een beetje kinderlijk voor haar leeftijd, maar daar kon Polly niets aan doen, moest ze toegeven. Polly was tenslotte nog maar een meisje, en natuurlijk was ze nog niet echt volwassen. Toch had ze iets leuks, vond Jody, zoals ze ook haar leerlingen leuk vond. Polly had iets gevoeligs en opens, maar ze had ook iets triomfantelijks en onweerstaanbaars, ze was een soort gevoelige rouwdouw, een beetje zoals vrolijke, luidruchtige kleine kinderen.

Jody liep langzaam naar huis, en vroeg zich af wat er met Everett aan de hand was. Ze had heus niet verwacht dat hij smoorverliefd op haar zou worden. Maar ze hadden zo ontzettend prettig gegeten. Ze had echt gedacht dat ze wel nog een keer zouden uitgaan. En ze had zeker een hartelijker begroeting verwacht bij een onverwachte ontmoeting, zoals deze avond. Misschien schaamde hij zich tegenover zijn dochter. Hij was erg aan Emily gehecht, wist Jody. Dat moest het zijn. Emily was thuis en Everett voelde zich een beetje opgelaten en werd helemaal door haar in beslag genomen. Uit de grond van haar hart wenste ze dat Emily snel weer terug naar college zou gaan, waar ze thuishoorde.

Jody had gelijk wat Everett en Emily betrof. Vanaf het moment dat zijn dochter de deur binnen kwam, was hij Jody helemaal vergeten. Hij was verrast toen hij zijn buurvrouw daar op de stoep had zien staan. En hij had zich stijf en lomp gedragen. Nee, het was nog erger, hij was kil en lomp tegen haar geweest. Ze was een vreselijk aardig iemand en zoiets had ze niet verdiend. Toen hij wegliep met Emily schaamde hij zich, en dat was een rotgevoel. Everett schopte een fles weg die op het trottoir lag. De fles stuiterde over de stoeprand en viel aan diggelen.

'Papa!' zei Emily.

Maar aan de andere kant; was hij Jody iets verplicht, alleen maar omdat ze zo gezellig met elkaar hadden gegeten? Hij dacht van niet. Single vrouwen waren enorm veeleisend, zei hij tegen zichzelf – om niet te zeggen, lastig. Hij rechtte zijn rug een beetje. Hoe kreeg ze het voor elkaar om hem zich schuldig te laten voelen? Tegen de tijd dat hij naast Emily in de ondergrondse ging zitten, was hij bijna kwaad op Jody, en dat was een hele opluchting.

Polly vroeg aan Jody waarvan ze Everett kende, maar Jody had blijkbaar geen zin om over hem te praten, en ze liep verder en liet haar hond plassen naast de band van een grote witte suv. Polly had gezien op wat voor manier de grote witte hond Everett begroette. Ze had Everett naar zijn dochter zien lachen, een brede, gulle lach. Ze had zijn schitterende blauwe ogen gezien.

Chris werd nooit zo door honden begroet, dacht ze. Chris hield niet van honden, en honden hielden instinctief niet van Chris. Dat had me genoeg moeten zeggen, dacht Polly. Dat had ik moeten zien, dacht ze, en nu zal ik hem even wat laten zien. Ze herhaalde deze combinatie en ze vond het inspirerend. Deze twee zinnetjes hadden niet alleen een werkwoord gemeen, maar er was ook nog een ander verband, moreel, psychologisch, logisch, filosofisch, spiritueel... Dat had ik moeten zien, en nu zal ik hem even wat laten zien.

Toen ze vond dat deze twee mensen voldoende de tijd hadden gehad om samen te eten, ging Polly met Howdy naar de lobby om met een balletje te spelen. Ze begreep eigenlijk niet waarom de lobby opeens zo'n geschikte plek leek om met een hond te gaan spelen, maar toch wist ze het zeker. Met een hoog, enthousiast stemmetje, heel gebruikelijk bij hondenbezitters, vroeg ze Howdy waarom ze er nooit eerder aan hadden gedacht om daar te gaan spelen. Als antwoord sjeesde Howdy de hele lobby door, achter de tennisbal aan en bracht hem vervolgens weer terug. Zo rende hij uitgelaten heen en weer, onhandig uitglijdend op de spiegelgladde marmeren vloer, totdat Everett en Emily terugkwamen. Howdy rende naar Everett, liet de bal voor zijn voeten vallen en keek vervolgens verwachtingsvol naar hem op, waardoor hij volgens Polly het braafste en gehoorzaamste hondje van de hele wereld was.

'Oké dan,' zei Everett tegen niemand in het bijzonder. 'Twee honden op één avond.'

'Je hebt honing aan je kont,' zei Emily met een lach.

'En dat is gezond,' rijmde Everett werktuigelijk en beleefdheidshalve. Hij was moe en hij wilde naar huis.

'O, was ík maar een hond!' besloot Polly, en deed daarmee een dubbelzinnige duit in het zakje.

Everett was niet echt een aardige man. De mensen die voor hem werkten zouden dat beamen. Hij was op alles uitgekeken, snel geïrriteerd, dwingend, kil en niemand mocht hem. Maar hoewel hij nou niet wat je noemt aardig was, was hij toch ook geen slecht mens. En hij had het geluk, hij zou zeggen de pech, dat honden, kleine kinderen en vrouwen dol op hem waren. Het verbaasde Everett dan ook niet dat deze vrouw, eigenlijk nog een kind, en haar hond, allebei blijkbaar weg van hem waren. Niet dat hij dat leuk vond. Het meisje maakte inbreuk op zijn kostbare tijd met Emily. En ze behandelde hem met een ongepast soort autoriteit. Ze praatte als een zelfverzekerde en wereldwijze volwassene, terwijl ze maar een paar jaar ouder dan Emily was. Hij ergerde zich aan haar zelfverzekerdheid, die viel volkomen bij haar uit de toon, vond hij, net zoals een jongetje van elf met een sigaret in zijn mond. Waarom hing ze trouwens in de lobby rond? In zijn vroegere woning aan West End Avenue, met de grote vierkante lobby en conciërge in uniform, had dit niet gekund. Wat had een scheiding toch veel nadelen...

'Nou, goedenavond,' zei hij plotseling, en hij nam de trap, want dan hoefde hij niet op de lift te wachten met dat meisje en die puppy in de buurt. Emily hield op met het kussen en knuffelen van het hondje en ging achter haar vader aan. Even later zaten ze thuis naar een herhaling van *Seinfeld* te kijken, waar Everett nooit veel aan had gevonden. Maar nu was hij met Emily en Emily had het naar haar zin, ze lachte en wees hem op alle zinnen die ze leuk vond, en daarom had hij het ook naar zijn zin.

Polly wilde het ook naar haar zin hebben. George was aan het werk, terwijl Jamie hem scherp in de gaten hield, want hij had zijn personeel verboden met de klanten te flirten, wellicht omdat zijn personeel uit bijna allemaal ex-vriendjes bestond. Polly hoefde er niet over in te zitten met wat voor ongeschikte vreemdelinge George deze avond nou weer zou komen aanzetten. Toen ze weer verdrietig werd vanwege Chris, bedacht ze dat hij een verachtelijk iemand was die door de hondenwereld werd afgewezen. En hoewel Everett kortaangebonden en afstandelijk was, was hij toch een interessant, nieuw geval. Misschien wel de beste van iedereen. Howdy, het hondje dat in de kast op haar had zitten wachten, kwam bij haar in bed en liet zijn kopje op het kussen ploffen. Vervolgens hoorde ze dat zijn zachte en regelmatige ademhaling zich vermengde met de hare.

Het werd mei, en in het park was het gras weelderig groen, zoals dat van een glooiend gazon in een Engelse roman. De takken van de bomen vormden een baldakijn van sappige jonge blaadjes. In plaats van na het werk meteen naar huis te gaan, ging Simon er vaak op een bank zitten, met zijn aktetas tussen zijn voeten geklemd, en hij keek dan naar andere kantoorbeambten met hun aktetassen, kinderen met hun kindermeisje, honden met hun baasje, oudere mensen met begeleider, tieners met hun sigaret. Soms liep hij langs het ruiterpad in de verwachting een van die oude knollen tegen te komen die je kon huren in een stalhouderij buiten de stad. Wanneer hij langs een hoop paardenvijgen kwam, bleef hij even eerbiedig staan en snoof de geur op die vol herinneringen was.

Vaak kwam hij de vrouw met de hond tegen, Jody en Beatrice. Hij vond hun namen wel grappig; een vrouw met een mannennaam en een hond met een vrouwennaam. Een paar avonden geleden was hij met Jody en de hond iets gaan drinken in een Mexicaans restaurant op Columbus, dat als eerste zijn tafeltjes en stoeltjes had buitengezet.

'Koop je wel eens bloemen?' vroeg Jody toen ze langs de ruikers in plastic emmers liepen bij de buurtsupermarkt op de hoek.

'Nou, nee,' zei Simon, een tikkeltje verbaasd. Verwachtte ze dat hij een bos bloemen voor haar kocht? 'Een beetje overdreven, vind je niet? Ze blijven toch niet goed.'

Jody knikte bevestigend. 'Da's waar,' zei ze. 'Maar dat heb je ook met groenten.'

Waarop Simon antwoordde: 'Ja, maar die koop ik ook nooit.'

Een week later gingen ze uit eten. En een week daarna nog een keer. Wat was het toch makkelijk, dacht Simon. Hij was nooit goed in afspraakjes geweest. Het ging hem allemaal boven zijn pet: iemand uitkiezen die je leuk genoeg vond, dan die iemand benaderen, tegen haar praten, dingen verzinnen die je graag met haar wilde doen. Maar dan dit! Hij hoefde alleen maar op een bankje te gaan zitten en als Jody dan langskwam met haar pitbull en ze 's avonds niets te doen had, dan had Simon gewoon een afspraakje. En mocht het niet zo zijn, dan had hij in elk geval geen moeite verspild, geen plannen gemaakt die de grond in werden geboord. Hij hield zichzelf voor dat er niets ging boven dit soort terloopse, spontane ontmoetingen. Dit zei hij allemaal tegen zichzelf terwijl hij op het bankje zat, zonder om zich heen of uit te kijken naar een klein, energiek vrouwtje met een grote witte hond.

Op een mooie avond, toen Simon iets langer op het hoekje van de bank was blijven zitten, had Polly gehoor gegeven aan de lokroep van het park, en was op weg naar huis. Toen ze net aan haar wandeling begon, was het koel en winderig maar scheen de zon nog, daarna betrok de lucht en ging het harder waaien. Polly voelde aan de verandering van het weer dat het zou gaan regenen. Ze zette er de pas in, net als de andere mensen. Hier had ze niet op gerekend. Ze was er niet gerust op, want dit was een bijzondere avond, een strategische avond waarop iets zou moeten plaatsvinden wat ze al weken in de planning had. Operatie George en Geneva, en deze avond zou alles in werking worden gezet.

Polly's plannetje was eenvoudig. Ze had er eindeloos over nagedacht en verschillende scenario's overwogen, maar uiteindelijk was ze teruggekomen op de eenvoudigste en meest voor de hand liggende oplossing. Ze had met Geneva afgesproken in het café waar George met Howdy rondhing, en klaar was Kees! Als George Howdy als lokkertje kon gebruiken, dan kon Polly dat ook. George en Geneva zouden elkaar zien, zich tot elkaar aangetrokken voelen... en dan zat haar taak erop. Polly had een groot vertrouwen in het lot wanneer ze eenmaal had besloten wat dat lot precies moest opleveren.

Ze liep haastig door het winderige park, en ze hoopte maar dat het nog even zou wachten met regenen totdat ze haar broer en vriendin met elkaar in contact had gebracht. Voor mijn part mag het dan gaan hozen, dacht ze. George zou zich onweerstaanbaar zorgzaam tonen, zijn jasje uitdoen, misschien zelfs zijn shirt, om Geneva niet nat te laten worden. Polly's hart ging sneller kloppen, gedeeltelijk uit opwinding over de mogelijke romantische ontwikkelingen, en deels omdat ze nu zo ongeveer rende.

De man die met zijn aktetas op de bank zat, trok haar aandacht omdat hij zo rechtop zat. Hij zat daar zo roerloos, zonder enige beweging te midden van opwaaiende bladeren en mensen die op zoek waren naar een schuilplaats. Toen zag ze Jody en haar hond vanaf de andere kant komen aanlopen. Polly kwam op hetzelfde moment bij de standbeeldachtige man aan als zij. Er zat niets anders op dan even te blijven staan om gedag te zeggen, maar dan zou ze zeggen dat ze op weg was naar een afspraak, en wegglippen op weg naar haar koppelaarsplicht.

'Het gaat gieten!' zei ze, en ze schrok zelf van haar harde stem, zoals wel vaker het geval was. De man keek ook een beetje geschrokken. Polly had met hem te doen. Ik ben het maar, wilde ze zeggen.

'Polly, dit is Simon,' zei Jody. 'Hij woont in hetzelfde blok als wij.'

Jody was zo lichtvoetig en tactvol, vond Polly. Waarom kan ik dat nou niet? Het is toch niet zo moeilijk? Je hoeft er niet voor gestudeerd te hebben, zou haar oma hebben gezegd. Wat zou ze in deze situatie nu voor lichtvoetigs en tactvols moeten zeggen? Wat ontzettend leuk om u te ontmoeten. Nee, te suf. Hallo, buurman. Nee, te melig. Wat ontzettend leuk om een nieuwe buurman te ontmoeten... Nee echt, zoiets had ze haar hele leven nog niet gezegd. Dat hoefde ook nooit. Het enige wat ze deed was hallo roepen, haar hand uitsteken, dan dwong ze onmiddellijk respect af, en heel af en toe schrikte ze mensen af.

'Je zit hier wel lekker rustig te wachten,' zei ze, terwijl ze nog steeds haar best deed om iets aardig te zeggen, en toen onmiddellijk besefte dat dat niet was gelukt. Vervolgens maakte ze het nog erger: 'Tot het gaat regenen?'

'Zoiets,' zei Simon, en hij keek opgelaten. Polly vond hem wel knap. Ze vroeg zich af wat het tegenovergestelde van gladjes was. In haar ogen was hij namelijk het tegenovergestelde van gladjes. Zijn haar zat in de war, en zijn gezicht had ook iets kreukeligs. Maar toch was hij onberispelijk gekleed. Wat een prachtige suède schoenen had hij aan. Die zouden wel verpest worden door de regen. Ontzettend goed gekleed, dacht ze, en ze liet haar blik weer over zijn verkreukelde hoofd naar de neuzen van zijn schoenen gaan. Behalve zijn sokken, merkte ze. Die vielen een beetje uit de toon.

Inmiddels vielen er dikke druppels op de bladeren, op de stoep en op de drie mensen bij het bankje onder de boom. Simon stond op, en met zijn drieën renden ze met Beatrice springend naast hen naar de uitgang van Central Park West, naar de luifel van het dichtstbijzijnde gebouw.

Doris zag hen staan vanuit haar hoge positie in de SUV. Ze herkende de vrouw met de hond die tegen haar auto had gepiest, en ze werd woedend. Ze was al zo kwaad op de smerige regen waardoor er zwarte strepen op de glimmende witte lak van de auto achterbleven. Ze was kwaad dat ze geen parkeerplaats kon vinden. Ze had in plaats van de auto de trein moeten nemen naar haar zus in Bedford. Maar natuurlijk had ze dat helemaal niet gedaan. Wat voor zin had het om in New York zo'n enorme bak van een auto te hebben, dagelijks uren te moeten wachten op een parkeerplaats, als je er niet eens mee naar je zus kon rijden? Ze vervloekte haar zus, de regen en de vrouw met die witte hond. Ze deed het raampje open en schudde met haar vuist in de richting van de drie die onder de luifel stonden.

'Ik hou je in de gaten,' riep ze, en haar stem trilde van woede.

Het bliksemde en donderde, dus Jody kon niet verstaan wat het mens met het oranje gezicht allemaal zei, maar ze zag haar wel zitten, klein en griezelig in die grote tank van een auto, waakzaam als een roofvogel.

'Ik denk dat die vrouw achter me aan zit,' zei ze.

'Wat moet ik nou doen?' zei Polly. 'Ik kan hier niet blijven staan wachten. Ik heb een afspraak.'

Simon zag dat Polly een heel mooie jurk aanhad en hij vond het jammer dat ze een afspraak had. Hij had zich net afgevraagd of zij hem ook niet op een avond op zijn bank kon komen opzoeken.

'Een afspraak?' zei Jody. Ze wist dat Polly onlangs door haar vriendje aan de kant was gezet. Wat een kranige meid was het toch. 'Leuk voor je,'

'Nee, niet voor mij, voor mijn broer.'

Polly ging ervandoor en liet Jody en Simon achter terwijl ze zich in de regenbui stortte en wegrende, alsof ze op die manier niet nat zou worden. Hoe kon dat toch dat er zo snel plassen, van die enorme plassen ontstonden? Ze plensde naar het café, haar kleren waren kleddernat en haar jurk plakte tegen haar lijf. Het is maar water, hield ze zichzelf voor. Ze stond stil voor het rode licht terwijl de regen op haar neerkletterde. Ze had gelezen dat ze in Zweden onlangs het mannetje met de bolhoed op de verkeerslichten hadden vervangen door een geslachtloos poppetje. Had ze nu maar een bolhoed, dacht ze.

Toen ze bij het café kwam, waren er natuurlijk geen George en Howdy te bekennen. Wie ging er nu in een onweersbui buiten voor een café zitten? Wat een pech, dacht Polly, en ze ging onder de luifel staan wachten op Geneva. Haar mobieltje ging, en het was Geneva die zei dat het smerig weer was, dat ze naar huis ging, een bad nam, als avondeten een kom cornflakes at en dan naar bed ging. Polly zei tegen zichzelf dat deze twee geliefden wel bijzonder slecht meewerkten en onromantisch waren. Toen ging ze ook naar huis, ging ook in bad zitten en at een stuk overgebleven pizza. Voor zover ze wist, was George die nacht helemaal niet thuisgekomen.

Doris vond eindelijk een parkeerplaats, hoewel ze de auto de volgende ochtend wel zou moeten verplaatsen. Ook hiervan gaf ze haar zus de schuld, zoals van zo veel andere dingen. Natalie had een goed huwelijk gehad, was nog beter gescheiden, en was het allerbeste hertrouwd. Ze had haar hele leven nog nooit één dag gewerkt, niet voor geld, tenminste. Ze hield zich echter wel intensief bezig met commissies voor charitatieve doelen en als gids in de Metropolitan Opera. Dat had wel iets bewonderenswaardigs, volgens Doris, maar was het ook niet bewonderenswaardig om dag in dag uit naar kantoor te gaan en te weinig te verdienen? Nee, Doris vond van niet, en als uit protest stak ze expres langzaam en majesteitelijk over, met haar paraplu hoog in de lucht. Ze keek niet eens naar de vrachtwagenchauffeur die ongeduldig toeterde om haar door te laten lopen.

Toen het minder ging regenen, liep Jody met Beatrice naar huis. Er zou nu niemand buiten zitten bij het Mexicaanse restaurant. Ze had het idee dat Simon teleurgesteld was, en dacht dat hij wel erg eenzaam moest zijn om uit te zien naar het gezelschap van een ongetrouwde schooljuf en haar bastaard pitbull. Ongetrouwde schooljuf, zei ze nog een keer tegen zichzelf. Ze vond het wel leuk om zichzelf zo te betitelen. Op de een of andere manier moest ze er een beetje van huiveren – niet van plezier en niet omdat het pijn deed, maar alsof je ergens krabt op een plekje waar je moeilijk bij kunt. Ze had weliswaar nog een keer met Everett gegeten toen de voorjaarsvakantie van zijn dochter afgelopen was, en hetzelfde met Simon gedaan. Maar was dat daten? Betekende dit dat ze nu alleen nog maar single was in plaats van een oude vrijster? Ze wist niet of dat wel bij haar paste. Single. Het klonk zo onaf. Nee, dan oude vrijster, dat was nog eens wat.

'Nog een fijne avond,' zei ze tegen Simon die haar naar huis had gebracht. 'Je bent echt heel galant.'

Ze ging met Beatrice naar boven, en dacht aan Everett. Misschien kon ze hem volgende maand uitnodigen om mee naar een uitvoering van *The Mikado* te gaan. Ja, dat was een leuk idee.

Simon liep in een redelijk goed humeur door naar de Go Go Grill. Hij had weliswaar geen date, maar hij was wel galant. En het mooiste was misschien nog dat hij nu galant en wel in alle stilte van zijn eten kon genieten.

NEGEN

Hitte

In de zomer is een straat in New York 's morgens vroeg op zijn best. Dat gold ook voor onze straat. Overdag was de hitte soms zo overweldigend dat je hem bij wijze van spreken bijna kon horen. De vuilnisbakken, voorzien van het adres van het gebouw waarbij ze hoorden, puilden uit van de rommel van de voorbijgangers. Het was alsof de enorme hopen zwarte vuilniszakken overdag de hitte van de zon absorbeerden en die 's avonds weer afgaven aan de avondlucht, waarbij ze een vage stank van bedorven etensresten verspreidden. Maar vroeg in de ochtend, als de zon net opkomt, nemen de straten van New York een kleine pauze. Dan is de sfeer fris en zacht en heerst er een verwachtingsvolle stilte.

Het was nog maar begin juni, maar Simon was nog vroeger opgestaan dan normaal om een wandeling maken nu de hitte nog dragelijk was. Op een zomerochtend hangt er een bepaalde geur in New York, als de conciërges en opzichters het trottoir voor de gebouwen schoonspuiten. De zwarte vuilniszakken zijn al opgehaald door lawaaiige, ratelende vuilniswagens en de stank van het vuilnis, warm, vochtig en gronderig, is weggespoeld. Daarvoor in de plaats is de geur van het verdampende water op de trottoirs gekomen, dat ruikt naar mineralen en de stad. Op de desbetreffende ochtend was de lucht stralend helder. Het was zaterdag en Simon snoof de geur van rozen, fresia's en rijpe nectarines op toen hij langs de Koreaanse buurtsuper liep. Hij kuierde langs de winkeliers die druk in de weer waren en de luiken voor hun winkel omhoog deden, en de leveranciers die kistjes met broccoli en aardbeien voor de markt uitlaadden. Verderop waren obers bezig met het uitzetten van plastic tafeltjes en stoeltjes om een terrasje te creëren. Toen hij bij Central Park kwam, stapte hij de stilte binnen.

Dit gebeurde altijd zo plotseling dat het leek alsof hij een deur achter zich had dichtgetrokken. Omgeven door de zwoele geur van gras en bladeren liep hij door de schaduwen en ging daarna weer langzaam terug naar huis. 's Zomers ook maar één dag de stad uit gaan, was er voor hem niet bij. Als je dan bijvoorbeeld naar de Hamptons, naar het strand van Jersey of Connecticut ging, kwam je daarna thuis in een vieze, futloze stad, verlaten door alle mensen die het zich konden permitteren ertussenuit te gaan, een treurige, dampende doolhof van goor beton. Maar nu was de stad mooi en vol leven. Simon had daar oog voor. Het was gewoon een kwestie van perspectief. Het perspectief van geen perspectief hebben.

Toen hij thuiskwam, een beetje teleurgesteld, maar niet echt verbaasd dat hij Jody niet was tegengekomen, dronk hij koffie in zijn grote leren leunstoel, las de krant, en wilde een dutje gaan doen. Maar dat lukte niet. Hij pakte zijn zadel vanaf een hoge plank in de kast en legde het liefdevol over de rugleuning van de stoel. Toen wreef hij het in met een grote natuursponts waar geurige zadelzeep op zat.

Hij had Jody maar net gemist. Ze vond het ook fijn om de deur uit te glippen voordat de hitte haar te pakken kreeg, zoals ze het noemde. Ze werd begroet door andere hondenuitlaters en maakte een praatje met hen. Hoewel ze van de meeste mensen niet wist hoe ze heetten, vond ze deze anonieme ontmoetingen op een merkwaardige manier toch intiem. De man met een trillende, oude blinde Berner sennenhond, die erover inzat hoe hij zijn zoon op een goede universiteit moest krijgen. De celliste, met een beagle waarvan de buikomvang afhing van de kast die hij de avond daarvoor open had weten te krijgen, vertelde haar over een nieuwe opname van Les Arts Florissants. De knappe jongen uit Nederland met zijn nieuwe keeshond, die straalde van trots toen hij haar vertelde dat hij erin was geslaagd zijn hondje zindelijk te maken. De chic geklede Parijse weduwe met haar kleine, eigenaardig uitziende vuilnisbak met drie poten, die het over de effectenbeurs had. De vent met de paardenstaart die haar rijdend op zijn fiets gedag zwaaide, met een Russische wolfshond, een hazewindhond en een saluki aan de lijn, plus zijn dochtertje achterop in een kinderzitje dat vol aandacht een Pop-Tart at. Elke ochtend kreeg Jody de verhalen, adviezen en weetjes te horen van de bejaarde man met zijn bejaarde bichon, het atletische jonge stel met hun kortademige mopshond, en natuurlijk Jamie met zijn twee cairn terriërs die naar zijn broekspijpen hapten.

Op deze morgen zei Jody de kerkbeheerder gedag terwijl hij koffiedik uitstrooide over de aarde rondom de gingkoboom die bij de kerk stond. Vervolgens aaide ze Sofie, een oude, borstelharige terriër met treurige ogen en lange, dunne pootjes, en liep toen verder, volop genietend van het zachte, bleke licht. Ze vroeg zich af waarom er niets onder de stam van de gingko bij de kerk groeide. Zou dat iets met het geloof te maken hebben? Onder de andere bomen in de straat waren namelijk wel bloemen geplant. Het was al knap warm, maar nog niet benauwd, en Jody liet Beatrice even snuffelen aan de brandkraan en aan de groene palen met bordjes VERBODEN TE PARKEREN. Ze keek naar het leigrijze stuk trottoir en vroeg zich af hoe laat de dakloze man op zou staan, want ze had hem 's morgens nog nooit op de trap van de kerk aangetroffen. Zo liepen Jody en Beatrice langzaam in de richting van het park, waar ze Beatrice losliet en ze hun weg vervolgden langs de vijver, naar een beschut plekje met een uitstekend stuk rots. In de lente waren ze daar door vogelwaarnemers bijna weggekeken, maar nu was er niemand behalve zij en de witte wolken boven hun hoofd.

Jody had de afgelopen nacht wel erg slecht geslapen. Ze had een stuk geoefend dat ze speelde met een ad-hockwartet dat eens in de zoveel maanden bij elkaar kwam, daarna had ze een beetje gelezen, het licht uitgedaan, en was vervolgens lekker aan het piekeren geslagen. De limiet van een van haar creditcards was overschreden. Ze was een middelmatig musicus. Ze moest nu echt haar ouders eens bellen. Ze had nooit dat Pratesi-dekbedovertrek moeten kopen. Ze nam veel te vaak een taxi. Ze had weinig talent, weinig geld en zou arm sterven. Ze probeerde zichzelf gerust te stellen met de gedachte dat wanneer ze oud en arm was, ze zowel door de ziektekostenverzekering als het Pratesi-overtrek gedekt zou zijn. Het laatste werd namelijk geacht een levenslang mee te gaan. Maar voordat ze erin slaagde zichzelf te overtuigen, ging ze zich zorgen maken over Beatrice. Vond die oude hond het wel fijn in de stad? Kreeg ze wel genoeg beweging? Moest ze niet een hondenuitlater inhuren wanneer ze op school was? Maar dat kon ze zich dan weer niet veroorloven omdat ze heel egoïstisch al haar geld aan lakens had uitgegeven. Wat zou er met Beatrice gebeuren als Jody doodging? Wat zou er met haarzelf gebeuren als Beatrice doodging? Wat was het trouwens ontzettend kleintjes om je zorgen te maken over een hond terwijl er zo veel menselijk lijden op de wereld was. Dus begon ze zich druk te maken over Soedan. Daardoor werd ze dan weer zo woedend op de politiek dat ze wel haar bed uit moest om een kop kamillethee te zetten en een beetje te gaan zitten lezen. Op dat punt aangekomen, realiseerde ze zich vervolgens wat voor een treurige oude vrijster ze per ongeluk was geworden. Dus ging ze maar weer terug naar bed om te piekeren over het feit dat in Afrika polio weer de kop had opgestoken. En ook over wanneer ze Everett weer tegen het lijf zou lopen.

Dat bleek dus al de volgende morgen het geval te zijn, maar niet helemaal op de manier die ze zich had gewenst. Het was inmiddels een stuk warmer, en Jody had het gevoel alsof de hitte haar omzwachtelde. Toen ze vanaf het park terug naar huis liepen, in een onwezenlijke, futloze stemming, zag ze Polly en George naar buiten komen met hun donzige goudkleurige puppy aan de riem.

'Kijk even!' riep Polly naar haar. 'Howdy mag voor het eerst op straat!'

Jody gehoorzaamde onmiddellijk aan Polly's luide, zware stem en keek. Vervolgens stak ze de straat over om het hondje te feliciteren met zijn kennismaking met de straat. Howdy sprong als een gek tegen haar op, een en al opwinding en hartelijkheid. Beatrice drong zich tussen hen in, en de twee honden begonnen elkaar al kringetjes draaiend te besnuffelen.

Jody maakte complimentjes over de oogjes, oortjes, het neusje, de vacht en staart van de puppy, waarop Polly begon te stralen, het allemaal beaamde en George zowel gevleid als opgelaten keek. Toen ging de deur open en kwam Everett naar buiten.

'Hoi,' zei Polly die hem min of meer de weg versperde. 'Kijk even naar Howdy.'

Jody merkte dat iedereen, inclusief zijzelf, ogenblikkelijk op Polly's zelfverzekerde stemgeluid – 'Kijk even naar Howdy' – reageerde. Zelfs George draaide met een ruk zijn hoofd in de richting van Howdy en Howdy draaide op zijn beurt zijn kop naar Polly.

Everett had zo te zien geen flauw idee waarom hij naar het hondje moest kijken, maar hij mompelde iets beleefds. Hij glimlachte naar Jody en ze voelde zich rood worden.

'Hoe is het met je dochter?' vroeg ze, omdat Emily altijd een veilig onderwerp van gesprek was.

'Heel goed... Ze gaat van de zomer naar Italië,' voegde hij er beleefdheidshalve voor Polly en George aan toe. En toen, met het idee dat de indruk die hij van Emily gaf misschien niet serieus genoeg was, kuchte hij en zei: 'Om te studeren.'

'Als je jong bent, is er niks mis mee om een tijdje in Italië te lanterfanten, denk ik zo,' zei Jody. Wat zei ze nou toch? Lanterfanten. Wie zegt er nou zoiets? En waarom liet ze doorschemeren dat ze zelf niet meer zo jong was?

'Ik heb ook een keer de zomer in Italië doorgebracht,' zei Polly. 'In Florence.' Polly stond op de stoep in haar snoezige, pastelkleurige zomerjurkje. Wat een plaatje, dacht Jody, die zich plotseling opgelaten voelde in haar kakibroek en felgroene poloshirt. Zoals ze daar stond in het zonlicht, zag Polly er zo jong uit, haar blanke huid vertoonde blosjes van de warmte en haar grote ogen schitterden van opwinding. Jody keek naar de manier waarop ze zich bewoog, zo vol kracht en energie. Zo jong, zo ontzettend jong. Doorgaans had ze bewondering voor Polly's luidruchtige, jeugdige en onschuldige kracht. Maar op de een of andere manier kon zij dat nu niet uitstaan, alsof Polly hardop door een concert heen praatte, en de muziek overstemde.

'Emily is ook in Florence!' zei Everett. En hij keerde zich naar Polly. Jody zag dat en het beviel haar helemaal niet.

'Jij hebt daar allesbehalve gestudeerd,' zei George tegen Polly.

'Houd je mond,' zei ze. 'Ik zou best terug willen. Ga je haar opzoeken?' vroeg ze aan Everett, terwijl haar rok vrolijk rond haar benen zwierde toen zich naar hem omdraaide. 'Jee, wat heerlijk om even uit die hete, benauwde stad te zijn.'

Florence is ook een hete, benauwde stad, wilde Jody zeggen. En stampvol Amerikaanse studenten. Zoals Emily. En zoals jij, Polly, nog niet zo lang geleden. Maar ze hield haar mond en zag op wat voor manier Everett naar Polly keek.

'Ga toch in de herfst,' zei George. 'Dan zijn er niet zo veel Amerikaanse studenten.'

Jody kwam tot de conclusie dat ze George aardig vond.

'Nou, dat zou een beetje mosterd na de maaltijd zijn, toch, jongeman?' zei Everett tegen George.

George trok een wenkbrauw op. Dat kwam vast door dat 'jongeman', dacht Jody.

'Huh,' zei George. Hij draaide Everett de rug toe en ging op zijn hurken zitten om de hond te aaien.

Jody voelde zich zielig, afgeknoedeld en opzichtig in haar groene shirt, en mismoedig wachtte ze tot Polly en George met hun hondje verder zouden lopen. Want dan kon het concert dat Polly met haar luide stem had verstoord weer doorgaan, dan zou Jody een praatje met Everett kunnen maken. Wat stonden ze hier trouwens te doen? Waarom lieten ze die stomme hond niet uit, nu dat beest eindelijk op straat mocht? Ze zou tegen George over een echte muziekuitvoering beginnen, eentje die Polly niet kon verpesten. Volgende week werd *The Mikado* opgevoerd en ze had al kaartjes. Hij kreeg van haar Gilbert en Sullivan, en als tegenprestatie zou hij zich alleen maar tot háár richten, en zou zijn lach alleen maar voor háár bestemd zijn. Maar na ruim tien minuten maakten broer en zus nog totaal geen aanstalten om verder te lopen en begon Beatrice aan haar riem te trekken.

Jody wachtte nog eventjes, en begon zich steeds meer te ergeren toen Polly als een gek met Everett aan het flirten sloeg. ('Ik denk dat ik je gewoon maar moet meenemen naar Florence,' zei Polly met een melodieus lachje.) George maakte een spottende opmerking en Jody mompelde eindelijk maar goedendag, in de hoop, maar tevergeefs, Everetts aandacht te trekken.

'Ik betwijfel of Emily het wel leuk zal vinden dat haar vader haar overal achterna reist,' zei hij tegen Polly.

Toen Jody wegliep, hoorde ze achter zich het indrukwekkende stemgeluid van Polly: 'O, nee? Nou, ik zou dat wel leuk vinden, hoor.

Dan kon je me nog eens mee uit eten nemen... Ik bedoel, als ik haar was.'

Terwijl ze aan het praten was, had Polly vol bewondering naar Everett met zijn opvallende blauwe ogen staan kijken, maar opeens hield ze in verwarring gebracht haar mond, alsof ze net ontwaakt was in een vreemd bos. 'Of anders ook.'

Toen Polly later in haar slaapkamer zich het gesprek weer voor de geest haalde, kwam ze tot de slotsom dat ze de grootste idioot van de wereld was, kwekkend over een meisje dat ze niet kende, helemaal en totaal zichzelf met haar impulsieve en ontzettend meidenachtige manier van doen. George was een goede tweede als het op stom doen aankwam. En hij was daarbij ook nog vals omdat hij zo duidelijk zijn afkeuring had laten blijken. Afkeuring... waarvoor eigenlijk?

Everett.

Hoe kon George dat nou weten? Ze wist het zelf pas net.

Everett?

Everett was toch hartstikke oud en saai. Zo dacht ze tenminste daarvoor over hem, hoewel, ze had eigenlijk nooit aan hem gedacht. Maar toen hij vandaag lachte (weliswaar naar Jody...), had ze voor de tweede keer die lach gezien, waardoor Everett opeens een totaal andere man leek. Zijn ogen schitterden en zijn gezicht klaarde op. Hij zag er jong uit en was behoorlijk knap om te zien. Everett.

Ze zat rechtop in bed, in de war en van haar stuk gebracht. Opeens moest ze denken aan het gevoel dat ze had gekregen toen hij Howdy aaide en zijn hand tegen de hare kwam. Vervolgens dacht ze aan George.

Hun band met elkaar had natuurlijk zijn nadelen. George had haar altijd door. En hij had zich lomp en tenenkrommend tegenover Everett gedragen. Everett kwam er nog het best van iedereen af, vond ze, terwijl ze terugdacht aan wat er was gezegd. Hij had alleen maar een beetje gewichtig gedaan. Maar misschien was hij gewoon verlegen. Ze stelde zich voor dat ze met hem uit eten ging, in een goed restaurant, en daarna naar een balletuitvoering. Was het balletseizoen al begonnen? Ze hield eigenlijk helemaal niet zo van ballet, maar in haar fantasie vormde het wel een aardig plaatje. Ze moesten toch ergens naartoe, en dat zou bijvoorbeeld niet uitlopen op een 'bier-pong'-wedstrijd, een hele avond pingpongballen in volle glazen bier gooien, iets wat Chris zeker wel leuk had gevonden.

Soms is het heel vreemd om gelukkig te zijn. Je kunt gewend raken aan een soort vertekend beeld, en dan kan een plotselinge verandering onaangenaam en verwarrend zijn. Door de gedachte aan Chris werd Polly, die al zo lang zo verdrietig was geweest, zelfs bijna kwaad, alsof Everett haar achtervolgde, lastigviel en zich opdrong. Laat me met rust, dacht ze. Ik hou van Chris die van iemand anders houdt. En dat weet iedereen.

Toen dacht ze weer aan Everetts lach en het laatste wat Chris tegen haar had gezegd: 'Ik zal het allemaal, eh, nooit vergeten...' en ze kwam tot de conclusie dat het niet uitmaakte of Everett nu pretenties had of niet. Polly mocht zich dan als een dom wicht hebben aangesteld en George als het vervelende broertje, maar Everett had zich als een man gedragen. En wat Jody betrof: Polly wist niet eens meer dat zij er ook bij was geweest

Maar Jody was er wel bij geweest, en zij kon het tafereel ook niet uit haar hoofd zetten. Ze nam Beatrice mee naar de drogist en kocht een bodylotion. In een espressobar bestelde ze een ijskoffie en ging buiten op een bankje zitten om die op te drinken. Ze keek naar de voorbijgangers die wantrouwige blikken op Beatrice wierpen. Polly is nog maar een meisje, moest ze steeds maar denken. Maar ze voelde zich oud en moe en ze was kwaad op zichzelf. Beatrice legde haar kop op Jody's knie en keek naar haar op. Jody aaide haar brede voorhoofd.

'Mogen we erbij komen zitten?'

Het was George met de puppy. Voordat Jody kon antwoorden, was hij al gaan zitten. Beatrice ging liggen en de puppy wandelde over haar heen in de richting van haar kop, tot Beatrice opstond en de puppy langzaam van haar af gleed.

'Je hebt hem ontzettend snel geleerd om aan de riem te lopen,' zei Jody.

George glimlachte. 'Ik heb toch niks anders te doen.'

'Ben je soms een beetje aan het lanterfanten, jongeman?' vroeg ze,

Hij snapte waar ze op doelde en schoot in de lach. 'Wat een stijve hark is die gast,' zei hij.

'Vind je?'

Hij haalde zijn schouders op. 'Maar goed. Ik ben dus aan het lanterfanten.'

'Wat moest je dan eigenlijk allemaal doen?' vroeg Jody.

'Daar gaat het nou juist om. Als ik dat wist, dan zou ik het niet doen.'

Die avond, terwijl hij langs de rivier fietste en aan de ontmoeting met Everett dacht, nam George een besluit. Zoals de lezer misschien heeft opgemerkt, waren beslissingen niet echt Georges sterkste kant. Hoezo zulke onnodige stappen? Hij gaf er de voorkeur aan om alleen de dingen te doen waar je niet omheen kon. Waarom moest je daar van tevoren over nadenken? Beslissingen, had hij op menig late avond aan menig aangeschoten vriendje uitgelegd, waren overbodig. Zelfs fetisjistisch. Maar moest je nou kijken. Hij zat te piekeren, te plannen en besluiten te nemen. Maar wat moest hij anders? Zijn zus stond op het punt zich als een kip zonder kop te gedragen. Dat zag hij, dat voelde hij, hij kon het zelfs ruiken. Hij moest iets doen om haar tegen haar eigen gekkigheid te beschermen.

Hij schoot door de vochtige nachtlucht en ademde de zwakke, ziltige bries in die van de rivier kwam. Er waren geen sterren te zien, alleen de verre lichtjes van de gebouwen in het centrum en aan de overkant van de rivier. Op een heuvel zag hij de verkeerslichten in New Jersey verspringen, een rode ketting die ineens in een groene veranderde.

Hij zou eisen dat Polly voortaan de hond uitliet. Dat had hij nu besloten, maar dat hield wel in dat hij een offer moest brengen, want hij vond het fijn om met de hond aan de riem te lopen, een soort nieuw contact tussen hen tweeën. En al die mensen die bleven staan om Howdy te aaien. George was waanzinnig trots op de pup. Als het heel af en toe voorkwam dat iemand voorbijliep zonder acht op Howdy te slaan, was George net zo teleurgesteld als het hondje. Maar hij had Polly zien flirten met Everett, die hanige, zelfgenoegzame, ongelooflijk niet-deugende ouwe lul. George kon zich bijna niet indenken dat Polly in hem geïnteresseerd zou zijn. Maar hij had het gezien, en hij kende Polly. Hij wist hoe koppig ze kon zijn, hoe impulsief wanneer ze boos of gekwetst was, en hij wist dat hij ervoor moest zorgen dat ze niet verstrikt raakte in haar eigen ranzigheid.

'Je wilt alleen maar dat ik naar buiten ga om met mensen in aanraking te komen,' was Polly's reactie toen hij haar de volgende dag vertelde dat zij voortaan de hond moest uitlaten. 'Geloof mij nou maar, George, geen enkele lekkere kerel zal me op straat aanhouden om Howdy te aaien. Moet ik soms met een sandwichbord gaan lopen?'

Maar toen ze eenmaal het hondje een paar keer per dag uitliet, ontdekte ze dat ze dan heerlijk over Everett kon fantaseren. Howdy huppelde door het park en Polly stelde zich voor hoe het zou zijn om hand in hand met haar nieuwe geliefde te lopen. Everett, de volwassen advocaat, arts, of zoiets dergelijks.

In deze tijd van het jaar hing er een frisse, verrukkelijke geur in het park: de geur van de lente zelf: de lindebomen, de fantastische, weelderige lindebomen. Hoe kon iemand niet verliefd worden wanneer de lindebomen in bloei staan? Wanneer Polly en Howdy langs de vijver liepen, met eenden, gele irissen en heldergroen kroos, herhaalde ze voor zichzelf het gesprek over Florence, en haalde ze zich almaar de aanraking van zijn hand voor de geest, net zolang tot het leek alsof Everett expres zijn hand op de kop van de hond had gelegd, alleen maar om haar hand te kunnen aanraken.

De daaropvolgende weken liep ze Everett een paar keer tegen het lijf. Een keer toen ze in haar pyjama de vuilnis buitenzette, een kleine ramp, en de tweede keer in de lift. Maar hij was het dichtst bij haar op de lange wandelingen met de hond.

Op een avond stond Polly voordat ze naar bed zou gaan met Howdy voor haar huis, in de vage hoop Everett te zien. Howdy kwispelde naar de buren die voorbijliepen. Hij had twee favorieten: een jongen die onder de tatoeages zat, en de andere was de beheerder van de kerk, een magere grijze man, die het hondje toesprak met een Iers accent. Maar geen van beiden liet zich die avond zien.

'Arme Howdy,' zei ze. 'Waar is ons kerkvriendje?'

'Kom je dan nooit een normaal mens tegen?' vroeg George, die volgens Polly was meegelopen om te controleren dat ze geen sigaret opstak.

'Ik ben niet op jongens uit, George.'

'Nee, dat is duidelijk.'

Hij pakte de riem over, liet Howdy snuffelen aan de wielen van een zilveren Porsche Boxster die voor hun huis geparkeerd stond, en boog zich voorover om naar binnen te kijken. Het was een prachtige auto, en hij stelde zich al voor dat hij aan het stuur zat toen hij Polly met haar zware stem iemand hoorde begroeten, waarop ze over Chris begon te klagen. George vond dit gedrag van Polly onwaarschijnlijk deprimerend. Waarom hou je die dingen niet voor je? dacht hij.

Maar toen kreeg hij een gelukkige inval. Dat maar doorzeuren over die arme Chris betekende misschien wel dat ze niet echt in die arme Everett was geïnteresseerd. Kon het zijn dat hij zich had vergist? Het idee dat zijn zus iets had met een man die George 'jongeman' noemde, die George het gevoel gaf alsof hij solliciteerde naar een baan die hij niet eens wilde hebben, die te kleurloos, te vreugdeloos, en gewoon te oud was voor zijn kwetsbare zusje met haar luidruchtige, uitdagende houding. Dit bleef hem maar bezighouden, maar zou hij het, alsjeblieft, Lieve Heer, bij het verkeerde eind mogen hebben?

Hij ging rechtop staan en zag dat Polly stond te praten met een slanke, oudere vrouw met vuurrood haar op krankzinnig hoge hakken. Heel even vroeg George zich af wat een gepensioneerde tippelaarster deed met een sleutel van hun gebouw, maar toen zag hij dat het de Franse weduwe was die op de zevende verdieping woonde.

'Wannier ies moeilijkheden, u pak die moeilijkheden aan,' zei ze met een zwaar accent. 'Toen mijn man dood, ik wil ook dood, maar in plaats daarvan, ik ga dansen.' Ze zei dat Polly op tangoles moest, want dat had zij ook gedaan.

George moest grijnzen bij het idee van Polly op tangoles, en keek de vrouw na die al klikklakkend op haar hakken verder liep.

'Houd je kop,' zei Polly toen ze Georges gezicht zag. 'Ze doet mee aan wedstrijden over de hele wereld.'

'Hallo, wat mij betreft werp je je op de chachacha, als je maar de deur uit gaat en onder de mensen komt.'

'Ik ga de deur uit,' zei ze verongelijkt. 'En ik kom toch onder de mensen?'

George schudde zijn hoofd. 'Je laat alleen maar de hond uit.'

'Maar dat wilde je toch? Ik ben tevreden, jij niet?'

Ze was inderdaad tevreden, besefte ze. Ze kon over Everett fantaseren en rondhangen met haar buren en hun honden. Het was een rustig leventje vol met interessante nieuwe gedragingen en straatetiquette. Met elkaar kennismaken: de hond doodstil en dreigend, of met gestrekte poten, het achterste omhoog en met kwispelende staart, of uitbundig springend, of alleen maar snuffelend. Vervolgens: baasjes die zich uitputten in enthousiaste maar obligate opmerkingen: 'Wat een schatje... Mag ik hem even aaien?' Honden die doorgaan met snuffelen. Baasjes die doorgaan met kletsen.

Polly vond dit veel prettiger dan de normale sociale contacten die ze had. George bleef er echter maar op hameren dat ze op zoek moest naar een 'verloofde', zoals hun moeder dat uitdrukte.

'Ben je nou nog niet over Chris heen?' vroeg hij.

'Ik ben helemaal over Chris heen.'

'Goed. Maar wat is er dan aan de hand?'

'Mag iemand soms niet even vrij hebben?'

George keek peinzend. Toen zei hij: 'Het is die ouwe kerel, hè?'

Polly vond dit geen fijne beschrijving van Everett en dus gaf ze geen antwoord, maar ze begrepen elkaar reuze goed.

'Hij kon papa wel zijn,' zei George.

Toen schoten ze allebei in de lach bij de gedachte aan hun vader, een opvliegende, rood aangelopen advocaat, die in niets leek op de mysterieuze, stugge Everett.

'Maar je had wél zijn dochter kunnen zijn,' zei George. 'En reken maar dat hij dat had gewild.'

'Je bent ontzettend bekrompen,' zei Polly, 'en een viezerik,' voegde ze er voor de goede orde nog even aan toe.

Hoewel George het niet goedkeurde en het als iets ranzigs zag met een vleugje Lolita, er bovendien niets van snapte, en Polly er zelf ook niets van snapte, wist Polly heel goed dat Everett haar fascineerde. Hij was volkomen anders, zoals een vreemde taal met een onbekend alfabet, of een nieuw recept met ingrediënten zoals paardenvlees. Ze moest haar best doen hem niet op de proef te stellen. Everett mocht dan heel gewoon zijn, dat wilde ze best toegeven, maar haar interesse in hem was niet gewoon, en die interesse wond haar op, net alsof het om een soort misdrijf ging. En trouwens, waarom zou ze niet geïnteresseerd zijn in iemand die een beetje volwassener en minder onbetrouwbaar was dan die onverantwoordelijke Chris? Daarbij kwam nog de uitdaging die Everett vormde, als een van haar projecten die ze moest redden. Ze moest hem verlossen van zijn eigen deprimerende slechte humeur.

Polly zag Everett de volgende morgen. Op de tafel in de lobby legde ze post neer die geadresseerd was aan de overleden man. Die zat in haar brievenbus en ze had die per ongeluk met de rest van haar post mee naar boven genomen.

'Vind je het niet naar?' vroeg Everett toen hij de naam op de brief zag.

'Ik denk veel aan hem.'

'Ik heb nooit met hem gesproken. Dat vind ik nu wel een beetje jammer. Nou ja, om je de waarheid te zeggen vind ik het eigenlijk niet echt jammer, maar zou ik dat wel moeten vinden.'

'Ik vind het ook niet zo erg als ik het zou moeten vinden,' zei ze. 'Want ik ben toch zo blij met die flat. Trouwens, wie laat er nou een puppy achter?'

'Iemand die wanhopig is, hoor,' zei Everett, nogal ernstig, vond ze. Ze hield er niet van als iemand haar terecht wilde wijzen. Maar toen zei hij: 'Hij had altijd een paraplu bij zich.' En hij keek daarbij zo sip dat Polly zich meteen een stuk beter voelde. Ze vroeg of hij op weg was naar de ondergrondse. Dat was zo, en Polly liep met hem mee, bijna op wolken. Hij nam de trap naar de trein richting centrum. Vanaf de andere kant van het perron zag ze hem daar staan, somber en gedistingeerd. Ze zei tegen zichzelf dat George het dan wel zo goed mocht weten en nog zoveel kon kletsen dat ze uit moest gaan en jongens moest ontmoeten, maar hij kon haar niet dwingen om met iemand uit te gaan. Dit was Amerika! Het land van onbegrensde mogelijkheden. Dit was New York, de stad die nooit sliep. Polly wurmde zich met veel enthousiasme in de volle metrowagon, boordevol energie die deze nieuwe hoop haar gaf.

TIEN

Dit is verlangen

In de zomer had Doris een korter rooster, hoewel ze eigenlijk vond dat ze net als de leraren 's zomers vakantie zou moeten hebben. Maar ze moest nog tests beoordelen en zich met toelatingen bemoeien. Ze ging drie dagen per week naar school en dat was net te lang om een buitenhuisje te kunnen huren.

'Je kunt die dagen ook aan elkaar koppelen,' zei Harvey. 'Woensdag, donderdag, vrijdag. Dan kunnen we op zaterdagmorgen weg, dan is er niet veel verkeer, en dan gaan we op dinsdagavond weer terug.'

Maar omdat Harvey met pensioen was en niet naar zijn werk hoefde, vond Doris dat zijn raad sowieso al niet deugde.

'We kunnen het trouwens toch niet betalen,' zei ze.

Ze konden zich inderdaad niet veroorloven wat zij wilde; dat was namelijk een groot huis, met een vijver en een parkachtige tuin in een glooiend landschap. Met andere woorden: ze konden zich niet het huis veroorloven waarin ze haar zus kon ontvangen.

'We kunnen toch een zomerhuisje huren?' zei Harvey

'Een zomerhuisje!' reageerde Doris minachtend. 'Doe niet zo idioot.'

'Ik kan daar dan gewoon blijven en jij kunt heen en weer pendelen met die grote, benzineslurpende, milieuverpestende vrachtwagen van je.'

'Natalie heeft gevraagd of we dit weekend komen,' zei ze. Natalie was de zus die absoluut niet in een zomerhuisje kon worden ontvangen.

'Nou, dan is alles opgelost, toch?' zei Harvey. 'Nu zijn we voor de hele zomer onder de pannen.'

'Je humeur is er niet beter op geworden sinds je pensionering, Harvey,' zei ze. 'Je moet weer iets gaan doen.'

Dat vond Harvey ook, en gehoorzaam zette hij het verslag van een honkbalwedstrijd aan op tv.

Met zo'n echtgenoot kon niemand het Doris kwalijk nemen dat ze zo'n chagrijnig en naar karakter had. Maar kon iemand Harvey dan iets kwalijk nemen met zo'n vrouw? Toch waren ze al jaren gelukkig met elkaar. Doris zat, zoals zo vaak, naast Harvey op de bank, met haar hoofd op zijn schouder en keek naar de Mets die van de Atalanta Braves verloren.

'Ik heb die valse witte hond weer gezien vandaag,' zei ze. 'En die asociale vrouw die hem uitlaat.'

'Gromt ie?

'Dat zal wel. Dat zit in hun bloed. Ze worden gefokt om hun vecht-lust.'

'Een witte pitbull. Ik heb hem nog nooit gezien.'

'Jij gaat ook nooit de deur uit.'

'En niet voor niets! Het stikt van de valse honden op straat.'

'Ik houd die hond in de gaten,' zei Doris. 'Als ie ook maar iets ver-keerd doet, moet jij maar eens opletten.'

'Wat ga je dan doen?' vroeg Harvey. 'Die hond een jaartje laten zit-ten? Hem opzadelen met wiskundebijles?'

'Die hond piest op straat.'

'Zolang jij niet op straat piest, Doris, lieverd, maak ik me geen zor-gen.'

Terwijl Doris en Harvey op hun geheel eigen wijze van deze zomer ge-noten, genoot Simon meer van de zomer dan in jaren. De toevallige ontmoetingen met Jody werden steeds minder aan het toeval overge-laten. Simon posteerde zich bijna elke avond op zijn bank in het park en wachtte dan tot Jody en Beatrice over het stoffige pad kwamen aan-lopen.

Niet dat hij de lokroep van de naderende herfst was vergeten. Op een van deze avonden kwam Simon thuis, na afloop van een ontspan-nen etentje met Jody en Beatrice. Hij deed de deur van zijn flat open en werd opeens getroffen door de schoonheid van zijn glimmende zwarte laarzen die glansden in de ondergaande zomerzon. Hij had ze die ochtend tevoorschijn gehaald om ze te poetsen en nu stonden ze daar als twee stralende monumenten op de kale vloer. Hij had Jody nog niet verteld over zijn passie voor de vossenjacht. Het was een geheime passie, zo geheim en zo heftig dat hij er zich bijna voor schaamde. Stel dat ze zo iemand was die het een wrede sport vond? Zulke mensen bestonden. Er waren heel veel van zulke mensen. Jody was gek op die hond van haar. Stel dat ze vossen als familie van de honden beschouwde en daardoor Simon niet meer leuk vond en niet meer met hem wilde eten?

Maar eerlijk gezegd had hij het vermoeden dat Jody net zo weinig om vossen gaf als om hem. Tijdens de etentjes met hun tweeën was ze beleefd, zelfs aardig, en praatte ze vertrouwelijk over haar leerlingen, hun vreselijke ouders en de verschrikkelijke schoolleiding. Simon wist dat ze uit Ohio kwam, dat ze af en toe in een orkest speelde bij een Broadway-productie, en dat ze ook in een kwartet zat dat in kerken speelde. Dat wist hij allemaal, maar tegelijkertijd wist hij helemaal niets. Jody was zo aardig en zo weinig veeleisend dat ze af en toe achter haar eigen lach leek te verdwijnen. Ze vertelde Simon veel meer over zichzelf dan hij ooit aan haar vertelde, maar toch was ze nog net zo'n vreemde voor hem als toen hij haar voor het eerst ontmoette. Het was alsof ze zijn aanwezigheid accepteerde, zonder dat ze die opzocht. Maar hij was daarentegen zijn tochtjes naar het bankje in het park gaan beschouwen als een soort vaste afspraak, en als ze niet kwam opdagen, wat dikwijls gebeurde, ging hij maar alleen eten, maar met steeds meer tegenzin.

Simon had gelijk wat Jody betrof. Ze zag hem wel zitten op de bank, maar niet op de manier waarop hij hoopte. Ze merkte dat hij steeds vaker daar zat. Ze ging graag met hem uit eten en ze vond het leuk dat hij haar telefoonnummer vroeg. Ze ging ervan uit dat hij net zo eenzaam was als zij, en net zoals zij blij was met een beetje gezelschap. Maar wat haar van alles nog het meest opviel, was dat Simon, die zo makkelijk voorhanden was en zo graag met haar een zomeravond doorbracht, geen Everett was.

Everett was op dat moment niet zo makkelijk voorhanden.

Hij bracht de meeste avonden alleen in zijn kamer door, terwijl hij zijn dochter miste, maar genoot van de sobere, chique inrichting van zijn flat. Nadat Alison en hij uit elkaar waren gegaan en hij op zichzelf was gaan wonen, was hij erachter gekomen dat hij erg netjes was, en dat hij, deze omschrijving vond hij het prettigst, een minimalist was. Hij had al zo lang met prulletjes en decoratieve spulletjes om zich heen geleefd dat hij totaal niet meer wist waar zijn eigen voorkeur naar uitging. Alison verzamelde niet alleen dingen, maar in die dingen werden ook weer andere dingen verzameld. Mandjes bijvoorbeeld. Het leek wel alsof in hun huis honderden mandjes stonden, met Afrikaanse kralen of poppetjes uit de Appalachen erin.

Everett leunde achterover in zijn Eames-armfauteuil. In dit appartement waren geen mandjes. De krant lag keurig opgevouwen op de Saarinen tafel naast hem. Hij zou de opiniepagina nog lezen en daarna zou hij het kreukelige geval weggooien. Er was niets gekreukelds in dit huis, behalve de Noguchi-lamp dan. Zijn drankje stond op een bijzettafeltje. Zijn voeten lagen op een Eames voetenbank. Ja, dacht hij, dit huis is leeg zonder Emily, maar wat is er weinig rommel in deze leegte!

Hij had er een paar keer over gedacht om Jody te bellen, maar hij was altijd zo moe als hij van zijn werk kwam dat hij niet wist of hij wel een gesprek aankon, laat staan geflirt. Hij vond het prettig om alleen te zijn. Dat was een van de dingen die hij over zichzelf had ontdekt. Hij was tot de conclusie gekomen dat hij ook emotioneel een minimalist was.

Toen dacht hij aan Polly, het aantrekkelijke en overrompelende meisje van beneden. Hij vroeg zich af of zijn vermoeden juist was. Op een onverklaarbare manier viel ze op hem. Allemachtig. Hij had het vast mis. Maar waarom eigenlijk niet? Hij was nog niet helemaal dood.

Hij had haar echt niet aangemoedigd. Daar kon niemand hem van beschuldigen. Hij sprak haar nauwelijks, en ook niet die slungelachtige lanterfanter van een broer van haar. Waarom zou iemand hem trouwens van iets willen beschuldigen? Op dit punt moest hij opeens aan Jody denken. Maar dit ging haar allemaal niet aan, zei hij tegen zichzelf. En wat Polly betrof, ja hij was ouder dan zij, maar hij was toch niet haar baas of haar leraar? Polly was oud genoeg, hield hij zichzelf maar weer voor. Maar hoewel Polly oud genoeg was, moest Everett toegeven dat ze niet te oud was om nog maar een meisje te zijn.

Er waren zat mannen van zijn leeftijd die stonden te trappelen om met zo'n leuk jong ding als Polly iets te hebben. Everett vroeg zich af of dat ook voor hem gold. Hij had er niet eens de fut voor om die aardige vrouw, die meer van zijn leeftijd was, beter te leren kennen. Waarom dacht hij dan überhaupt aan de mogelijkheid van een verhouding met een jong meisje? Dat was twee keer zoveel werk. En hij had trouwens ook zo zijn bedenkingen tegen jonge mensen. Jonge mensen waren fris en bruisend, maar ze waren ook dom en veeleisend. En jonge mensen konden gevaarlijk zijn. Ze kenden de regels niet. Ze waren ook gevaarlijk voor zichzelf en snel gekwetst. Hij werd zo zenuwachtig bij het plotselinge idee dat Emily gekwetst zou kunnen worden, dat hij bijna misselijk werd. Hij hield zichzelf voor dat Polly lang niet zo jong was als Emily. Maar hoe dan ook, hoe vaak overkwam het een norse man van middelbare leeftijd dat een schattig meisje zich op hem stortte? Met haar luide, heldere stem kwam ze zo energiek en sterk over. Haar interesse in hem leek bijna op een bevel. Maar toch had hij besloten niets met haar te beginnen. Hoe je het ook wendde of keerde, ze was gewoon te jong. Ze was jaren, nee, tientallen jaren te jong. Dat was net zo duidelijk als dat je een neus had, zei hij tegen zichzelf terwijl hij in de spiegel van de badkamer keek. Tot zijn lichte voldoening zag hij dat ondanks de fijne lachrimpeltjes bij zijn ogen, rimpeltjes die bijna niet te zien waren als hij zijn leesbril niet ophad, zijn huid er nog opmerkelijk jong uitzag.

Op diezelfde avond, een zachte, met licht overgoten zomeravond, zat Jody op een heuvel en keek genietend naar Beatrice en de bonte vlekken sappig gras in de schaduw van een oude eik. Beatrice lag op haar rug en spartelde met alle vier haar poten in de lucht. Haar roze tong hing als een dweiltje uit haar bek op het gras. Ze had haar ogen dicht. Het was opvallend stil. Onder de boom stond een man die langzame tai chi-bewegingen maakte. Een peuter zat trots op een grote vuurrode bal. Een roodborstje stond roerloos. Jody ging languit in het gras liggen. Het was pas gemaaid en de geur van het gemaaide gras deed haar aan thuis denken. Het huis waar ze was opgegroeid, zo ver weg, het huis van zo lang geleden, en haar ouders die nu in een witgepleisterd appartement op een golfcomplex in Florida woonden. Ik moet hen bellen, dacht Jody. En vervolgens dacht ze aan Simon. Hij was zo opdringerig geworden, opdringerig als een aanbidder. Hij belde haar op haar werk, wachtte haar op op diverse plekken waar ze de hond uitliet, maar zodra hij bij haar was, leek hij afwezig, misschien zelfs verveeld. Nee, niet verveeld. Meer bezorgd, alsof hij al aan het verzinnen was waar ze elkaar de volgende keer zouden zien. Het was alsof Simon altijd in een soort geografische onrust verkeerde, dacht ze, zoals iemand die verdwaald is, iemand die zich probeert te oriënteren. En toch was hij een en al zelfverzekerdheid, geweldig gekleed, elegant in zijn bewegingen, ondanks zijn forse lengte. Hij sprak heel zacht, een verlegen gemompel waardoor ze zich naar hem toe moest buigen om hem te kunnen verstaan. Maar hoe dichtbij ze ook kwam om het gesprek te kunnen volgen, er bleef een afstand bestaan. Wanneer ze haar hoofd naar hem ophief om te horen wat hij zei, vroeg ze zich soms af hoe het zou zijn om hem te kussen. Hij had donkere, volle wimpers die zijn ogen als eyeliner omlijstten. Een keer toen ze aan het kleine tafeltje in het Mexicaanse restaurant zaten, had ze haar hand onder zijn kin gelegd, zijn gezicht opgetild en in zijn ogen gekeken. Ze dacht toen dat hij haar zou zoenen, of zij hem, maar toen kwam haar plotseling het beeld van Everett voor de geest en ging ze weer achterover zitten.

'Een van mijn buren heeft me gevraagd na negenen niet meer te repeteren,' had ze gezegd, om niet te laten merken dat ze zich opgelaten voelde.

'Lijkt me redelijk,' had Simon gemompeld. 'Maar niet echt een compliment voor je.'

Nu lag Jody met gesloten ogen op het gras. De riem van Beatrice hield ze in haar hand en ze dacht weer aan Everett. Dit is verlangen, besefte ze.

Dit gevoel van hopeloosheid en hoop, de geur van de zomer, de herinnering aan Everett toen hij haar riep vanuit zijn raam, de welving van zijn nek toen hij uit het raam leunde, een vogel die in de verte zong.

Wat voor soort vogel?

Ik zal het nooit weten, dacht ze

Opeens flitste het zonlicht over haar oogleden, de aarde onder haar trilde, en de lucht werd gevuld met een lange, weergalmende dreun.

Jody deed haar ogen open en zag de boom, de grote, majestueuze eik met zijn bladeren en gespikkelde topjes, omvallen, neerstorten, kapseizen als een schip dat zinkt in de lucht, en met veel gekraak neerkomen op het gras.

De tai chi-man stond met zijn mond open te kijken. Het kindje op de rode bal stuiterde opgewonden op en neer. Beatrice en Jody stonden op. De takken trilden nog na. Een geweldig gat van vruchtbare bruine aarde bevond zich nu op de plaats waar de wortels van de oude boom zich hadden losgemaakt.

'Rustig maar,' zei Jody, en ze knielde neer om haar trillende hond op haar gemak te stellen.

Het zag er heel raar uit, die boom die op de grond lag. Hij had Jody en Beatrice op ongeveer drie meter na gemist. Wat was hij groot met die stam die daar in zijn volle omvang op het gras lag. Toen Jody en Beatrice de volgende dag langsliepen, had de plantsoenendienst de boom in stukken gezaagd en weggehaald, en het gat gevuld. Het enige wat er nog van de boom te zien was, waren een paar houtsnippers.

Een blind date

Na juli kwam augustus, vergezeld van onweer, bliksem en regendruppels zo groot als druiven. Zo nu en dan regende het drie dagen achter elkaar, en wanneer het noodweer was overgetrokken, werd het niet zoals je zou verwachten gevolgd door een frisse koelte, maar was het nog drukkender en warmer dan daarvoor. George trok zich niets aan van het weer. Hij bracht zijn dagen door met Howdy en maakte lange wandelingen in de regen, zoals iemand uit een contactadvertentie.

Op een van die regenachtige dagen zat George aan zijn computer zonder veel animo naar vacatures te kijken, toen de hond, die aandachtig naast hem zat, een poot op zijn knie legde.

'Pootje?' zei George, en hij pakte afwezig de poot vast. 'Brave Howdy.' De hond keek George in de ogen met iets wat alleen maar kon worden beschreven als verafgoding. 'Brave Howdy,' zei George nog een keer met wat meer interesse, en Howdy kwispelde met zijn staart, liep een rondje door de kamer en kwam verwachtingsvol weer terug.

'Pootje?' zei George. Howdy herhaalde enthousiast de beweging, en vanaf dat moment verveelde George zich geen seconde meer.

Toen George die middag Howdy uitliet, zag hij een meisje voor zich lopen dat vreselijk in de weer was met een ongehoorzame bastaard rottweiler die sprong en aan de riem trok. Het meisje, dat zoals George onmiddellijk voor zichzelf vaststelde een lekker ding was, sleepte ongelukkig achter de hond aan. Georges middelmatig ontwikkelde ridderlijke gevoelens gingen een verbond aan met zijn goedaardige jagersinstinct, en dus zat er voor hem niets anders op dan het meisje te hulp te schieten. Hij liep met Howdy naar haar toe, en terwijl hij de enorme rottweiler zogenaamd bewonderde, kalmeerde hij het beest en kwam hij in het bezit van de naam en het telefoonnummer van zijn baasje.

De zwarte vacht van de hond glansde in de zon, en opeens deed hij een uitval naar een rollerskater.

George bleef rustig staan totdat de hond ophield met trekken en zich omdraaide om hem aan te kijken.

'Brave hond,' zei George toen.

De rottweiler scheen het op prijs te stellen en liep naar hem toe.

'Ben jij een hondentrainer?' vroeg het meisje.

George schoot in de lach. 'Waarom niet, eigenlijk?' zei hij.

George ging nog steeds onverminderd door met Polly afleiden van haar diepgewortelde interesse in Everett. Maar hij was niet de enige die die zomer moeite deed haar aan het daten te krijgen. Polly merkte dat Geneva haar ook de hele tijd achter de vodden zat, en dat het haar ook af en toe lukte Polly mee naar een feestje of een bar te krijgen. Nu stond ze op een feestje bij de drank en dacht eraan hoe fijn het zou zijn als een man haar gewoon zou behandelen zoals de mensen Howdy benaderden. 'O gossie, wat is ze moooooi,' zou de man dan tegen Geneva zeggen, en vervolgens zou hij vragen of hij Polly mocht aaien. Geneva zou zeggen: 'Ze is een beetje schuw, hoewel je dat niet zou zeggen aan de manier waarop ze mensen afblaft, hè, Pollyhondje?' En dan zou Polly haar gulle lach laten horen, dit beamen, en de man zou bewonderend lachen en vragen hoe oud ze was. Daarop zou Geneva een jaartje van haar leeftijd aftrekken of juist erbij doen, afhankelijk van de leeftijd van de man. Vervolgens zou Polly op haar rug gaan liggen en haar buik laten aaien.

'Ik kom nooit iemand tegen die in mij geïnteresseerd is, en ik vind zeker nooit iemand in wie ik geïnteresseerd ben,' zei Polly, terwijl ze zich afvroeg wat Everett aan het doen was. Ging hij naar feestjes? Ze vroeg zich af wat voor soort muziek ze zouden draaien op de feestjes waar Everett naartoe ging. De Beatles? Klassiek? Nee. Jazz. Absoluut jazz. Polly had een gruwelijke hekel aan jazz, maar ze had altijd geweten dat ze het wat dat betrof mis had, en ze was ervan overtuigd dat ze het met een klein beetje moeite best kon leren waarderen.

'Je moet het proberen,' zei Geneva.

'Wat?' vroeg Polly. 'Om van jazz te houden?'

'Hè? Nee. Wie kan het nou schelen of je van jazz houdt? Je moet proberen met mannen in contact te komen.'

Geneva was lang en blond, slank en mooi en had al acht maanden geen date meer gehad, tot hun beider grote verbazing. Zelfs als ik een afspraakje met iemand wil, dacht Polly, wat niet het geval is, hoe moet ik dan iemand vinden als het Geneva niet eens lukt?

'Ik voel me dik en ontevreden,' zei Polly.

'Stel je niet aan. Zet het van je af.' Geneva werkte voor de radiozender NPR, en ze stond erop dat Polly leerde om een interview af te nemen, en belangrijker nog: om er eentje te geven. 'Als iemand wil praten over dingen waar jij het niet over wilt hebben, is het de truc om het gesprek in de richting te sturen van dingen waar je het wél over wilt hebben.'

'Howdy?'

'Je hebt echt geen zin om weer iemand te leren kennen, hè?'

'Nee, dat zei ik je toch.'

'Ik wist niet dat je het meende.'

'Dat doe ik ook niet,' zei Polly. Ze wilde dat ze thuis was. Misschien zou ze dan Everett in de lift tegenkomen. 's Ochtends had ze nog met hem in de lift gestaan en zijn aftershave geroken. Zijn haar was nog nat van de douche. Ze hadden tegelijkertijd hun hand naar het knopje van de begane grond uitgestoken. Zijn hand had de hare aangeraakt, net als die keer toen ze de hond aaiden. Hij heeft me aangeraakt, zei ze tegen zichzelf. Hij wilde me aanraken. Ze had naar het gebarsten linoleum van de liftvloer gekeken, en was zich er opeens van bewust hoe dicht ze bij elkaar stonden, in die warme kleine ruimte. Everett kuchte. Geen van beiden zei iets. Ze wisselden niet eens een blik, en gingen daarna vlug ieder huns weegs.

'Tenminste, ik wist niet eens dat het zo was,' zei ze tegen Geneva. 'Dat ik het meende,' voegde ze eraan toe.

Geneva keek haar even aan en liet toen haar blik de kamer rondgaan. Het was een huiskamer in Queens van een jongen die ze van *college* kende en die in een band zat. 'Nog steeds in een band,' stelde hij. Iemand stond te kotsen in de prullenbak in de hoek.

'Misschien moet ik ook maar een hond nemen,' zei Geneva met een vies gezicht.

Maar een hond paste niet in het plannetje dat Polly met Geneva had. George wel, en ze was vastbeslotener dan ooit om hem en Geneva samen te brengen. En eindelijk zag ze haar kans schoon toen George Polly voorstelde met een van zijn vrienden uit te gaan.

Polly zag onmiddellijk dat ze hier iets mee kon.

'Dat is goed,' zei ze tot Georges verbazing. 'Ik doe het, maar op één voorwaarde. Ik ga uit met een van die stomme vriendjes van je als Geneva ook mee mag, en jij moet ook mee, want anders is zij het vijfde wiel aan de wagen.'

Niemand vindt het leuk om met een blind date te worden opgezadeld. Een blind date heeft toch iets zieligs. Gelukkig wist zowel Geneva als George niet dat er een blind date voor hen was geregeld. Natuurlijk hadden ze elkaar al zo vaak ontmoet dat er helemaal niets 'blind' aan hun date was. Bovendien zagen ze zichzelf meer als chaperonne dan als deelnemer, en dat sloot dus ook het woordje 'date' uit. In hun ogen was Polly het slachtoffer en niet zij. Natuurlijk vonden ze het ook maar beter zo. Want hoewel ze enorm hun best hadden gedaan om dit zo te regelen, voelden ze onbewust toch iets van medelijden ten opzichte van Polly, en zelfs een tikkeltje minachting die je nu eenmaal voor blind dates hebt. Arme Polly.

Maar arme Polly kon hun medelijden en minachting helemaal niks schelen. Haar blind date was alleen maar een nep-blind date, een list, een truc om de twee mensen van wie ze het allermeest hield bij elkaar te brengen. Allesbehalve het geslagen meisje dat op het punt staat zich uit wanhoop in een blind date te storten, voelde Polly een golf van trots. Ze was bezig zichzelf op te offeren om een weeffoutje te herstellen. Ze bracht het lot en Eros weer in het gareel, en verbond ze met elkaar.

De avond dat Polly's lang verwachte plan voor George en Geneva eindelijk in werking zou treden, was het ongelooflijk drukkend, met alleen af en toe een vlaag warme lucht die voor een briesje moest doorgaan. George was in een opperbeste stemming. Hij had Hector en Tillie, de oude cairn terriërs van Jamie, geleerd met hun snuit een balletje naar elkaar te rollen. Jamie had hem onmiddellijk opslag gegeven.

Polly wilde dat ze niet zulke hoge hakken aanhad, want George moest en zou met alle geweld naar een club in de buurt van zijn oude flat in de Lower East Side. Het was nog een hele tippel vanaf de halte van de ondergrondse, met hobbelige trottoirs vol scheuren en straten die onder de kuilen zaten door de afgelopen winter. Ze zouden eerst gaan eten in een Vietnamees restaurant, waar Geneva en Ben ook naartoe zouden gaan. Ben, Georges vriend van *college* die als 'helemaal perfect' voor Polly werd beschouwd.

'Hij is geestig,' zei George.

Polly haalde haar schouders op.

'Hij heeft een echte baan. Hij werkt voor een productiemaatschappij.'

'George, het is een blind date,' zei ze.

'Ik probeer je alleen maar op je gemak te stellen.'

'Ik hoef ook echt niet zijn schoolcijfers te weten,' zei ze bot.

'Oké.'

'Is 'ie leuk om te zien?' vroeg Polly maar toen George niets meer zei.

'Niet mijn type.'

Maar hij was wél leuk, dat zag Polly zo, op het moment dat Geneva en hij het restaurant binnen kwamen. Hij was echt ongelooflijk leuk, én hij was in druk gesprek met Geneva.

'Kut,' zei Polly zachtjes.

'Kut,' zei George tegelijkertijd.

Want zelfs van een afstand was te zien dat deze blind date als een speer ging, alleen wel de verkeerde kant op.

'Hij is echt leuk,' zei Polly.

'Ja, snoezig,' zei George, en ze voegden zich bij het gelukkige paar om te gaan eten.

Ik vind het prima, dacht Polly, omdat ze zich nu niet met een vreemde jongen hoefde te bemoeien, en het was ook prima voor Geneva, die al in geen tijden meer een fatsoenlijk afspraakje had gehad, maar die arme George? George was nu wel gedoemd als een losgeslagen bij van bloem tot bloem te blijven fladderen. George was hopeloos, en mannen waren achterlijke wezens zonder ruggengraat die niet deden wat ze zei. Hierdoor kwam ze weer op Chris. Ze vroeg zich af of ze gelukkiger zou zijn geweest wanneer Chris tegenover haar had gezeten, in plaats van haar broer. Een onwaarschijnlijk scenario. Chris had Geneva nooit gemogen, en daarom zag Polly haar meestal alleen als ze een avondje ging stappen met de meiden. Waarom was ik toch gek op Chris? vroeg ze zich af. Vlak voordat het uitraakte, was Chris begonnen met sporten en bleef hij steeds voor elke spiegel staan om zichzelf te bewonderen. Dat had een waarschuwing moeten zijn. Ze vroeg zich af hoe Everett eruit zou zien zonder overhemd. Stel je voor dat hij zo'n kwabbige man met grijs borsthaar was die ze in het park zag joggen? Ze rilde. Maar was het niet oppervlakkig om je daarmee bezig te houden, net zo oppervlakkig en narcistisch als Chris die voor de spiegel stond te poseren? Ze herinnerde zich haar eerste afspraakje met Chris, op een warme zomeravond, net zoals nu. Een goedkoop Italiaans restaurantje, een sloot margarita's op de lawaaiige rotonde van waaraf je uitkeek op het Boat Basin in 79th straat, de langzame wandeling over West End Avenue naar de hoge flat die haar thuis zou worden. Ze herinnerde zich de eerste aanraking, de eerste zucht en de eerste keer dat ze de geur rook van het lichaam dat haar zo vertrouwd was geworden, een deel van haar was geworden. Toen had Chris dat lichaam afgepakt, alsof het helemaal niet van haar was, hij had het opgepompt, het nieuwe uiterlijk vol aanbidding bekeken in de spiegel, en het vervolgens aan iemand anders gegeven.

Polly nam zich voor te veel te drinken, en dat deed ze dan ook. Tegen de tijd dat ze naar de club gingen waar George naartoe wilde, stond ze te zwaaien op haar benen. Als ze nou toch uit moest in de stad kon ze net zo goed waggelen, dacht ze. Ze danste met een vent met een stomp neusje en sproeten. Toen ze tegen hem zei dat hij sprekend op het jongetje Opie uit een tv-serie leek, kneep hij zijn ogen samen en liep weg. Ze danste met een prachtige zwarte kerel met een geschoren hoofd. Ze keek naar de lichtjes die werden weerkaatst in zijn glimmende schedel. Haar voeten deden zo ongelooflijk veel pijn dat het haar verbaasde dat ze geen bloederige massa zag toen ze omlaag keek. Ze zag George naar haar kijken en naar haar lachen. Haar hele plan was in duigen gevallen, haar prachtige eenvoudige, uiterst belangrijke plannetje. George zou nu eeuwig de straten van New York blijven afschuimen, ongetemd, ongedomesticeerd, een steeds ouder wordende Lost Boy. Ze danste met Ben en ze merkte op dat hij een litteken boven zijn lip had. Ze vroeg hem waar dat van kwam, maar hij hoorde haar niet en toen liet ze het maar zitten. Ze danste met Geneva die een kop groter was dan zij, waardoor ze nog meer ging drinken. En toen zag ze Chris.

Hij kwam de deur binnen en zag er fris en gezond uit, het plaatsvervangende vriendinnetje aan zijn arm. Wat een klein hoofd heeft ze, dacht Polly woedend. En waarom staat zijn boord overeind, net als Katherine Hepburn altijd had? Polly wist zeker dat Chris haar niet had gezien en ze sloop naar George om zich achter hem te verbergen, maar het bleek dat Chris ook die kant uit ging.

'Gozer,' zei Chris.

Het schoot Polly te binnen wat een vreselijke hekel ze altijd had gehad aan die begroeting met 'gozer'. Maar toch werd ze verdrietig toen ze zijn stem hoorde.

'Je hebt me laten zitten, gisteravond.'

'Wat?' zei Polly, en ze kwam achter George tevoorschijn. 'Wat heb je gedaan?'

'O jee,' zei George.

'O, hé, Polly,' zei Chris. Tot haar voldoening trok hij wit weg.

'Hallo,' zei ze.

'Ken je Diana?'

'Hallo,' zei Polly tegen Diana.

Diana glimlachte schaapachtig, en daar stonden ze dan.

'Heb je hem laten zitten?' zei Polly opeens.

'Niks belangrijks,' zei Chris, 'een spelletje pool.'

George keek in zijn glas bier.

'Je hebt hem laten zitten,' herhaalde Polly. '"Iemand laten zitten" doe je als je niet komt opdagen wanneer je met iemand hebt afgesproken.'

'Meestal komt hij wel, hoor,' zei Chris. George kreunde. Chris, die opeens besefte dat hij de verkeerde dingen zei, probeerde te glimlachen. Zijn gezicht vertrok op een rare manier en hij keek maar naar het plafond.

Polly zag de vent met de kale schedel haar kant op komen en ze liep op hem af. Ze danste met hem en keek naar haar broer, haar ex-vriendje en het plaatsvervangende vriendinnetje, die nog steeds bij elkaar stonden, hoewel niemand iets zei.

'Ik haat hem,' zei ze.

Het glimmende hoofd draaide zich om en keek naar George en Chris.

'Wie van de twee?'

Hier moest Polly even over nadenken, maar toen besloot ze dat nog maar even in beraad te houden.

De volle maan stond die avond wazig aan de hemel toen Doris en Harvey terugkwamen van een feest bij haar zus in Bedford. Doris vond een parkeerplaats vlak voor de deur van hun woning. Ze had die avond indruk gemaakt op iemand van de plaatselijke gegoede burgerij met haar hartstochtelijke pleidooi voor uniformen op openbare scholen, en dit succes maakte samen met de parkeerplaats de avond tot een weergaloos succes. Ze reed gelukzalig met haar auto de grote parkeerplek op.

'Wat een luxe,' zei ze.

Het was ook echt verrukkelijk, zo'n grote parkeerplaats, net alsof je in een zijden pyjama gleed. Eventjes bleef ze roerloos zitten en genoot van het maanlicht, de straatverlichting, de stilte en de geur van leer. Ze wist dat haar collega's, haar vrienden en zeker haar man, haar een kenau vonden. Maar ik vraag maar zo weinig, dacht ze. Ik houd van eenvoudige genoegens. Een verzorgd etentje. Een gesprek op niveau. Natuurschoon. Een plek om te slapen en een plek om mijn auto te parkeren.

Harvey sliep in zijn stoel. Ze vertrouwde Harvey niet meer met autorijden en hij leek het niet erg te vinden. Hij zat tegenwoordig naast haar en las hardop de verkeersborden, reclameborden, de opschriften op vrachtauto's en luifels. HERSTEL VAN GESCHEURDE OORLELLETJES... ONZE CENTRALE LIGGING BESPAART U TIJD EN GELD... BIJ NAT WEGDEK SLIPGEVAAR... Doris vond het heerlijk toen hij op de terugweg in slaap viel, dan was ze lekker alleen met haar auto en haar gedachten.

'Hup, eruit. Naar boven,' zei ze, en ze gaf Harvey zachtjes een duw. Ze werd overvallen door een gevoel van tederheid voor hem, wat weer resulteerde in een gevoel van edelmoedigheid en voldoening.

Voor de deur stond Harvey met zijn sleutels te hannesen terwijl Doris geduldig bleef wachten.

Een volle maan, een lege parkeerplaats, een avond met gevatte gesprekken en heerlijke wijnen. Ze telde weer haar zegeningen.

Ze had een korte, mouwloze hemdjurk aan, een vintage Pucci die al veertig jaar in haar kast hing te wachten om tot leven te worden gewekt en waarmee ze die avond veel bewondering had geoogst. Haar haar, geverfd in een beschaafd maar wel iets te jeugdig goudblond, niet al te zeer detonerend bij haar teint, zat in een strakke knot die warm en vochtig haar nek beroerde.

Opeens viel haar oog op een grote plastic waterfles die tussen de vlijtigliesjes aan de voet van een ielig boompje lag, naast een grote hoop uitwerpselen. Ze voelde een golf van woede in zich opkomen. Ze moest beter opletten. De straat werd echt een mestvaalt. En die vlijtigliesjes, zo ongelooflijk 1980. Dit is mijn buurt, mijn woonplek, dacht ze. Ze rechtte haar rug en keek kwaad naar het huizenblok, alsof het een recalcitrant, vies blok was. Terwijl ze zich op haar mobieltje wierp, probeerde ze zo veel mogelijk de aanblik ervan te vermijden.

Jody zag Doris vanuit haar portiek aan de overkant van de straat. Ze wachtte tot Doris en Harvey het gebouw binnen waren en liep toen met Beatrice naar de SUV op zijn fijne plekje.

'Brave hond,' fluisterde ze toen Beatrice een plas naast het linkervoorwiel deed.

Simon zag hen. Hij liep naar huis na zijn pokeravond waarop hij veertig dollar had gewonnen. Beatrice lichtte spookachtig wit op in het schijnsel van de maan. Naast de gelikte witte SUV deed een hond zijn achterste naar beneden, voorzichtig, sierlijk, op en top een dame, vond hij. Hij wachtte uit het zicht, want hij voelde dat wat hij zag nogal intiem was. Je mengen in deze intieme, provocerende handeling was bijna heiligschennis, een bezoedeling van de puurheid van de witte hond in het maanlicht, de zwijgende glimlachende vrouw en het glanzende plasje, naast de glanzende auto.

George zag Geneva en Ben samen de club verlaten. Ze gingen helemaal in elkaar op. Even voelde hij een steek van jaloezie en hij werd toen weer overvallen door een gevoel van uitzichtloosheid, zoals dat meestal gebeurde tegen het einde van een avondje uit. Al die wriemelende lichamen. Al dat lawaai. Al dat plezier. Hoezo eigenlijk?

Polly dook met vochtige en warrige haren naast hem op.

'Je bent een zak,' zei ze.

'Het spijt me, Polly.'

'Dat bedoel ik dus met zak,' zei ze.

'Het spijt me echt heel erg. Ik wist niet dat je het zo erg zou vinden,'

'Dus wel.'

Ze stonden naast elkaar en keken naar de dansvloer. George wist wel dat ze het heel erg zou vinden. Hij dacht ook bijna dat het haar goed recht was. Hij vond Chris niet eens zo erg aardig. Maar hij was zo aan hem gewend geraakt, en bovendien was Chris op de gebruikelijke tijd in de gebruikelijk bar. Wat kon hij daaraan doen?

'We zijn toch niet getrouwd, Polly.'

Polly stampte met haar voet, net als toen ze allebei klein waren.

'Nou, goed dan, het lijkt wel alsof we getrouwd zijn.'

'Heeft hij nog iets over me gezegd?'

George probeerde zich iets te herinneren, een woordje, een zinnetje waardoor zijn zusje zich beter zou voelen. 'Hij vroeg of het goed met je ging.' Hij wist niet of dat wel klopte.

'Narcistische klootzak.'

George hoopte maar dat het hiermee afgelopen was en stelde voor om weg te gaan, maar Polly was nog niet klaar.

'Of het goed met me gaat? Gaat het goed met me? Dacht hij soms dat ik zou wegkwijnen en doodgaan zonder hem? Ziet ze er niet volkomen idioot uit? Ik haat meisjes die sjaals met mouwen dragen. Ik durf te wedden dat ze ook die Gucci instappers voor hem heeft gekocht. Wat een zeikerd is het toch met zijn opstaande kraag.'

'Ik heb hem over Howdy verteld.'

'O ja?'

'Hij zei dat hij door een hond is gebeten toen hij klein was. Daarom is hij doodsbang voor honden.'

Polly glimlachte.

'Diana is waanzinnig allergisch voor honden,' zei George, die absoluut niet wist waar Diana gevoelig voor was, maar vond dat hij lekker op dreef raakte.

'Waanzinnig...' mompelde Polly tevreden.

'En ook voor katten,' voegde hij er voor de goede orde nog aan toe.

Terwijl George en Polly naar huis liepen, maakte ze gehakt van Chris. In de ondergrondse zat ze onderuitgezakt maar ongebroken rustig de vele fouten van de man van wie ze eens had gehouden op een rijtje te zetten. Ze stak voor elk minpunt een vinger op en deed een poging ze qua ernst en gruwelijkheid een cijfer te geven, op een schaal van een tot tien. Ze begon bescheiden: Chris gaf te weinig fooi. Toen liet ze zijn politieke uitglijders de revue passeren: hij had op Nader gestemd, waardoor hij had bijgedragen aan oorlog en hongersnood. Toen begon ze aan zijn gewoonten, en dat varieerde van de gebruikelijke badkamerergernissen tot zijn gewoonte om gebruikte tissues op de eettafel te laten liggen. George merkte dat een aantal zonden met het hoogste cijfer veel minder belangrijk waren dan de lager genummerde. Was de aanleg voor een onderkin omdat Chris' vader er een had, nou echt een acht, terwijl de weigering om in de ondergrondse op te staan voor een oud, krom vrouwtje dat een nieuwe luchtbevochtiger torste hem op een zes kwam te staan? Maar George kwam tot de conclusie dat hij zijn oordeel over haar puntenwaardering maar beter voor zich kon houden. Tegen de tijd dat ze voor de voordeur stonden, had Polly zichzelf iets meer in de hand en was ze nuchterder.

'En jij,' zei ze, en ze draaide zich om en greep hem bij zijn kraag. 'Als zus ben je me loyaliteit verschuldigd. Als broer bedoel ik.'

'Ik weet wat je bedoelt.'

Toen was de ruzie bijgelegd. George zag het aan haar gezicht – een plotselinge rust – en hij voelde dezelfde rust. Hij vroeg zich af of alle broers zo veel om hun zussen gaven. Het was altijd zo geweest tussen hen. Geen woorden. Alleen maar dat plotselinge van elkaar weten. Wat een belasting om zo'n band te hebben, en wat een verademing. Waar hij ook was op de wereld, wat hij ook deed, er was één iemand die om hem gaf. Polly stak haar hand uit en George schudde die plechtig en ernstig.

De volgende ochtend in bed wilde Polly slikken, maar ze had een te droge mond. Haar hoofd deed zeer en ze kon haar ogen niet verder opendoen dan tot een spleetje. Ze dwong zichzelf om op te staan. Howdy lag waarschijnlijk op Georges bed. Polly voelde even een steekje jaloezie. Zelfs de hond vond iemand anders leuker dan haar. Terwijl ze onder de douche stond zei ze hardop: 'Ik zal nooit meer jaloers zijn.' En ze maakte met haar armen hetzelfde gebaar als Scarlet O'Hara in *Gejaagd door de wind* toen ze zwoer dat ze nooit meer honger zou hebben. Van alle emoties was jaloezie wel het minst te rechtvaardigen. Het was egoïstisch, minderwaardig en nutteloos. 'Ik ben toch zo blij dat George het zo goed doet met de hond,' zei ze in een poging haar nieuwe houding uit te proberen. 'Chris paste niet bij mij, en daarom zou ik niets liever willen dan dat Diana en hij...' Ze zweeg even. 'De tyfus kregen,' besloot ze. Ik ben ook maar een mens, dacht ze.

Op straat kwam ze Heidi en Hobart tegen. Ze bleven staan in het ochtendlicht, en terwijl de twee honden elkaars achterste besnuffelden, vertelde Polly haar dat ze de vorige avond haar ex-vriendje had gezien met zijn nieuwe vriendin.

'Mmmm,' zei Heidi. 'Mijn eerste man wilde scheiden. Ik zei hem dat hij rustig mocht vertrekken, als mijn zoon maar bij mij mocht blijven.'

'Nou,' zei Polly. 'Ik heb geen zoon, dus dat zit wel snor.'

TWAALF

'Iemand die bij je past'

Emily belde Everett vanuit Italië. Ze was inmiddels helemaal verliefd op rode wijn, net als op een schitterende zonnebril van Dolce en Gabana. Everett vond het zo fijn om haar stem te horen dat hij bijna een appelflauwte kreeg. Toen begon ze over de trouwplannen van haar moeder.

'Ze zijn zo oud,' zei ze. 'Waar is het trouwens voor nodig?'

'Ja,' zei hij. 'Stokoud. Misschien schaffen ze voor de trouwplechtigheid wel rollators aan in bij elkaar passende kleuren.'

'Het is allemaal jouw schuld.'

'Emily...'

'Laat maar, pap.'

Maar hij kon het niet laten, en legde voor de zoveelste keer uit dat mensen veranderen, dat ze uit elkaar groeien, dat de gevoelens voor hun kinderen natuurlijk nooit veranderen, maar... Everett ging maar door met zijn uitleg en hoorde zichzelf dingen zeggen, in het besef hoe magertjes en slap het allemaal klonk. Toen hij ophing, ging het door hem heen hoe Emily dit idee van verandering wel zou opvatten. Mensen veranderen, had hij tegen haar gezegd. Waarom eigenlijk? vroeg hij zich af. Waarom? Het was zo onrechtvaardig. Emily zou ook veranderen. Ze zou volwassen worden en ergens ver weg gaan wonen, en het niet leuk vinden als iemand langer dan drie dagen kwam logeren. 'Je weet toch wat er wordt gezegd over gasten en vis,' zou ze vermoeid tegen haar echtgenoot zeggen, net zoals hij vroeger tegen zijn vrouw deed. En dan zouden Emily en haar man ook veranderen en dan zouden ze scheiden. Het idee dat Emily gescheiden was, werd hem te veel. Zijn arme kindje. Hij werd vreselijk kwaad op haar man, die haar duidelijk niet waard was. Hoe durf je mijn dochter zo te behandelen? Je bent een ploert, dit woord schoot hem te binnen uit iets wat hij vroeger had gelezen. Een ploert en een proleet!

Ter ere van Emily maakte hij een fles chianti open. Even dacht hij erover Jody te bellen om te vragen of ze iets kwam drinken. Maar misschien was het nog beter als hij bij Polly, zijn jonge buurvrouw, aanklopte. Het was geen erg geweldige fles chianti en zij zou dat niet zo snel in de gaten hebben. Maar haar broer was misschien wel thuis en dat zou een beetje vreemd zijn. Tegen de tijd dat hij besloten had om eerst Jody te bellen en als ze niet kon bij Polly langs te gaan, merkte hij dat hij de hele fles zelf had leeggedronken en deze kwestie er dus niet meer toe deed.

Na het fiasco van Geneva en Ben – die hadden nu echt verkering – besloot Polly om zich maar tijdelijk op haar eigen bestaan te richten van Howdy uitlaten en dan maar hopen Everett tegen het lijf te lopen. Maar in plaats van Everett liep Polly Jody veelvuldig tegen het lijf, en het duurde niet lang of het werd een gewoonte om samen hun honden in het park uit te laten.

Polly mocht Jody graag. Jody was altijd hetzelfde, misschien kwam het daardoor. Altijd dezelfde glimlach, ze lachte aanstekelijk en ze rook ook nog lekker, viel Polly op. Fris, naar zeep. Ze was ook ouder, en nu Polly had besloten een punt achter haar adolescentie te zetten, leek Jody wel een geschikt iemand om volwassen gedrag mee te oefenen.

Onwillekeurig was Jody tijdens deze wandelingen ook erg op Polly gesteld geraakt. Polly was zo stellig, zo rechttoe rechtaan in haar uitspraken. 'Dit is de mooiste boom van het park, dus nemen we voortaan deze route,' zei ze bijvoorbeeld, en dan namen ze altijd die route. Ze deed uitspraken over politiek en over mode. Ze had een standpunt over Kleenex verzacht met aloë (de geweldigste uitvinding sinds verpakte gesneden sla) en over oude tomatenrassen die net zo smakeloos waren als gewone, alleen lelijker. Polly verkondigde haar mening en iedereen binnen een gehoorsafstand van drie meter luisterde. Maar Jody wist ook dat Polly nog maar een kind was, en dat zelfs zij, net zoals een kind, onzeker en bang was. Ze had het er nog steeds over dat het uit was met haar vriendje, wat Jody op zich wel geruststellend vond, maar ze merkte ook dat dit verlies Polly van haar stuk had gebracht en haar achterdochtig had gemaakt. Jody vond dat het niet in Polly's aard lag om achterdochtig te zijn, het maakte haar ongelukkig, nerveus en slecht op haar gemak. Af en toe zorgde Jody ervoor dat ze tegelijk met Polly de hond uitliet. Onwillekeurig en instinctief voelde ze bij zichzelf de behoefte opkomen om Polly's wereldje weer op orde te brengen. Bovendien was Polly Everetts buurvrouw en Everett was de afgelopen tijd moeilijk te pakken te krijgen.

'Zie je Everett nog wel eens?' vroeg ze Polly tijdens een wandeling.

'Zal ik je daar een geheimpje over vertellen?'

Het ging door Jody heen dat ze daar misschien wel helemaal geen geheimpje over wilde horen, maar toch knikte ze.

'Vind je Everett geen stuk? Voor iemand van zijn leeftijd dan?'

'Is dat een geheimpje?'

'Nee. Misschien vind je het wel egoïstisch van me, maar ik wil het gewoon tegen iemand zeggen. Ik mag van George niet eens zijn naam laten vallen. Dus... nou ja. Soms denk ik dat er een kansje is dat Everett me eigenlijk wel leuk vindt. Dat heeft hij niet gezegd, het is alleen maar een gevoel. Snap je wat ik bedoel? Zo'n gevoel?'

Jody begreep precies wat ze bedoelde omdat Jody in de donkerste momenten van haar donkere slapeloze nachten ook dat gevoel had: dat Everett Polly leuk vond. 'Beatrice!' riep ze, alleen maar om iets te zeggen, waardoor de hond niet-begrijpend naar haar opkeek.

'Nou ja, ik weet heus wel dat hij te oud voor me is,' zei Polly.

'En jij te jong voor hem,' zei Jody, en ze had er onmiddellijk spijt van. Had Polly het verdriet en de teleurstelling gehoord in wat ze zei?

'Dat is toch hetzelfde?'

Nee, dacht Jody, dat is helemaal niet hetzelfde. Je maakt gebruik van hem. Mensen denken dat oude mannen achter jonge vrouwen aanzitten, maar het zijn juist de jongeren die een soort tirannie uitoefenen. En onweerstaanbaar zijn. En uiteindelijk, en onvermijdelijk, zich nergens wat van aan trekken.

'Er zal waarschijnlijk toch niets gebeuren,' zei Polly. 'Maar, weet je, het leidt me wel een beetje af van... dingen.'

'Chris?'

'Die? Ik haat hem.'

Ze liepen zwijgend verder.

'Maar goed, jij hebt ook een vriendje nodig,' zei Polly uiteindelijk weer.

'Vind je?'

'Ik zal er eens over nadenken wie bij je zou passen.'

Jody wist precies wie bij haar zou passen. Tenminste, ze wist wie ze wilde. Maar wat maakte het uit wie ze wilde, wie bij haar paste, als diegene iemand anders wilde, iemand die jonger, aantrekkelijker en extraverter was?

Betekende dit dan het einde van haar amourette? Moest die eindigen voordat hij goed en wel was begonnen? Ze wierp een blik op Polly. Ja, Polly was jong. Ja, ze was aantrekkelijk, op een onstuimige manier. Ja, ze was zeer zeker extravert. En was dat niet wat iedere sombere man van middelbare leeftijd wilde? Het zou natuurlijk niet beklijven. Dat gebeurde met dit soort dingen nooit. Heel eventjes dacht Jody erover om Polly in vertrouwen te nemen. Dit is alleen maar een soort tijdverdrijf voor je, wilde ze zeggen. Voor mij is het diepe ernst. En we moeten ook eraan denken wat voor Everett het beste is.

'Iemand die bij je past...' herhaalde Polly.

Jody slaakte een zucht en forceerde een glimlach.

'Dat is erg attent van je, Polly,' wist ze uit te brengen

Dat vond Polly nou ook. Everett was nog niet eens haar vriendje, en toch was ze bezig haar wapenzuster op te beuren. Jody werd al wat ouder en ze had bloemetjessokken aan, maar ze verdiende het net zo goed als iedereen om gelukkig te worden. Polly glimlachte vergenoegd bij de gedachte aan haar goede daden.

Precies een week daarna belde Chris. Polly hoorde zijn stem door de telefoon en eventjes was ze gedesoriënteerd, alsof ze wakker werd uit een rare maar realistische droom.

'Ik wil je zien,' zei hij. 'Ik moet met je praten.'

'Maar...'

'Het is best wel belangrijk.'

Iets was belangrijk of niet belangrijk. Maar 'best wel belangrijk' bestond niet, dacht ze, en bijna corrigeerde ze hem, zoals gewoonlijk. Natuurlijk kon je wel zeggen: 'nogal' belangrijk of 'uitermate' belangrijk. Een bijwoord van graad kon je hier absoluut gebruiken, maar...

'Polly?'

'O!' Ze was met Chris aan het praten. Chris wilde haar zien. Hij wilde haar zien en met haar praten. 'Chris,' zei ze alsof ze zichzelf ervan wilde overtuigen dat hij het echt was. 'Als het belangrijk is, ja natuurlijk.' Toen ze had opgehangen, ging ze naar beneden om op de stoep te roken. Ze nam Howdy mee en stond daar een beetje met een sigaret in haar mond na te denken. Terwijl ze doorgaans vurig hoopte dat Everett langs zou komen, hoopte ze dat nu net zo hard van niet. Ze was trillerig en in de war, omdat op deze manier de verliefdheid op haar buurman niet te rijmen viel met haar opwinding over Chris' telefoontje. Schuldig keek ze om zich heen, maar gelukkig was Everett in geen velden of wegen te bekennen. Ze voelde zich schaapachtig en verdacht, alsof ze een geheime verhouding had. Maar wie was ze aan het bedriegen, vroeg ze zich af, want met geen van beiden had ze iets. Het had allemaal niets te betekenen, zei ze tegen zichzelf. Chris heeft niks te betekenen, Everett nog minder, en ik heb helemaal niks te betekenen. Ze leunde tegen de ruwe bakstenen muur en knikte gedag tegen een man met twee teckels die Sparky en Lucia heetten. Howdy dook onderdanig in elkaar tot de kleine hondjes waren gepasseerd.

Maar hoe hard Polly ook haar best deed, ze bleef zich afvragen wat er met Chris aan de hand was. Wat kon er nou 'best wel' belangrijk zijn? In haar hoofd herhaalde ze wat Chris had gezegd en op wat voor manier. Misschien was hij ziek. Of... Maar we weten allemaal wat Polly vervolgens dacht, dat wat we allemaal in een dergelijke situatie zouden hebben gedacht, een gedachte die niet meer is dan een vleugje hoop. Misschien was hij ziek, dacht ze. Of, of... wilde hij bij haar terugkomen. Ze keek naar de grond en probeerde te negeren wat ze net in haar hoofd had durven halen. Maar ze moest toegeven dat ze hem na een halfjaar nog steeds miste. Misschien miste hij haar ook. De hoop fluisterde in haar oor: misschien miste hij haar ook. Ze maakte de sigaret met haar voet uit, en schuchter, in het niets naar beneden starend, glimlachte ze.

In het gebouw aan de noordzijde van de straat, waar het buurtcentrum was gehuisvest waar AA-bijeenkomsten plaatsvonden, werd een rommelmarkt gehouden. Om daar de aandacht op te vestigen waren kleine porseleinen voorwerpen in het raam tussen de stoffige planten gezet, samen met een aantal zielige speelgoedbeesten. Polly had medelijden met de speelgoedbeesten, de planten en zelfs met het souvenirbordje uit Seattle, dus ging ze de volgende morgen op weg naar haar werk naar binnen om iets te kopen. Een brede vrouw, gekleed in een officieel uitziend jasschort, zei haar dat de verkoop pas om twaalf uur 's middags begon.

'We kunnen geen uitzondering maken.'

Met iets van opluchting liep Polly het buurtcentrum uit, waar vreemd geklede oude mensen al waren komen opdraven voor brood met worst en vruchtensap. Veel van die bejaarden woonden in hetzelfde gebouw. Aan de linkerkant van het buurtcentrum bevond zich namelijk de ingang tot een soort gesubsidieerde behuizing voor bejaarden. Het leek alsof er een voortdurende en meedogenloze wisseling van deze oude bewoners plaatsvond. Waarschijnlijk niet zo gek, dacht Polly, gezien hun leeftijd. Ze liep langs de afvalcontainer, die elke dag opnieuw werd volgestouwd met gehavende bureaus, roestige lampen, plastic ondersteken en verwrongen looprekken. Polly hoopte maar dat de vrouw in het roze jasschort iets uit de treurige, dode-oudemensen afvalcontainer voor de rommelmarkt zou weten te redden. Misschien die platenspeler. Maar wie zou die nou kopen? Als niemand hem gratis uit de afvalhoop buiten mee wilde nemen, waarom zou iemand dan naar binnen gaan om ervoor te betalen?

Ze was blij dat ze geen tijd had om de zielige platenspeler zelf mee naar huis te nemen, en in de drukkende hitte liep ze langs een grote bruinfluwelen bank die een stukje verderop al een paar dagen op de stoep stond. Wat gebeurt er toch veel in New York, dacht Polly tevreden. Ze ging op weg naar de ondergrondse een dag tegemoet die vol verwachting was vanwege haar afspraak met Chris.

Terwijl Polly de trap van de ondergrondse af liep, klopte Doris vol genegenheid op haar auto die zo prettig geparkeerd stond. Doris liep verder richting Broadway, langs de sjofele bank, maar zelfs die kon haar goede humeur niet bederven. Ze ging in zuidelijke richting en liep terug naar Columbus, langs de hinderlijke afvalcontainer met zijn lading rotzooi. Doris was op patrouille. Als eerste en enige lid van een vrijwilligersploeg was ze op pad om de straat te beschermen, met latexhandschoenen aan en een grote doorzichtige vuilniszak bij zich. Omdat ze tijdens het oprapen van de rondslingerende flessen niet aangezien wilde worden voor een dakloze, had ze haar Armani sportbroek aan, puntige muiltjes met hoge hakken en een zijden gebreide trui zonder mouwen. Voor haar gevoel maakte ze daardoor de indruk van iemand die aan liefdadigheid deed, in plaats van iemand die daarvan afhankelijk was. Weliswaar bracht ze de flessen naar de supermarkt voor het statiegeld, net als de daklozen. En meer dan eens werd haar gezegd in de rij te gaan staan bij de haveloze, ongewassen mannen en vrouwen, die door haar echtgenoot als haar collega's werden bestempeld. Het statiegeld dat ze ontving, werd ogenblikkelijk in een glazen pot gestopt met het etiket VERFRAAIING erop, en zou ooit gebruikt worden voor de aanschaf van planten en aarde, en misschien zelfs voor flyers om haar medebewoners op haar project attent te maken. Doris koesterde niet de valse hoop dat iemand haar zou komen steunen bij haar werk, en daarom had ze tot nu toe nog niet de moeite genomen flyers te laten drukken. Doortastend als ze was, had ze echter wel het verantwoordelijke gemeenteraadslid benaderd.

'Het is schandalig,' had ze gezegd.

Hij had een zucht geslaakt, ze had hem vervolgens onder druk gezet, hij had nog een paar keer gezucht en uiteindelijk had hij zich gewonnen gegeven. Die middag zou ze hem vergezellen op een tochtje rond het blok, om halfzes, wanneer de honden en hun baasjes op volle sterkte aanwezig waren.

Toen ze haar ochtendinspectie had voltooid, schoot haar ineens te binnen dat ze het raadslid wilde confronteren met de smerigheid die op straat lag, en vroeg ze zich af of ze de vier of vijf flessen die ze had verzameld niet op hun plaats terug moest leggen. Maar ze kon het niet over haar hart verkrijgen om zelf de overtreding te begaan waar ze zich juist zo tegen verweerde, en ze besloot de flessen als bewijs te houden. Ze ging naar huis en vertelde Harvey over haar plan.

'Zal ik ze allemaal op een rijtje op de eettafel zetten? Maar dan moet ik ze wel afwassen. In elk geval maakt dat meer indruk dan wanneer ze onder in een vuilniszak zitten...'

'Wat bied je hem te drinken aan?' vroeg Harvey.

'Helemaal niet aan gedacht...'

'Het was maar een grapje, Doris.'

Maar voor Doris was het geen grapje. Ze liet haar keus vallen op Perrier.

'Hij zal onder het werk natuurlijk geen alcohol drinken,' zei ze. 'Ik denk dat ik ook voor koffie en koekjes zorg.'

'En wat doe je als hij het Atkinsdieet of zoiets doet?'

'O, Harvey, hou nou op. Hij hoeft ze toch niet op te eten? Ze moeten er gewoon zijn.'

En net als Polly ging ze vol hoop en verwachting naar haar werk.

DERTIEN

'Alles kits!'

Polly en Chris hadden afgesproken die avond in Café Luxembourg te gaan eten, waardoor Polly overdag nog royaler was met komma's in de kopij dan normaal. De wereld was vol mogelijkheden. Haar bazin bewonderde haar tas – Polly durfde niet te bekennen dat ze die van een straatverkoper had gekocht – waarna ze vroeg wanneer ze haar twee weken vakantie wilde opnemen. Wie weet, dacht Polly. Alles is nu mogelijk. Na het werk ging ze naar de kapper. De kapper bevond zich op de tweede verdieping van een gebouw op de hoek van Sixty-first Street en Madison, tegenover Barneys. Naar de kapper gaan was een van Polly's favoriete uitjes. Vrolijk liep ze in de hitte over Madison Avenue en bekeek de etalages. Ze had het zo gepland dat ze wanneer ze daar aankwam net genoeg tijd zou hebben om de lift te nemen naar de zevende verdieping van Barneys, waar de goedkopere spullen werden verkocht. Vervolgens had ze een halfuurtje om door de rekken met koopjes te gaan, met het veiligheidsnet dat ze geen tijd had om iets aan te passen, laat staan te kopen. Polly was dol op het geroezemoes van de andere winkelende mensen, de symmetrische overdaad van de kledingrekken, en de verrukkelijke lichte roes die een koopje teweegbracht. Maar die dag waren er geen koopjes bij Barneys, dus nam ze weer de lift naar beneden, en liep waardig en met een gevoel van deugdzaamheid over de verdiepingen vol aangename luxe. Vervolgens stak ze de straat over, ging bij de kapper in een grote stoel zitten, sloot haar ogen en ontspande, terwijl haar haar in aanraking kwam met vaardige handen en warm water.

Terwijl Gian Carlo aan het knippen was en babbelde over het huis dat hij net in Italië had gekocht, ontspande Polly door het gezoem van de haardrogers en het geklik van de scharen. Buiten was het klef en een hel, maar hier stond de airconditioning aan en liepen meisjes rond met koffie of veegden de vloer aan met brede, geruisloze bezems.

'Ik wil er een beetje sneller uitzien,' zei ze.

'Je bedoelt geraffineerder,'

'Niet helemaal.'

Hij knipte haar zoals hij altijd deed.

'Alles kits?' vroeg hij.

'Alles kits,' antwoordde Polly.

Ze vond het rumoer in de zaak verrukkelijk, de vochtige zomeravond die buiten aan de andere kant van de glazen muur hing, de dikke ronde borstel die door haar haar gleed, de schaar die zachtjes knarste. Er stond een schaal met harde snoepjes op de toonbank voor haar. Ze herinnerde zich dat ze toen ze klein was met haar vader naar de kapper ging en de kammen bekeek die stonden te weken in een blauwgroene vloeistof. Ze probeerde niet aan het etentje met Chris te denken. Het was haar eer te na dat ze zo opgewonden was.

Gian Carlo begon met het drogen van haar haar. De droger draaide om haar hoofd, waarbij een golf warme lucht de verrukkelijke koelte doorbrak van de airconditioned ruimte.

'*Bellissima*,' zei Gian Carlo.

En toen, alsof er een commando was gegeven, stopten alle haardrogers. Het geluid, van alle drogers was opgehouden. De muziek zweeg. Het licht ging uit.

Polly voelde in slow motion een reactie op deze noodsituatie in zich opkomen. Er ontstond een gemompel dat aanzwol tot een luidruchtig gekwetter terwijl vrouwen met folie in hun haar uit het raam stonden te kijken, Polly incluis. De verkeerslichten beneden deden het niet meer. Mensen kwamen de omringende gebouwen uit en keken bevreemd en met een verwonderde blik om zich heen. Twee vrouwen die naast Polly stonden, haalden hun mobieltje tevoorschijn. Niet weer, dacht Polly wanhopig. Niet weer. Ze pakte ook haar mobieltje en vroeg zich af waar de terroristen hadden toegeslagen. Ze belde George, maar haar mobiel deed het niet. Geen enkel mobieltje deed het. De telefoons op de balie deden het niet. De lift deed het niet.

Polly stond daar met al die vrouwen en het kapperspersoneel door de grote spiegelruiten naar buiten te kijken. Ze probeerde normaal adem te halen. De handdoek was doorweekt van haar natte haren en haar rug was vochtig. Ze rilde.

'Misschien is het alleen maar dit blok,' zei iemand. Maar ze konden wel zien dat dat niet het geval was.

'Misschien is het alleen maar de East Side,' zei iemand anders.

'Misschien is er niets aan de hand,'

Mensen mompelden maar wat. Misschien was het dit, misschien dat. Polly zag zichzelf in de spiegel, een bleek, wezenloos gezicht boven een bruin nylon jasschort.

Iemand van de balie voor in de zaak was naar beneden gerend. Polly stond als aan de grond genageld bij het raam. Ze zag de jonge receptioniste, Polly dacht dat ze Jiffy heette, een naam die je niet snel vergat, naar een auto rennen waar ze een poosje bij het geopende portier bleef staan. Misschien stapt Jiffy in die auto, dacht Polly wazig. En ging ze naar huis.

Jiffy liep weer naar boven en kwam bijna bezwijkend onder haar eigen gewichtigheid de salon binnen. 'Het zijn geen terroristen. Zeggen ze. Op de radio. Dat zeiden ze!'

Er ontstond nog meer onsamenhangend gebabbel onder de vrouwen met natte haren. Het kapperspersoneel dat met hun haarborstels zwaaide alsof het dirigeerstokjes waren, stelde de ene na de andere vraag.

'Ik heb het op de radio gehoord. Ze zeiden dat alleen maar de stroom is uitgevallen.'

'Alleen maar,' zei iemand.

'De hele East Coast en ook nog verder naar het westen toe...'

Alles zit zonder stroom, dacht Polly. Ze ademde uit. Zonder stroom, alsof de hele East Coast het niet meer deed.

'Het spijt me vreselijk,' zei Gian Carlo, en hij keek naar de nutteloze haardroger toen Polly weer in haar stoel ging zitten. Hij bracht een beetje gel op Polly's haar aan en bond het toen in een staartje.

'Dank je wel,' zei ze. Ze voelde zich bijna duizelig van opluchting.

Gian Carlo haalde zijn schouders op. 'Nog helemaal nat,' zei hij sip. 'Je haar gaat vast kroezen.' Maar ook hij keek opgelucht.

'Alles kits,' zei Polly, en toen ze betaalde vroeg ze zich af waarom de pinautomaat het nog wel deed, en vervolgens liep ze de trap af.

Simon slaagde erin in een overvolle bus te stappen. Daar stond hij, uit zijn doen, zwetend, met zijn aktetas tussen zijn benen. De airconditioning was geen partij voor de warmte die de nerveuze, mopperende mensenmassa uitwasemde, en zijn jasje plakte tegen zijn lijf. Zodra hij de bus in stapte, had hij het uit willen doen, maar hij was bang dat hij zijn medepassagiers daarmee zou lastigvallen. Hij hield zich vast aan de stang boven zich, leunde met zijn hoofd tegen zijn arm en luisterde naar het opgewonden gemompel in de bus. Hij dacht aan Jody, die in de zomer privéles gaf, en die nu misschien met een kindje aan de hand een bakstenen trap af liep naar de straat waar iedereen in rep en roer was. Wat zouden die ouders ongerust zijn, omdat ook hun mobieltjes het niet deden. Hij had geen duidelijk beeld of het kind een jongetje of een meisje was, gewoon een kind, met in één handje een kleine vioolkist, en het andere handje in Jody's geruststellende hand. Een aangrijpend beeld: Jody die het kind mee naar beneden nam langs de donkere trap, ouders die over hun toeren en machteloos in hun mobieltje schreeuwden. Het netwerk van de oostkust van de Verenigde Staten lag plat omdat niemand meer een ouderwetse telefoon had die niet in een stopcontact hoefde. Niemand behalve Simon, die op een kantoor werkte dat van de gemeente was, en dat alleen maar vol stond met verouderde en aftandse apparatuur. Daarom was hij in staat geweest zijn ouders in Portland, Oregon te bellen om hun te zeggen dat ze zich geen zorgen hoefden te maken, waardoor hij zelf tegelijkertijd ook iets rustiger werd. Hij had Jody ook gebeld, wel wetend dat haar telefoon het niet deed, en dat hij geen bemoedigende boodschap op haar voicemail kon inspreken.

Hij rook de muffe lichaamsgeur van de man voor hem, en besefte toen dat het misschien wel de sterker wordende geur van zijn eigen lichaam was, dat nat was van het zweet. Hij deed zijn ogen dicht en voelde de bus slingeren. Misschien kon hij deze avond met Jody over paarden praten, over de jacht, de vrijheid en de snelheid ervan. Misschien zou hij haar welterusten kussen in de donkere, pikdonkere

stad. Hij zou haar naar zijn flat meenemen, daar op bed gooien en...
de uitdrukking 'haar helemaal suf neuken,' kwam bij hem op. Simon
fronste bedenkelijk zijn wenkbrauwen om zijn eigen ongerijmdheid.

Toen de elektriciteit uitviel lag George languit op bed en staarde naar
het plafond. Hij wist niet of hij nou wel of niet in slaap was gevallen.
Het was heet en de oude airconditioning had het zwaar. Toen was het
stil geworden en nog warmer in de kamer. George probeerde alle
lichtknopjes. Hij deed de stoppenkast open. Hij deed het raam open
en keek naar de straat. Rond een auto met open raam stonden een
stuk of vijf mensen. De radio stond zo hard dat hij kon verstaan wat er
werd gezegd.

Een stroomstoring. Hij dacht aan Polly in haar kantoor op de vier-
entwintigste verdieping. Nu moest ze door het donkere, warme trap-
penhuis naar beneden lopen. Bezorgd deed hij de hond aan de riem en
ging op weg naar het restaurant om te zien hoe het daar ging.

Doris was te ongeduldig om boven in haar flat op het raadslid te blijven wachten. Ze had zichzelf in de lobby geposteerd, en toen het licht
uitging, vervloekte ze de huiseigenaar. Nog iets wat ze kon zeggen tegen Mel, zoals ze hem in gedachten noemde, hoewel ze vanaf het begin niet zeker wist hoe ze hem zou aanspreken, met Mel of met me-
neer het raadslid. Over de telefoon kwam hij nogal informeel over,
maar ze wilde niet te vrijpostig lijken. Het werd steeds warmer in de
lobby, en toen ze naar buiten ging, zag ze dat de verkeerslichten het
niet deden. Er was duidelijk iets mis. Verderop in de straat stonden
mensen om een auto heen naar de radio te luisteren, maar Doris bleef
waar ze was, want ze wilde haar post niet verlaten. Als Mel kwam zou
ze wel met hem bespreken wat er aan de hand was.

Polly struinde het park door. De lucht was van een keihard soort grijs.
De zon scheen niet en er was geen schaduw. Het was warm en drukkend. Polly's shirt was drijfnat. Op haar linkerhiel vormde zich een
blaar. Er heerste opwinding in het park, waar het wemelde van de opgewonden, ongeruste mensen. Tevergeefs probeerde ze drie hotdog-

kraampjes, en ze begon al in paniek te raken, tot ze opeens een ijskarretje trof dat nog water verkocht. Vervolgens begon ze zich zorgen te maken over al het smeltende en oneetbare ijs in de stad, dat al snel zou worden weggegooid. Hoewel de gedachte aan al dat ijs haar treurig stemde, werd ze steeds opgetogener over de stroomstoring, net alsof het hard had gesneeuwd en ze niet naar school hoefde. Ze merkte dat de mensen die ze passeerde ook in een steeds feestelijker stemming verkeerden: het was geen terroristische aanslag! Het was warm en alle vaste regels golden niet meer! Het was vakantie!

Thuisgekomen trok Polly een topje en teenslippers aan. Toen ze zag dat George niet thuis was, liep ze naar het restaurant. Tafels en stoelen waren op het trottoir neergezet. Binnen stond George aan de bar ijskoude drankjes te mixen.

'Hé,' zei hij opgelucht.

Howdy sprong op en drukte zijn koude, natte neus in haar gezicht.

Jamie liep rusteloos langs de stoelen en tafels op het trottoir heen en weer. Noah moest helemaal van Wall Street komen lopen. Jamie wist dat hij zich geen zorgen hoefde te maken, maar dat deed hij toch. Nee, hij moest zich geen zorgen maken, dat sloeg nergens op. Noah zou waarschijnlijk met een limo van een van zijn klanten komen aanzetten. En de baby's waren ook oké. De tweeling plonsde in een zwembadje in de tuin, met het kindermeisje erbij. Godzijdank wilde Isabella dit keer niet naar het dagkamp. 's Ochtends had hij zich daar nog woedend om gemaakt. Hoezo warm? Hoezo misselijk in de bus? Hoezo een kaal speelveld, vol met zand waarvan je elke dag wel weer wat van in je schoenen mee naar huis nam? Zo was nu eenmaal een dagkamp, een soort nachtmerrie waarvan je ouders denken dat je het enig vindt, hoe vaak je ook zegt dat dat niet zo is. Dat had hij haar allemaal willen uitleggen, maar toen was ze hysterisch geworden. Vervolgens had Noah het overgenomen, wat betekende dat Isabella thuis mocht blijven, onder voorwaarde dat ze haar sleutelkoord afmaakte. Jamie dacht aan het gedicht van Billy Collins over een sleutelkoord, en hij wilde wel naar huis rennen om Isabella in zijn armen te nemen. Misschien moest hij een sleutelkoord voor haar maken, zo'n nutteloos, raar ding, met liefde gemaakt. En natuurlijk eentje voor zijn moeder. Op dat moment zag hij Noah de straat in komen lopen in zijn gekreukelde pak. Meteen hield hij op met ijsberen, hield hij op met zich zorgen te maken, hield hij überhaupt op met denken. Hij sloeg zijn armen om Noah heen en Noah sloeg zijn armen om hem heen.

'Maakte je je zorgen?' vroeg Noah verbaasd.

'Ik ben ook maar een mens,' zei Jamie, en hij vond dat hij best wel een sleutelkoord voor Billy Collins kon maken, en als hij dan toch bezig was, kon hij ook wel voor de hele wereld sleutelkoorden maken.

Nadat ze had gezien dat met George alles in orde was en Howdy haar niet nodig had, ging Polly naar het supermarktje op de hoek om ten minste iets van het Koreaanse ijs te redden. Er stond een lange rij tot helemaal op de straat. Het was nog warmer geworden en haar armen glommen van het zweet.

Achter haar stond Simon in de rij om water en batterijen te kopen. Hij herkende haar niet van achteren, misschien omdat haar haar in een staartje zat en tegen haar hoofd plakte van de gel, misschien lette hij niet goed op: hij staarde naar haar schouders, en kon zijn blik niet afhouden van de honderden geknipte haartjes die op haar transpirerende huid zaten.

Mel, het gemeenteraadslid, kwam drie kwartier te laat transpirerend en verfomfaaid bij het gebouw van Doris aan. Doris herkende hem van een interview over elitescholen dat hij had gegeven op New York 1. Ze zwaaide opgetogen.

'U zult het niet geloven, mevrouw...'

'Doris,' zei ze en ze pakte met beide handen zijn hand vast. Ze leek zelf wel een politica, dacht ze trots. 'Ik stel het zeer op prijs dat je tijd kon vrijmaken in je drukke programma, Mel.' Ja, Mel klonk helemaal goed. Maar waarom lachte en praatte Mel met zo'n hoog, opgewonden stemmetje?

'Wil je iets drinken?' vroeg Doris.

Mel nam het aanbod dankbaar aan en Doris nam hem drie trappen op mee naar boven nadat hij haar had verteld dat de opschudding die heerste, was veroorzaakt door een stroomstoring, dat hij daardoor was vast komen te zitten in de ondergrondse en helemaal niet zou zijn gekomen, als hij er niet in was geslaagd om in Seventy-second Street uit te stappen, en of ze nu dan zo vriendelijk zou willen zijn om hem van haar toilet gebruik te laten maken. Doris deed de voordeur voor het gemeenteraadslid open, met de gedachte dat door haar gastvrijheid haar kans op hulp uit die hoek danig zou toenemen. Ze zou hem haar verzameling weggegooide flessen en blikjes laten zien en hem Perrier serveren.

Jody had het Cooper Hewitt bezocht om een tentoonstelling over behang te bekijken en thee te drinken in de mooie tuin. Ze liep daarna langzaam naar huis, een beetje zenuwachtig vanwege de doelloze drukte op straat. De hitte en de verwarring kwamen op haar als een en hetzelfde ding over. Beatrice zou het wel benauwd hebben nu de ventilator die Jody voor haar had aangezet het niet meer deed. Ze vroeg zich af of ze een zaklantaarn had, want die had ze nodig voor als ze niet kon slapen en wilde lezen. De paniek van de slapeloosheid sloeg toe. Ze hield zichzelf voor dat het nog niet eens etenstijd was, en zeker geen bedtijd. Maar niet kunnen slapen zonder elektriciteit was nog vervelender dan gewoon niet kunnen slapen. Dus ging ze in de rij staan bij de Koreaanse supermarkt om een zaklantaarn en paracetamol te kopen.

Pas toen Polly een sigaret opstak en Simon begon te kuchen zag ze hem en zei ze hallo. Hij keek stomverbaasd.

'Sorry,' zei ze, en ze maakte de sigaret uit.

'Nee, nee...'

'Geeft niet, ik ben geen echte roker, het is meer aanstellerij.'

Simon vond dat ze er ontzettend leuk uitzag, zelfs met harige schouders en een hoofd dat onder de gel zat.

'Die aanstellerij staat je goed,' zei hij. Hij wist dat hij stond te flirten, voor zover hij daartoe in staat was. En Jody dan? Hij moest trouw zijn aan Jody. Hij voelde zich schuldig, maar ook opgewonden door deze overtreding.

Polly schoot in de lach. Ze zou een paar liter ijs gaan redden, die mee naar huis nemen en opeten. Daarna had ze met Chris afgesproken in Café Luxembourg. Ze wist dat hij er zou zijn, elektriciteit of geen elektriciteit. Zo te horen wilde haar echt heel graag zien.

Vanaf haar plek in de rij zag Jody Polly de winkel uit komen, maar ze riep haar niet. Het was zó heet. En Polly zag er bijna manisch uit, met een grote grijns op haar gezicht stond ze met een plastic lepeltje in een beker met ijs te spitsen. Jody zag dat Simon achter Polly aan liep. Hij zag Jody ook niet, en ze ontspande terwijl ze langzaam de donkere, benauwde winkel binnen liep. Ze was uit haar doen, bijna in paniek. Ze kon de gedachte aan een praatje niet aan, en zeker geen vrolijke lach op haar gezicht toveren. Zelfs opgewekte mensen hebben wel eens hun dag niet, en voor haar was het dus zo'n dag. Pas nadat ze de deur van haar donkere, kleine flatje achter zich had dichtgedaan en Beatrice haar uitgelaten begroette, werd ze iets rustiger. Ze gaf een kus op het zijdezachte oor dat tegen haar mond kwam. Volgens haar was een hond in het donker tenslotte nog steeds een hond.

Everett lag na het douchen naakt op bed. Hij liet zich opdrogen en voelde zich koel. Hij had zestig huizenblokken moeten lopen om thuis te komen. Dat was vijf kilometer. Toen hij nog jong was, maakte hij in het westen, waar hij op de universiteit zat, graag trektochten in de bergen. Hij liep op zijn gemak meer dan twintig kilometer. Onderweg kwam hij dan bijvoorbeeld een doorzichtige slangenhuid tegen, poep van een coyote, of de onverteerbare resten van een haviksmaaltijd: botjes omwikkeld door een viltig huidje. Nu was hij al uitgeput van een tochtje van vijf kilometer op gewone trottoirs. Hij was oud. Nu zat zijn dochter op *college* en was het háár beurt om trektochten te maken. Hij kauwde even op deze sentimentele gedachte, en zwolg zo ongeveer in zelfmedelijden. Toen stelde hij zich voor hoe het zou zijn om met Emily een trektocht te maken. Voor zijn geestesoog verscheen een veld met wilde bloemen, en op hetzelfde ogenblik doemde het onwelkome beeld van zijn ex-vrouw op.

Ga weg, dacht hij.

Je bent allergisch voor veldbloemen, antwoordde ze.

Everett ging overeind zitten. Oud wijf, dacht hij. Toen keek hij naar zichzelf. Je bent zelf een soort oud wijf, dacht hij. Voor een man van zijn leeftijd was hij weliswaar in goede vorm, maar toch was hij een man van zijn leeftijd. Hij kleedde zich aan, deed de koelkast open en bleef ervoor staan. De koelkast was al een beetje aan het stinken, al lag er niets anders in dan twee appels, een brood, een potje olijven, mosterd en een paar flesjes bier. Wanneer Emily er was, zorgde hij ervoor dat er wel meer in huis was. Eind augustus, voordat ze weer naar school ging, zou ze twee weken naar huis komen. Everett pakte een flesje, liep naar het raam en deed het open. Beneden op straat zag hij de Italiaanse vrouw in het zwart leunend op haar stok voortschuifelen.

'*Buon giorno*!' riep hij

Verbaasd keek ze om zich heen.

Misschien kon Emily wanneer ze thuis was wel Italiaans met deze vrouw spreken. Hij kon niet wachten tot Emily weer thuis zou komen. Wacht maar tot ze hoorde wat haar moeder had gedaan. Haar moeder had iets gedaan wat geen enkele moeder straffeloos kon doen, en ze had het gedaan om een reden die geen enkel kind zou pikken. Ze had de kat die al vijftien jaar deel uitmaakte van het gezin het huis uit gedaan, omdat de opvolger, zoals Everett hem verkoos te noemen, allergisch voor haar was.

Dat iemand allergisch was voor veldbloemen, was tot daar aan toe. Alison had Everett er elk voorjaar mee geplaagd, en dat deed ze voor zijn gevoel nog steeds. Maar voor de kat? Kon de opvolger geen pillen slikken of zich laten inenten? Het was egoïstisch en onmenselijk.

'Waarom neem je haar dan zelf niet als je het zo erg vindt?' had Alison gezegd.

'Doe niet zo idioot,' zei hij.

'Nou, je hebt altijd een hekel aan haar gehad.'

'Ik heb geen hekel aan haar. Ik wil alleen niet dat ze op me zit. En verhaart. En de meubels vernielt.'

'Je kon sowieso nooit veel van haar hebben.'

'Helemaal waar,' zei Everett.

Het was niet goed als zo'n oude dame als zij weer ergens zou moeten wennen, dacht hij, en hij zag dat de Italiaanse vrouw ging zitten op een bij het vuil gezette bank. De kat was weliswaar naar een buurvrouw gegaan die ook een oude dame was en wier kat pas geleden was doodgegaan. Maar je kunt niet zo maar een familielid buiten de deur zetten. Tevreden schudde hij zijn hoofd bij de gedachte hoe kwaad Emily op haar moeder zou zijn.

In het restaurant was het ondraaglijk heet geworden, en hoewel het buiten niet veel beter was, sleepten Jamie en George nog meer tafels en stoelen naar het trottoir. Om zes uur was George bezig bier te tappen dat nog steeds koud was van de koeling, en drankjes te mixen met ijs dat snel aan het smelten was. Het gasfornuis deed het wel en de kok kookte bij kaarslicht. Jamie bood de drankjes gratis bij het eten aan. Het eten zou toch maar bederven, zei hij. Er hing een luidruchtige, feestelijke sfeer. George stond aan zijn geïmproviseerde bar en maakte de drankjes sterker dan gewoonlijk, met het idee dat iedereen een extra sterk drankje nodig had. Hij maakte zich zorgen om Heidi, de oude dame die doorgaans precies om halfzes met haar dikke kleine hondje Hobart langs het restaurant liep. Hij had haar nog niet gezien. Simon was er wel en dronk bourbon. En daar had je Doris, dat pezige, opgewonden vrouwtje met het oranje gezicht, dat op puntige muiltjes op hem kwam af geklepperd, met een kleine, dikke, slonzige man in haar kielzog. Ze gingen niet even zitten, alhoewel de man eruitzag of hij dat wel zou willen. George maakte de drankjes almaar sterker, in de hoop dat de hoeveelheid alcohol het slinkende ijs zou compenseren.

De intredende duisternis was vreemd en intens. De bewoners van de overkant van de straat zetten een grill op de stoep. Het vuur vlamde helder en heftig op in het zwart van de nacht en verlichtte met een flakkerende gele gloed het groepje buren dat had plaatsgenomen op de afgedankte bruinfluwelen bank en op klapstoelen die ze mee van huis hadden genomen. De kaarsen op de tafeltjes van het restaurant flakkerden met kleine, eenzame vlammetjes, en iets verderop in de straat, onzichtbaar in het donker, speelde iemand gitaar en zong daarbij folksongs uit de jaren zestig.

Polly zat aan een tafeltje in het restaurant, omringd door de diepe duisternis van een energieke stad zonder energie. Boven haar waren de sterren verschenen, verrassend en overvloedig, sterren die niemand meer aan de hemel boven de stad had gezien sinds de laatste stroomstoring, nog voordat Polly werd geboren. Maar Polly had geen oog voor de sterren, en al was dat wel zo geweest, dan had ze er niet van genoten. Ze zat met opgetrokken knieën en staarde nietsziend naar de doorzichtige rok die ze speciaal voor haar afspraak met Chris had aangetrokken. Zoals ze wel had verwacht, was Chris bij de Luxembourg geweest, stroomstoring of geen stroomstoring, en toen ze hem zag, was haar hart sneller gaan slaan, had ze geglimlacht en was toen bijna gestruikeld. Chris had zijn hand uitgestoken om haar op te vangen, en zij had zich verontschuldigd voor haar onhandigheid, dolblij dat ze op hem kon leunen. De Luxembourg was gesloten, daarom gingen ze naar de Go Go en ze namen plaats aan een van de tafeltjes met flakkerende kaarsen. George bracht hun martini's, en Polly luisterde, steeds meer op haar gemak, terwijl Chris vertelde over een appartement dat hij wilde kopen. Toen pakte Chris haar hand en zei hij dat hij altijd van haar had gehouden en dat ook zou blijven doen. Ze had tranen in haar ogen gekregen. Hij had in haar hand geknepen, zijn ogen neergeslagen, gezegd dat hij ging trouwen en dat hij wilde dat zij dat als eerste zou horen.

Heel eventjes dacht Polly dat hij met háár ging trouwen. Met een mengeling van verbazing en vervoering ging het door haar heen dat het nogal wiedes was dat ze dat als eerste te horen zou krijgen. Toen drong de waarheid tot haar door: Chris ging met iemand anders trouwen. Niet met haar.

Aan een tafeltje aan de andere kant van het openluchtrestaurant was Jody alles aan het drinken wat George naar haar bracht. Haar hond lag te hijgen aan haar voeten en stopte af en toe haar bek in een grote kom met water. Jody deed een van haar slippertjes uit en stopte haar voet in de kom. Het was lauw maar toch lekker. Beatrice likte haar voet. Jody probeerde haar aandacht te houden bij wat Simon haar vertelde, maar ze besefte dat ze een beetje dronken was en zijn lange verhandeling over grote paarden, lekkende veldflessen, en vossen die door honden werden opgejaagd, niet kon volgen.

'Fijn, als iemand jacht op je maakt,' zei ze dromerig.

Simon knikte beleefd en zei: 'Nou, niet als je gepakt wordt.'

'Gepakt worden...' zei Jody met een plotselinge blos.

Simon schoot in de lach, Hij legde een vinger onder haar kin en tilde haar hoofd op. Toen boog hij zich voorover.

Op hetzelfde moment zag hij dat haar blik langs hem gleed. Plotseling lachte ze, stak haar hand op en begon opgetogen zwaaien.

Het was Everett die net de kring van kaarslicht was binnen gestapt. Simon liet zijn hand zakken en pakte zijn glas vast.

'Kom even iets drinken,' zei hij stuurs, en tot zijn ongenoegen gaf Everett gehoor aan die uitnodiging.

Everett trok een stoel bij en ging tussen Jody en Everett in zitten. Hij zag Polly een paar tafeltjes verderop met een knappe jonge man praten. Even voelde hij een steekje van jaloezie, maar toen hield hij zichzelf voor dat hij niet achter háár aanzat, maar dat zij een oogje op hém had. Van meisjes kon je sowieso niet op aan. Dat wist hij. Hij kon zich maar beter bij vrouwen van zijn eigen leeftijd houden. Hij dacht aan zijn ex-vrouw. Zij was ook jong geweest. Ook zij had ooit een oogje op hem gehad. Toen hij zag dat Jody en Simon al aan de cocktails waren, leek het hem onwaarschijnlijk dat ze nog op wijn zouden overgaan, en dus bestelde hij een mooie fles Pinot Noir.

George bracht Everett de wijn. Terwijl hij een glas inschonk, zag hij dat Chris opstond en naar de straat liep. Hij had niet eens de rekening betaald. Ik ga nooit meer pool spelen met Chris, besloot George. Aan de uitdrukking van afschuw op Polly's gezicht te zien kon hij zo'n beetje raden wat er was gebeurd. Ze zag er in het kaarslicht zo zacht en mooi uit. George ging naar haar toe en raakte haar schouder aan.

'Hij gaat trouwen,' zei ze. 'Ik ben de eerste die het mocht weten.'

'Klote.'

'Jij bent de tweede,' zei ze. 'Gefeliciteerd.'

George zag dat Everett hun kant opkeek. Hij dacht aan zijn mooie, kwetsbare zusje en die halfbejaarde man.

'Polly,' zei hij snel. 'Ik moet even kijken hoe het met Heidi is. Waarom ga je niet met me mee?'

'Nee.'

'Jawel, ga mee. Een beetje afleiding is goed voor je.'

'Nee.'

George kende die toon. Het was de toon van een wals, een toon die genadeloos alles uit de weg ruimde wat op zijn pad kwam, het nee dat vijandige legers vernietigde, dat geen mededogen kende en zijn tegenstanders niet spaarde. Hij ging naast Polly zitten en sloeg zijn arm om haar heen. In hem woedde een ridderlijke tweestrijd. Moest hij zich over zijn zus ontfermen, die zich anders op Everett de pedofiel zou storten? Of moest hij Heidi redden, die misschien wel hulpeloos in haar donkere, snikhete appartement lag, met haar hondje dat in paniek vruchteloos haar gezicht likte?

'Hij vroeg of ik zijn iPod had. Alsof ik die stomme iPod mee zou nemen. Het is toch niet te geloven. Nu moet hij trouwen zonder iPod. Ha!'

'Als ik wegga, beloof je dan dat je hier op me blijft wachten tot ik terugkom? Ik maak me echt zorgen om Heidi.'

Polly vroeg hem waar ze in 's hemelsnaam naartoe zou moeten.

George vatte dit op als een toezegging. 'Oké, let jij dan even op de bar. Ik ben zo terug.' Als hij dan niet kon voorkomen dat Everett zijn verderfelijke invloed op haar kon uitoefenen, kon hij haar in elk geval aan het werk zetten terwijl hij weg was.

Polly haalde haar schouders op.

'Toe nou, Polly, ik ben zo terug.'

Polly haalde weer haar schouders op. 'Ik heb net de bons gekregen.'

George gaf haar een kus op haar kruintje. 'Misschien komt Chris nog terug en dan kun je vergif in zijn drankje doen.'

'Goed dan,' zei ze, en haar gezicht klaarde een beetje op.

'Kun je trouwens drankjes maken?'

'Tuurlijk. Iedereen krijgt gewoon Long Island Ice Tea.'

De verkoelende werking van de douche was allang verdwenen, merkte Everett. Hij was blij dat het donker was, want hij voelde dat hij grote zweetplekken in zijn hemd had. De kraag plakte aan zijn nek. Hij voelde zich eenzaam en moest onwillekeurig denken aan de laatste stroomstoring, toen hij nog jong was en alleen woonde. Nu was hij oud en woonde ook alleen. Zijn vrouw ging met een ander trouwen. Het leek wel de tekst van een liedje. Die jengelende folkzanger verderop in de straat zou zo maar deze treurige tekst kunnen gaan zingen. Everett probeerde het volgende couplet te bedenken.

Jody keek naar zijn gezicht in het zachte, flakkerende licht en het viel haar op dat hij er zo gewoontjes uitzag als hij droevig was. Ze vond het ontroerend, en ze vond zijn alledaagsheid net zo betoverend als zijn knappe uiterlijk. Ze vond zijn overhemd mooi, netjes in zijn broek, zelfs in deze hitte. Zijn handen lagen ineengeslagen op de tafel. Het waren brede, sterke handen. Everett had alleen maar zijn mond opengedaan om een fles wijn te bestellen, verder had hij niets gezegd. Jody wilde zijn handen in de hare nemen. Ze wilde zijn stem horen en zijn huid aanraken.

Simon probeerde iets te zeggen, want er heerste een onplezierige stilte. 'Everett is somber en Jody is sloom,' zei hij, maar omdat hij dronken was, leek dit op een soort verzuchting die Everett noch Jody leek te horen.

'Mijn vrouw gaat met een ander trouwen,' zong Everett opeens zachtjes, met iets meer country en western jengel dan de bedoeling was. 'De dag staat vast, ook onze vrienden zijn gevraagd...'

Simon deed zijn ogen dicht. Hij mocht Everett niet, zei hij tegen zichzelf, hij zou gewoon doen alsof Everett er niet was.

'Toch hoef ik daarom niet te rouwen,' zong Jody, prettig verrast door zichzelf. 'Het monster heeft me lang genoeg geplaagd.'

Everett lachte naar haar, de breedste en stralendste lach die ze ooit had gezien.

'Ik kreeg haar trouwkaart op de deurmat, geschreven met een pen vol van venijn...' ging ze verder. Dit is het refrein, bedacht ze, om de verandering in het metrum te verantwoorden. 'Een bombrief dacht ik eerst, wat is dit? Maar het bleek toch van mijn ex te zijn.'

Doris keek uit het raam. Beneden leek het wel op een soort achterbuurt uit een derdewereldland. In het aardedonker kon ze een vuurtje zien van een barbecue, en oude vrouwen die op keukenstoelen midden op straat zaten, als weduwen uit Calabrië. Luidruchtig schorremorrie. Er werd gedronken, en ja hoor, gedanst. Mel had zich aan zijn woord gehouden en was zo vriendelijk geweest de onopgevoede honden en hun vrijgevochten baasjes in ogenschouw te nemen, maar toch had Doris het gevoel dat door de algehele stroomstoring, brandende vuren, tokkelende gitaren en rijkelijk vloeiende tequila, haar kleine show van rondslingerende flessen en niet opgeschepte poep een beetje in het water was gevallen.

'Kom naar bed,' zei Harvey.

'Veel te warm.'

'Veel te warm om iets anders te doen. En te donker.'

'Ik ga in de auto zitten met de airconditioning aan.'

Doris ging de trap af met een zaklantaarn om zichzelf bij te lichten. Ze liep achter de lichtbundel aan over het pikdonkere trottoir, nam plaats in de auto en slaakte een zucht van voldoening toen de ijskoude lucht langs haar handen aan het stuur streek en langs haar verhitte, glimlachende gezicht. Harvey kon haar en haar suv zo veel uitlachen als hij maar wilde, zij wist tenminste wat ze had.

Toen George bij Heidi's flat aankwam, begon Hobart binnen te blaffen.

'Sst,' hoorde hij Heidi zeggen. 'Sst, Hobart.'

Opgelucht dat ze nog leefde en met een licht schuldgevoel dat hij had gedacht dat ze dood was, belde hij aan.

'Ik maakte me zorgen om je,' zei hij toen ze de deur opendeed.

'O, je legt me te veel in de watten, dat moet je niet doen.'

Het bleek dat Heidi die dag al de deur al uit was geweest, maar vanwege alle drukte was ze niet langs het restaurant gelopen. Nee, de trap was niet erg. Jawel, negen trappen, negen trappen, ze hield zich vast aan de leuning, moet je weten, dus dat was geen enkele probleem, ze deed het heel langzaam, dat was het hele eieren eten. Ontzettend attent van George dat hij Hobart wilde uitlaten, maar dat kon wel wachten tot morgen. Wilde George misschien iets drinken? Hij zou zelf ook wel moe zijn van al die trappen op klimmen. En dus ging George de flat binnen, vol tafelkleden en onderzettertjes, beschenen door kaarsen in kristallen kandelaars, nam hij plaats op een met brokaat beklede canapé, en dronk wijn met Heidi.

Simon was weer een beetje nuchter geworden, en het tafereel dat zich voor zijn helderder wordende blik afspeelde, beviel hem allerminst. Jody en Everett waren nog steeds bezig samen liedjes te verzinnen, en braken voortdurend in hilarisch gelach uit over hun composities.

'Hallo buur, waar zijn je kippen, de mijne zijn op stok!' zongen ze.

Simon schatte dat Everett ten minste tien jaar ouder was dan hijzelf. Ik kan hem hebben, dacht Simon, altijd en overal. Maar dat gevoel, hoe oprecht ook, wrong een beetje, zoals de schoenen van iemand anders. Zoals die van een van zijn patiënten. Krappe, ongemakkelijke schoenen.

'Het is voortaan donker in je hart...' zong Everett. 'Je ziel is van het licht beroofd...'

'Ooit straalde je als jij me zag,' reageerde Jody. 'Nu is die vlam gedoofd.'

'De spanning is gedaald tot nul, ik vrees dat ik je snel verlies.'

'Ik heb het gas en licht gebeld en dit was hun advies:

'schakel je liefde uit, schakel je dromen uit, trek die stekker uit de muur.'

'Geen batterij brengt je soelaas, weg is het oude vuur.'

Everett en Jody vonden het een geweldig liedje, en Simon moest vol walging aanhoren hoe de complimentjes over en weer vlogen.

'Juffrouw,' zei Simon tegen Polly, 'mag ik nog een rondje?'

Polly bracht hun nog een glas van het brouwsel dat ze in elkaar had geflanst. Ze wist niet meer wat ze er allemaal in had gegooid en in welke verhoudingen, en het kon haar ook niets schelen. Van haar mocht iedereen doodvallen. Misschien dat haar mixjes hier een steentje aan konden bijdragen.

Simon trok een vies gezicht. 'Wat is dit?'

'Weet ik veel. Kan me niet schelen. Ik ben radeloos.'

Jody draaide zich om en zag toen dat haar vriendin echt radeloos was. Polly huilde stilletjes en de tranen liepen over haar wangen. Jody wilde haar hand pakken, maar toen zag ze dat iemand anders ook zijn arm uitstrekte. Het was Everetts hand. Hij pakte Polly's hand stevig vast. Everett stond op en sloeg zijn arm om Polly heen. En alsof Jody niet bestond, alsof Jody hem niet aan het lachen had gemaakt en ervoor had gezorgd dat hij het afgelopen uur steeds maar die mooie lach op zijn gezicht had gehad, alsof Jody niet weer helemaal verliefd op hem was geworden, liep Everett weg met Polly, weg van haar, het donker in.

Op het moment dat Polly en Everett het restaurant verlieten, werden ze door zo'n diepe duisternis omhuld dat Polly dacht dat ze erin zou verdrinken. Everetts arm lag om haar heen. En toen waren allebei Everetts armen om haar heen. Toen kuste Everett haar. Hij smaakte naar alcohol, alle soorten alcohol die er maar werden gedistilleerd. Zijn leesbril zat in zijn borstzak, net zoals de leesbril van haar vader, en ze voelde die tegen zich aandrukken.

'Neem me niet kwalijk,' zei hij, en hij deed een stap naar achteren.

'Waar ben je?' Plotseling was hij buiten haar bereik, hoewel maar een stap van haar verwijderd.

Hij raakte haar arm aan. Ze schrok, greep zijn hand vast, als een reddingsboei in een donkere zee.

'Je hoeft je niet te verontschuldigen,' fluisterde ze.

'Ik maak misbruik van je. Omdat je ongelukkig bent.'

'Ja,' zei Polly, en ze trok hem naar zich toe en drukte haar lippen op zijn hals. 'En ik ben heel, heel erg ongelukkig, dus daar moet je nog een heleboel misbruik van maken.'

Terwijl ze samen naar zijn flat liepen, dacht Everett daarover na. Ze was een mooi meisje, en de afgelopen maanden had hij zich gevleid gevoeld door haar aandacht. Misschien was hij oud genoeg om beter te weten, maar hij vond het helemaal niet leuk om oud genoeg te zijn om beter te weten. Kon hij niet jong genoeg zijn om onverstandig te zijn? Eventjes maar? Het leek alsof Polly wist wat ze wilde, en hoewel ze om haar ex-vriendje had gehuild, wilde ze hém, dacht hij. Als hij haar kon troosten, waarom zou hij het dan laten?

Maar waarom knaagde er dan diep vanbinnen het gevoel aan hem dat hij door deze warme, eindeloze duisternis op problemen afstevende?

Ze liepen voorbij een grote suv met een draaiende motor.

Ze liepen voorbij een folkzanger.

Ze liepen voorbij een vrouw die even zichtbaar was in het licht van een voorbijrijdende auto, met een schnauzer in haar armen.

'Niet bang zijn, Rosie,' zei de vrouw. 'Wees maar niet bang.'

'Ik ben Howdy vergeten!' zei Polly. 'Ik ben mijn hond vergeten!'

Ze liepen snel terug naar het restaurant, terwijl Polly zichzelf binnensmonds voor alles wat mooi en lelijk was uitmaakte en Everett bijna ontplofte van onderdrukte haat tegen honden.

Ik hoop dat hij er is, dacht Polly, die haar plannen voor de avond totaal was vergeten. Ik zal het mezelf nooit vergeven als hij weg is.

Ik hoop dat hij er is, dacht Everett, die zijn plannen voor de avond bedreigd zag. Ik zal het hem nooit vergeven als hij weg is.

Howdy was er inderdaad, en lag geduldig bij de bar. Polly ontspande en knuffelde de hond dolblij. Everett keek schuldbewust om zich heen en was opgelucht toen hij zag dat Jody weg was. En Simon ook. Everett wist dat hij hun tafeltje een beetje plotseling had verlaten. Hij hoopte maar dat ze zouden denken dat hij zich zo gedroeg omdat hij gedronken had.

Polly's mobiel leek het weer te doen, want hij hoorde haar erin praten. 'Ik ga naar huis met de hond. Misschien niet echt naar huis. Maar ik hou de hond bij me, dus maak je daar maar geen zorgen over. Of over mij.'

Er viel een stilte en toen zei Polly: 'Dat gaat je niks aan, toch?'

Toen weer een stilte. 'Weet ik, weet ik,' zei Polly. 'Ja, ik hoor je heus wel.' Ze hing op en stopte haar mobieltje in haar tasje.

'Alles oké?' vroeg Everett, hoewel er een stroomstoring was, haar vriendje met iemand anders ging trouwen, haar broer haar duidelijk de les had gelezen omdat ze 'm was gesmeerd met een rare oude man, en alles dus absoluut niet oké was.

'Sommige geleerden denken dat het woord "okay" voor het eerst werd gebruikt in de *Boston Morning Post* in 1839,' zei ze. 'Weer anderen schrijven het toe aan de Choctaw Indianen,'

Haar gezicht was net zichtbaar in het kaarslicht en Everett keek haar onderzoekend aan.

'Ik ben bureauredacteur,' zei ze.

Hij glimlachte een beetje schutterig.

Polly keek hem plotseling indringend aan en pakte zijn hand vast. 'Er bestaat ook nog de Mandingo-theorie,' zei ze. 'Ach, wat doet het er eigenlijk toe.' Ze trok hem mee en Howdy liep achter hen aan.

Terwijl Everett en Polly in de drukkende duisternis hand in hand samen de hond uitlieten, zat George met Heidi wijn te drinken. Hij vertelde haar dat hij zich zorgen over Polly maakte, en probeerde zich te laten geruststellen door haar opmerking dat iedereen recht had op minstens één bizarre liefdesaffaire. Waarop hij zichzelf afvroeg waarom hij niet verliefd was op iemand, bizar of niet, en vervolgens met behulp van een zaklamp naar de aquarellen keek die de oude mevrouw schilderde wanneer ze niet kon slapen. Doris keek tevreden naar de wijzertjes op het dashboard van haar aircontioned auto tot er nog een achtste van de tankinhoud over was. Ondertussen was Simon tot zijn grote verbazing en vreugde bezig Jody helemaal suf te neuken.

VEERTIEN
Was ze verliefd?

Zelfs in New York komt het moment dat de vruchten aan de bomen beginnen te rijpen. Op een dag verschijnen de wilde appeltjes, klein en groen als druiven. De volgende dag zijn ze al groter en rozer, en dan lijkt het wel alsof na nog één dag de appeltjes vuurrood zijn geworden. De zomer, verlept, stoffig en mat, moet wijken, en aan de struiken verschijnen bessen waar je de naam niet van weet. Tenminste, ik weet de namen nooit: rood, paars of oranje, onder aan de trap van Seventy-sixth naar Riverside Park een struik met lavendelblauwe bessen.

Gewoonlijk was Simon blij met de komst van deze blozende vruchten, want het waren de eerste tekenen dat de lange jaarlijkse lacune binnenkort plaats zou maken voor het echte leven. Maar dit jaar bezag Simon de najaarsboden met angst en beven. De groene, glooiende velden van Virginia, waar volgens hem zijn hart lag, waren ver verwijderd van de plek waar zijn hart zich onlangs had genesteld, namelijk in deze straat, bij Jody.

Je zou kunnen denken dat hij misschien een beetje te oud was om zo totaal en tot over zijn oren verliefd te worden. Daar kun je tegenin brengen dat hij in wezen zowel te oud als te jong was, te oud voor een allesverterende romantische verliefdheid, te jong voor een wanhopige midlife bevlieging. Maar soms kloppen getallen gewoon niet. Simon was verliefd. Hij werd wakker met Jody's naam op zijn lippen, en haar stem klonk voortdurend in zijn hoofd.

Af en toe dacht hij dat Jody ook gesteld was op hem. En verder hoopte hij het maar. Toch stond hij er vaak bij stil dat hij had geboft. Elke keer dat hij haar zag, elke keer dat hij haar aanraakte, elke keer dat ze sprak en hij de warmte en zoetheid van haar adem voelde, werd hij overmand door dankbaarheid. Ze was niet de eerste vrouw van wie hij had gehouden, maar ze was wel de eerste op wie hij verliefd was geworden. Hij had haar terloops het hof gemaakt. En even terloops had hij haar veroverd. De hete zomer was verrukkelijk geweest voor Simon. En nu doemde de herfst op, vol ongewisheid.

Jody dacht op haar beurt ook aan Simon, maar haar gedachten gingen een heel andere richting uit. Ze was gewoon heel verbaasd over Simons seksuele virtuositeit. Hij was als iemand die op de klok kijkt, ziet dat het kwart over vier is en heeft vergeten te ontbijten en te lunchen. Zijn eetlust was enorm, zijn genot grenzeloos. Hij leek wel in extase, als een Russische geestelijke, als een kind. Tijdens de stroomstoring was ze de nacht in gestapt zonder veel verwachting en zonder dat het haar iets kon schelen. Ze had het gevoel dat ze die avond uit Everetts bewustzijn was verdwenen, en tot op zekere hoogte ook uit dat van haarzelf. Toen Simon haar teder mee naar zijn bed nam, dacht ze: kan mij wat schelen. Achteraf dacht ze: ben ik nou echt zo'n slet? Toen keek ze naar de slapende Simon, glimlachte en dacht: ik ben ook maar een mens.

Ze besefte dat ze seksueel in zijn ban was. Er was geen andere manier waarop ze de band met Simon kon beschrijven. Sommige mensen vinden het misschien onverklaarbaar, misschien wel afkeurenswaardig dat ze haar interesse zo snel van de ene naar de andere man verlegde, dat ze mannen versierde, maakte niet uit wat voor oude man. In één nacht van oude vrijster tot hoer.

Maar ik heb niet zo'n hard oordeel over Jody als zij over zichzelf. Daar zat ze dan op de avond van de stroomstoring, plotseling in de steek gelaten door de man van wie ze dacht te houden. En tegenover haar zat een andere man, een dronken, lallende, maar aardige en liefdevolle man. Hij had haar hand gepakt en haar door de duistere avond mee naar zijn bed genomen.

Simon aanbad haar heiligdom, terwijl ze nooit had geweten dat ze een heiligdom bezat. In de daaropvolgende dagen werd ze door deze plaatsvervangende minnaar overdonderd door de heftige gevoelens die hij voor haar koesterde, door zijn hartstocht en aandacht. Dan is het toch geen wonder dat de plaatsvervanger bezig was de plaats van het origineel in te nemen?

De zomer liep op zijn eind en de school begon weer.

'Alles goed met je?' vroeg de tekenlerares op de eerste dag.

'Jawel, hoezo?'

'Gaat het met slapen?'

Jody was even stil. Sliep ze wel? Deed ze dat met Simon, slapen? Ze werd wel elke ochtend wakker, en dat betekende dat ze had geslapen. En wanneer ze wakker werd, lachte de dag haar toe en sprong ze uit bed, dankbaar voor de nacht en dankbaar voor de uren die voor haar lagen tot de volgende nacht begon.

'Ja,' zei ze. 'Ja, ik denk van wel.'

De tekenlerares schudde haar hoofd. 'Het is gewoon een beetje verwarrend, meer niet.'

'Voor mij ook,' zei Jody, en toen ze naar binnen gingen om te lunchen in de schoolkantine van Pollyanna, nam ze het niet op voor de verlepte sla of de slappe koffie, integendeel.

'Heeft Snowball dit laten liggen?' vroeg ze, wijzend op de sla en doelend op het konijn uit de kleuterklas.

'Dit lijkt wel afwaswater,' zei ze, en ze zette vol walging haar kopje neer.

De tekenlerares keek haar aan en zette toen de thermoskan met koffie weer neer die ze net had gepakt en nam in plaats daarvan een theezakje.

Jody zag dit en voelde een golf van opwinding door zich gaan, een plotseling gevoel van macht. Ze hield haar adem in. Wat heerlijk om vervelend te doen, dacht ze.

'Weet je wat ik denk?' zei de tekenlerares terwijl ze heet water in haar kopje deed en het theezakje daarin dompelde. Haar stem klonk hoog en plagerig. 'Ik denk dat je verliefd bent.'

Jody zei niets. Peinzend nam ze een slokje van de gore koffie. Was ze verliefd? Ze zou het niet weten. Wat betekende dat? En wat maakte het uit? Ze was in een ontzettend goede stemming en ze werd bemind. Daar zou iedereen genoeg aan hebben.

Voor George verschilde de herfst niet zo veel van de zomer. Hij werkte bij de Go Go, ging op zijn vrije avonden stappen en voelde zich voortdurend een beetje schuldig en ontevreden. De twee grootste veranderingen waren dat hij geen vriendinnetje had en dat hij nu nog een andere hond uitliet. Het voorval met het leuke meisje en de bastaard rottweiler had geleid tot een korte romance met Laura, het leuke meisje, en een langlopende verplichting om Kaiya, de leuke hond, uit te laten en te drillen. Aan de blauwe herfsthemel dreven stralende witte wolken en de wind was fris toen George, Howdy en Kaiya het park in liepen. De honden dansten aan hun riem, en blaften naar de dikbuikige eekhoorns die zich met hun dichte vacht als welgedane burgermannetjes haastig uit de voeten maakten. George maakte de riemen los. De honden bleven even doodstil staan en sprongen toen als gekken alle kanten op, ze holden door de struiken en maakten jacht op eekhoorns, blaadjes en het leven zelf. Een man van middelbare leeftijd met een mopshond aan de lijn bleef staan en begon met George over het weer. Vervolgens kwam een stel met een andere mopshond voorbij dat George met zijn grote honden van twijfelachtige komaf met de nek aankeek.

George vroeg zich af of hij Laura miste en waarom het eigenlijk niets was geworden tussen hen. Ze was een mooi, wulps, energiek meisje, bijna net zo ongeduldig als zijn zusje. Waren alle meisjes net als zijn zusje? En zo niet, waarom dan niet? Omdat Polly echt de beste is, dacht hij. Het verbaasde hem hoeveel lol ze hadden nu ze bij elkaar woonden. Zijn vrienden hadden hem aanvankelijk voor gek verklaard om bij zijn zus in te trekken, net zoals hijzelf. Maar naderhand hadden ze de voordelen ingezien van een gezellig onderkomen en een gezellige vriendin, wat Polly bleek te zijn. Hij kon met haar praten of niet, al naar gelang zijn bui. Als hij verkouden was, kreeg hij sinaasappelsap, en ze wist precies van welke pilletjes van de drogist hij lekker kon slapen. Ze was altijd in de stemming om naar de bioscoop te gaan of 's avonds laat nog iets te eten te bestellen. Ze vochten om de afstandsbediening en de lekkerste stoel in de huiskamer. Het was alsof ze alle twee weer thuis waren, of er nooit een scheiding had plaatsgevonden, en hun ouders al heel, heel lang de deur uit waren om te gaan eten.

Aan de andere kant, als Polly de beste was, waarom verspilde ze dan haar tijd aan die aftandse, oude Everett? En zelfs als Polly de beste zou zijn, wat gezien deze redenatie misschien toch niet het geval was, zou hij dan echt iets met iemand als Polly willen hebben? Waarschijnlijk niet, kwam hij tot de conclusie. Al was het alleen maar omdat hij al echt iets had met iemand als Polly, namelijk met Polly.

En trouwens, Polly verlangde niets meer van hem dan hij haar altijd had geboden: zijn aanwezigheid als broer. Dat zou nooit genoeg zijn als hij iets zou krijgen met iemand als Polly, die niet Polly zelf was.

George vroeg zich af of iedereen zich zorgen maakte over de dingen waarover hij zich zorgen maakte. Hij hoopte maar van niet. Hij floot de honden, die gemoedelijk naast hem kwamen lopen.

Doris zag hen voorbij lopen. Hoewel het eigenlijk niet was toegestaan, was het algemeen aanvaard dat de mensen 's morgens voor negenen hun honden in het park los lieten lopen. Doris wist dat, maar toch bleef ze staan, klakte met haar tong en keek George kwaad aan voordat ze verder ging met haar power walk. Met voldoening zag ze de plantsoenwerkers dode planten verwijderen. Die ochtend had ze een afspraak met die idiote Margaret en haar aardige echtgenoot Edward. Hun zoon Nathan had weer iets uitgespookt. Hij had zijn Zwitserse zakmes mee naar school genomen. Daarna had ze een docentenvergadering. En dan had je nog die fabeltjes over dat er gepijpt werd in de toiletten waar ze korte metten mee moest maken. Het zou, net zoals alle dagen, weer een dag vol hindernissen worden. De gedachte dat ze onmisbaar was, bezorgde haar een prettig gevoel en gaf haar extra energie voor haar power walk. Hoewel Harveys toenemende doofheid haar zorgen baarde, en ze waarschijnlijk gedwongen werd met pensioen te gaan als ze op school achter haar ware leeftijd mochten komen, was het toch een stralende dag. De straat waarin ze woonde, was enorm verwaarloosd en bood mogelijkheden te over voor verbetering. Alleen gisteren al had ze zes bierflesjes en zes waterflesjes opgeraapt, en een vrouw betrapt die haar Jack Russell terriër tegen een boom liet plassen. 'Hou die hond bij je,' had ze geroepen, en op een bordje gewezen dat aan de boom was gespijkerd, een bordje dat ze daar zelf had opgehangen. Met hernieuwde energie en plezier vervolgde Doris haar weg over het ruiterpad, en opgewekt registreerde ze gevaarlijke kuilen, die vast en zeker door honden waren gegraven. Doris werd zelfs door de mensen die van haar hielden als een negatief iemand beschouwd, en door de mensen die niet van haar hielden des te meer. Maar als negativiteit inhield dat er geen hoop meer bestond, dan was Doris helemaal niet negatief. Eigenlijk was deze onzalige wereld met al zijn onvolkomenheden en verkeerde gang van zaken de bron van haar niet geringe vreugde.

Op het bestrate pad naast het ruiterpad liep een vrouw achter een kinderwagen. In de kinderwagen zat een grootogig hondje met een platte snuit en lang wit haar.

Doris bleef staan, overvallen door zowel verontwaardiging als pure walging.

'Ze heet Kissy,' zei de vrouw, en ze gaf de hond liefdevolle klopjes.

Doris ging verder, nog sneller dan daarvoor, gestimuleerd en in volkomen harmonie met zichzelf.

Jamie zat aan zijn tafeltje en begroette de klanten met zijn gebruikelijke glimlach. De avond was nog jong en hij had al bijna een halve fles rode wijn soldaat gemaakt. Hij moest het wat kalmer aan doen.

'Lois!' zei hij. Hij stond op en gaf een vrouw een kus op haar wang. 'Neem de rog,' fluisterde hij tegen haar. 'Die is nieuw op de kaart. Zeg me wat je ervan vindt.'

Hij zakte terug op zijn stoel en wachtte op Noah. Noahs ouders waren in de stad en ze zouden met zijn allen – Noahs vader en moeder plus alle kinderen – hem komen ophalen om naar iets vreselijks te gaan. Iets van circus, ijsdansen of poppentheater, dat wist hij niet meer. Noahs ouders hadden een hekel aan Jamie, dat dacht hij tenminste, en dat kon hij hun eigenlijk niet kwalijk nemen, vond hij. Iedereen koesterde een droom voor zijn kinderen. Een homoseksuele restauranthouder hoorde daar duidelijk niet bij.

Er kwamen nog meer klanten binnen en Jamie stond op om handen te schudden en grapjes uit te wisselen. Hij genoot van dit onderdeel van zijn werk. Het was routine en weinig veeleisend, maar dat had je met de meeste banen. In de loop der jaren was Jamie tot de ontdekking gekomen dat de mensen hem wel mochten, hij trok mensen aan. Toen hij jong was leidde dat soms tot problemen, en had hij zijn vele bewonderaars vaak diep teleurgesteld. Maar hier, in dit restaurant, had hij een manier gevonden om te worden bewonderd, zonder anderen verdriet te berokkenen.

Hij keek om zich heen en kon er niets aan doen dat hij een vlaag van trots voelde. Hij kon mensen gelukkig maken. Een van zijn hulpkelners, de tienerzoon van zijn Filippijnse boekhouder, liet een stuk brood in de schoot van een klant vallen, en keek verschrikt naar Jamie. Jamie trok een wenkbrauw op. De jongen herstelde zich snel, pakte het brood op en ging verder met zijn werk. Jamie vroeg zich af of hij hem zou moeten ontslaan. Hij hoopte maar van niet. Hij wist dat de jongen geld nodig had om het volgende jaar naar college te gaan. Misschien moest hij hem naar de lunch overplaatsen.

Simon en Jody waren net binnengekomen. Hij lachte naar hen en knikte goedendag. Hij vond het maar een vreemd stel. Zij was een en al opgewektheid, en hij een soort angstig, eenzaam dier uit een wild bos, een hert dat de weg kwijt was. Hij probeerde zich die twee in bed voor te stellen, maar dat lukte niet. Ze kwamen op hem over als volkomen seksloos. Hij begon zich de andere mensen in het restaurant samen voor te stellen: de twee jonge vrouwen, moeders met kinderen, die een damesavondje hadden, vermoedde hij, die roddelden en margarita's dronken. Het stel van middelbare leeftijd dat zo te zien hun eerste afspraak had, de ouders van een goedgemanierd leuk jongetje en zijn kleine zusje, waarschijnlijk uit Europa – hij zou even langs hun tafeltje lopen om te horen welke taal ze spraken. Het volle restaurant zat vol grappige mogelijkheden van mensen die het met elkaar konden doen. Zijn gedachten bleven even hangen bij twee homo's van wie de een beduidend ouder was dan de ander, en toen richtte hij weer zijn aandacht op Simon en Jody. Ze waren allebei serieus. Misschien trok dat hen in elkaar aan, twee eenzame, ernstige zielen. Hij richtte zijn aandacht maar op zijn glas, want hij voelde zich inmiddels een bekrompen voyeur.

'Daar zijn jullie!' riep hij opeens toen hij zijn kroost binnen zag stormen. De kleintjes zaten in een onhandige dubbele kinderwagen. De kleuters van vier renden naar de bar en klommen op de hoge krukken. Jamies dochter wierp zich in zijn schoot en begon te zeuren om zabaglione. De honden begonnen te blaffen en renden in kringetjes rond. De baby's huilden. De jongetjes draaiden rond op de barkrukken. Het meisje zat te sippen met een pruillip.

Simon keek gefascineerd naar Jamies gezin. Hij had Noah al eens een keer ontmoet. Noah was nog langer dan hij en dat had hen in elkaar aangetrokken, dacht hij. Hij zwaaide naar hem, maar Noah zat geknield naast een huilend jongetje en zag hem niet.

Jamie vroeg aan George of hij de honden naar huis wilde brengen. Hij bleef intussen wachten met zijn strak kijkende schoonfamilie – waarschijnlijk was schijnfamilie een betere benaming, dacht hij nog. Hij bood hun een glas wijn aan, en tot zijn verrassing zeiden ze ja. Hij nam hen mee naar de bar waar ze door Noah en de kinderen werden bediend. Toen ving hij Noahs blik op, en zijn hart ging open.

'Hier zitten we dan,' zei hij, en hij hief het glas, 'Hier zijn we dan met zijn allen.'

George bracht de twee hondjes naar Jamies huis. Een van de kindermeisjes deed open liet hen binnen. Ze was een tikkeltje te oud voor hem, maar ze zag er wel verschrikkelijk goed uit. Deed leeftijd er echt zo veel toe? vroeg hij zich af. Toen dacht hij aan Polly en Everett, en herinnerde zich dat het er wel degelijk toe deed. Hij gaf de hondjes af.

'Dag Hector, dag Tillie,' zei hij.

Ze gingen zitten en zwaaiden met hun pootje naar hem. Dat had hij ze namelijk geleerd.

'Dat heb ik ze geleerd,' kon hij niet nalaten te zeggen tegen het mooie kindermeisje, dat verrukt in haar handen stond te klappen.

Hij ging weer terug naar het restaurant en zag Jamie en zijn gezin aan de bar zitten. Het lijkt net een echte familie, dacht hij bij zichzelf.

'Wauw,' zei hij hardop, alsof hij die benepen gedachte wilde overstemmen. 'Wat een geweldig gezin.'

Jody zat ook naar Jamies gezin te kijken, en ze vond het toch wel vreemd om tegenwoordig zo veel kinderen te hebben. Misschien kwam het wel door al die IVF-behandelingen en draagmoeders dat er zo veel tweelingen werden geboren. Ze vroeg zich af of ze inmiddels te oud was voor kinderen. Nee, heus geen vijf kinderen, maar een of twee. Het verbaasde haar bijna elke dag dat ze geen kinderen had. Op dat moment begonnen de baby's in de kinderwagen weer te huilen. Ze draaide zich om, en geschrokken dacht ze dat ze misschien helemaal geen kinderen meer wilde, zelfs niet eentje.

'Ik heb soms geen geduld met andermans kinderen,' zei ze tegen Simon, in een poging haar gedachten redelijk te formuleren.

'Nou, met al die kinderen op school...'

'Nee, nee,' zei ze vlug. 'Die bedoel ik niet, die horen bij mij.'

Jamie, Noah, de kinderen en de grootouders gingen weg, waarna er even een plotselinge stilte viel. Daarna klonk weer het gerinkel van glazen en vorken en het normale geroezemoes van stemmen. Simon stond er zoals gewoonlijk op de rekening te betalen. Jody deed alsof ze dat niet kon aannemen, maar eigenlijk vond ze het heerlijk om te worden getrakteerd. Ze had Beatrice thuis gelaten, en ze moesten nog even langs haar appartement om de hond op te halen. Simon was nog nooit in haar flat geweest, want ze gingen altijd naar zijn huis.

'Wacht hier maar even,' zei ze tegen hem toen ze op de stoep stonden. 'We komen meteen naar beneden.'

Ze wilde niet dat hij bij haar in huis kwam, in die ene, kleine kamer, maar ze kon niet echt zeggen waarom. Toch bleef hij gehoorzaam wachten en ze rende de trap op.

Simon was helemaal niet zo gehoorzaam, en zag haar met een gevoel van paniek weggaan. Hij kon er niet tegen als ze wegging. Hij probeerde zich te vermannen. Hij zei daar nooit iets over tegen Jody, hij wilde haar niet afschrikken, maar zelfs tijdens een dergelijke korte scheiding verlangde hij naar haar. Hij zuchtte even en draaide zich toen om zodat hij naar haar raam kon kijken, vervolgens keerde hij zich opnieuw om en keek de straat in. Toen ze eindelijk weer verscheen, stond hij bijna te trillen van ongeduld.

'Beatrice!' zei hij, en hij wierp zich op de hond om niet te laten merken dat hij zo zenuwachtig was.

Beatrice gaf hem een lik over zijn gezicht en kwispelde met haar staart. Jody keek toe met een glimlach die volgens Simon alleen maar een soort welwillende geamuseerdheid uitdrukte.

Het was een warme, behaaglijke avond. Twee grote golden retrievers paradeerden voorbij. Zonder halsband, zonder riem. De eigenares kwam er een heel eind achteraan. Het was een hautain uitziende vrouw in modieuze *Field and Stream*-kleren. Moet je dat zien, dacht Jody.

'Uitsloofster,' mompelde ze binnensmonds.

Terwijl ze verder liepen, keek Jody onwillekeurig naar Everetts raam. Er brandde geen licht, alleen de blauwe gloed van een televisie was te zien. Ze vroeg zich af of Simon had gemerkt dat ze naar het raam had gekeken. Ze was steeds gekker op hem geworden. Hij was nog steeds een beetje verlegen tegenover haar, behalve in bed, en dat vond ze verrukkelijk.

'Wat is het mooi, hè?' zei ze om de aandacht van Everetts raam af te leiden. 'Ik ben dol op deze tijd van het jaar.'

Simons antwoord bestond uit een zacht gemompel.

'Wat zeg je?' Ze was nog steeds niet gewend aan zijn onverstaanbare manier van spreken, en in haar vraag klonk irritatie door, waar ze onmiddellijk spijt van had.

'Ik vroeger ook,' zei hij iets harder.

Ze wist niet wat hij bedoelde. 'Hoezo vroeger?' vroeg ze, en ze deed haar best minder kortaf te klinken.

'Vroeger hield ik van deze tijd van het jaar.'

'En nu?'

'Nu...'

'En nu?'

'Mijn leven is totaal veranderd.'

Jody probeerde niet kwaad te worden over deze uitleg.

Het was niet eerlijk en onaardig om kwaad te worden op iemand die zijn liefde aan je verklaarde, zelfs niet als iemand dat onhandig deed, zéker niet als iemand dat onhandig deed. Maar toch was ze kwaad. Kon je geen seksuele relatie hebben zonder dat het ingewikkeld werd? Verpest het niet, wilde ze zeggen.

'Ik ga niet,' zei hij.

Weer dat Virginia.

'Kom op Simon, dat meen je niet.'

'Ga met me mee,' zei hij.

Ze gaf geen antwoord. Dat kon hij niet menen, dacht ze.

Hij bleef staan en trok haar naar zich toe, waarbij hij per ongeluk een ruk aan Beatrice' riem gaf.

'Hé...' zei ze.

'Ik hou van je,' zei Simon. 'Ik wil met je trouwen.'

VIJFTIEN
'Nou, heel eventjes dan'

Net voordat Emily uit Italië thuis zou komen, besefte Everett dat hij met Polly moest praten.

'Je snapt het zeker wel,' zei hij. 'Ik bedoel, we kunnen elkaar niet zien wanneer...' Hij zweeg. Hij vond dat hij onder deze omstandigheden niet Emily's naam kon noemen. Het leek allemaal opeens heel ranzig.

Polly keek hem sceptisch aan, alsof ze het maar al te goed begreep. 'Je wilt zeker niet dat je dochter te weten komt dat je een kinderverkrachter bent.'

'Precies,' zei Everett. Waarom er omheen draaien? Polly was oud genoeg was om een verhouding aan te kunnen, en dus was ze ook oud genoeg om tactvol te kunnen zijn. Hoopte hij.

Er had zich al een gênant incident voorgedaan. Toen hij een keer met Polly aan het wandelen was, kwam hij een vrouw tegen die hij kende van Emily's school, de moeder van een vriendinnetje van Emily, hij wist niet welk. Voor hem leken al die kleine meisjes met hun lange zijdeachtige haar en sweatertjes met capuchon op elkaar. Hij kon zich de naam van de moeder ook niet herinneren. Maar hij herkende haar wel, en zij hem duidelijk ook.

'Goh, je bent Emily niet, hè?' zei ze, in een volgens Everett veel te opzichtige poging om meer informatie te krijgen. 'Ik zag je vanaf de overkant van de straat en even dacht ik dat je het was.'

Polly was vuurrood geworden, eerder van woede dan uit schaamte, dacht Everett. Everett kon zich voorstellen dat hij ook rood was geworden. Maar er was niets meer aan te doen. Hij had de vrouw alleen maar gelijk gegeven, nee, dit was Emily niet, Emily kwam pas over een paar weken thuis. Vervolgens vroeg hij, in een poging om de aandacht van Polly af te leiden, wat haar dochter op dat moment deed. Deze poging slaagde, en daarna moest hij aanhoren hoe de vrouw uitvoerig verslag deed over haar dochter die stage liep als sportverslaggeefster.

'Kom op, pap,' zei Polly toen de vrouw eindelijk verder liep. Hij vond dat ze daarbij een beetje vals lachte, maar ze had het nooit meer over het voorval.

'Je begrijpt het zeker wel,' zei hij tegen Polly voordat Emily kwam, en ze hoefde geen verdere uitleg.

De twee weken met Emily waren zowel een verrukking als een marteling. Zoals hij had voorspeld, was ze razend op haar moeder vanwege de kat, waardoor Everett een aantal momenten van stiekeme genoegdoening beleefde. Maar ze was ook razend op Everett vanwege de kat, en daar had hij niet op gerekend. In Italië had ze wijn leren drinken, en wanneer ze samen aten, dronk ze een glas met hem. Ze beweerde dat ze er geen trek meer in had flesjes Budweiser naar binnen te klokken. Everett wist niet of hij dit moest geloven, maar hij vond het al een hele vooruitgang dat ze blijkbaar de behoefte had dit te melden. Ze had het over mode: die had helemaal niks te betekenen in de vs, en over politiek: stom zowel in Italië als in de vs, en ze kwam ook met een verhaal over een aanstellerig meisje in de groep dat bijna de hele reis had verpest. Ze had wel wat weinig te melden over kunst, viel hem op, of over al die musea die ze beweerde te hebben bezocht, maar in elk geval dronk ze vol overtuiging espresso, en Everett dacht wel dat de reis over het geheel genomen een succes was geweest.

Ze was zo vol minachting over het aanstaande huwelijk van haar moeder, dat Everett eigenlijk medelijden kreeg met Alison en het voor haar opnam.

'Ze zijn echt niet de eerste mensen op de wereld die gaan trouwen, Emily. Ik weet dat het moeilijk voor je is, maar het verandert niets aan de verhouding met je moeder.'

'Daar maak ik me ook geen zorgen over.' Ze wierp hem een geringschattende blik toe, alsof hij niet goed snik was, of gewoon stom om te opperen dat er een man tussen haar en haar moeder zou kunnen komen. 'Het is alleen zo gênant.'

Ze snoof afkeurend, en Everett hoopte vurig dat ze niet op de een of andere manier achter Polly zou komen.

Tijdens deze twee weken ontliep hij Polly zorgvuldig. Hij zei haar nauwelijks gedag als ze elkaar in de lobby tegenkwamen. Polly ontweek hem op haar beurt zo gehoorzaam, dat hij bijna wilde dat ze uit haar rol viel, net genoeg om iets te laten merken: een snelle, liefdevolle blik, een spottend, stiekem lachje, een telefoontje laat op de avond. Maar wat ze ook mocht voelen, ze leek haar emoties prima onder controle te hebben. Desondanks had Emily het vermoeden dat er iets aan de hand was en dat het iets met Polly had te maken.

'Je bent niet erg aardig tegen dat meisje,' zei ze op een avond toen ze op straat langs Polly en Howdy liepen.

'Welk meisje?'

'Ons buurmeisje, met die hond die zo dol op je is.'

'Geen enkele hond is dol op me.'

'Iedereen is dol op je, pap,' zei ze, en ze bleef hem strak aankijken.

Hij gaf hier geen antwoord op, maar de volgende keer dat ze Polly zagen, zorgde hij er angstvallig voor haar op een terloopse, vriendelijke manier gedag te zeggen.

Emily was weer terug naar school en Polly was weer terug in zijn bed. Ze had hem gevraagd de grote, eigenzinnige jonge hond uit te laten en onderweg een ijsje te kopen. Everett trok zijn schoenen en zijn jas aan en liep Howdy achterna om de lage tafel. Het kostte hem een paar rondjes voordat de hond hem toestond zijn riem vast te maken. Het was hem nog nooit gevraagd om de hond uit te laten en aanvankelijk wilde hij het niet doen. En toen hij dan eindelijk een beetje stuurs ja had gezegd, vroeg Polly hem om een ijsje bij de Koreanen te gaan halen.

'En de hond dan?'

'Dat vinden ze niet erg. Die neem ik ook altijd mee.'

Waarom doe je het dan ook niet vanavond? dacht hij. En hij ging weg terwijl zij lag te kijken naar een van die vreselijke tv-programma's waar ze dol op was, een slecht getekende tekenfilm over afgrijselijke kinderen die de grofste taal uitsloegen.

Maar in de lift draaide hij een beetje bij. Polly was moe. En dat was niet zo vreemd. Hij huiverde van genot toen hij terugdacht aan de manier waarop ze zich voor hem had ingespannen. Polly. Ze verdiende wel een ijsje.

Hoog boven de gebouwen stond een kleine, ronde maan. Bij de Koreaanse supermarkt gekomen, nam Everett enigszins opgelaten de hond mee naar binnen. Hij hield de riem kort en de hond dicht bij zich, alsof hij hem wilde verbergen. Bij de diepvries aarzelde hij even en nam toen aardbeienijs van Häagen-Dazs. Hij voelde zich niet op zijn gemak vanwege de hond, die aan de riem trok en aan de schoenen van de mensen snuffelde. Hierdoor schoot het Everett te binnen dat hij nog steeds een beetje kwaad was op Polly omdat hij de hond uit moest laten, en daardoor voelde hij zich vervolgens weer schuldig. Hij ging naar buiten en pakte een bosje gele tulpen. Toen herinnerde hij zich dat hij de afgelopen lente tulpen had gekocht en die aan Jody had gegeven. Snel verruilde hij de tulpen voor rozen, roze, hoewel ze duurder waren.

Everett bespeurde de vage geur van sigarettenrook toen hij zijn flat binnen kwam. Voor zover hij wist rookte Polly nooit binnen, maar soms stonken haar kleren naar sigaretten, een geur die hij associeerde met kamers in studentenflats. Misschien kwam het door de bloemen, maar hij moest weer aan Jody denken, met haar sigaret onder de markies in de regen, haar frisse zeepachtige geur. Polly lag languit op zijn bed naar een film te kijken. Tot zijn ongenoegen zag hij dat ze een van zijn schone, gestreken witte overhemden aanhad, hoewel ze er erg sexy in uitzag, moest hij toegeven.

'Dit is zo'n te gekke film,' zei ze, zonder haar blik van het scherm af te wenden.

'*Annie Hall*? Nog niet verouderd?'

'Ik vind van niet. Het is zo ontzettend leuk,'

'Jee,' zei hij lachend toen hij Diane Keaton met haar gleufhoed en stropdas zag. Hij ging op de rand van het bed zitten. 'De Annie Hall-look. Weet je nog?'

En toen besefte Everett dat Annie Hall was gemaakt voordat Polly was geboren.

Hij kreunde.

'Wat is er?' vroeg ze, en ze keek hem aan.

Everett schudde zijn hoofd.

'Hé,' zei Polly. 'Aardbeien! En bloemen! Je bent geweldig.' Ze sloeg haar armen om hem heen en gaf hem een kus. Howdy, die door de opwinding werd aangestoken, kwam bij Polly en Everett op bed.

'Ga d'r af,' zei Everett tegen de hond.

'Ah, toe nou,' zei Polly. Ze trok Howdy tegen zich aan en kuste hem op zijn kop.

Everett ging naar de keuken om het ijs in een bakje te doen en de bloemen in het water te zetten. Hij hoorde haar om de film lachen, een geluid dat door de donkere flat zweefde.

Polly at het ijs op, kleedde zich aan, kuste Everett welterusten en ging weg met Howdy, maar zonder de bloemen.

'Niet met de deur slaan,' hoorde ze hem nog roepen toen ze de deur achter zich dichtkwakte.

Ze wierp even een schuldbewuste blik achterom en liep toen achter Howdy aan de trap af. Ze was dol op Everett. Hij was een beetje kil, een tikkeltje geremd, misschien ook wat somber, maar met een beetje fantasie kon je hem zien als iemand met droge humor, en Polly had fantasie te over. Zijn humor was zo droog dat Polly zich vergeleken daarmee verrukkelijk levendig voelde, vol levenskracht. Hij nam haar mee naar prima restaurants en schonk heerlijke wijn voor haar in. Hij was beleefd en niet veeleisend. Ze had het gevoel dat ze een vakantie-romance beleefden, luierend op een romantisch strand op het romantische eiland St. Bart's.

Thuisgekomen nam ze een uitgebreide douche, en ze feliciteerde zichzelf dat ze zo'n helende liefdesrelatie had gevonden nadat Chris haar hart had gebroken. Nadat ze onder de douche vandaan was gestapt, rommelde ze in de kast, op zoek naar een fles bodylotion. Ze deed haar sporttas open, en zoals ze al dacht was daar de fles bodylotion, plus het smalle witte flesjes van Origin. Toen zag Polly nog een dun dingetje. Dat was een iPod. Ik heb geen iPod, dacht ze terwijl ze hem in haar hand hield. Maar opeens herinnerde ze zich iets over een iPod. Chris was toch zijn iPod kwijt? Jazeker, dat was zo, en dat had hij haar verteld toen hij zijn huwelijk aankondigde. Chris ging trouwen en was zijn iPod kwijt. En Polly had hem gevonden.

De volgende paar weken luisterde Polly naar de liedjes op de iPod van Chris, op zoek naar een aanwijzing van wat er door hem heen was gegaan vlak voordat hij het uitmaakte. Ze kon niets ontdekken, behalve dat hij een onzalige voorkeur voor Billy Joel had. Ze wist dat ze hem moest bellen om te zeggen dat ze zijn iPod had gevonden, en een aantal maal zat ze rechtop in bed, klaar om de telefoon te pakken, om vervolgens te besluiten dat het al te laat of nog te vroeg was. Hij zou trouwens toch alleen maar denken dat ze hem achternazat. En waarom zou ze überhaupt Chris zijn iPod teruggeven? Hij had vast al een nieuwe gekocht. En zelfs als dat niet zo was, kon ze dat ding toch best een paar dagen lenen voordat ze het aan hem teruggaf? Op deze manier werden de dagen weken, en had Polly nog steeds Chris' iPod.

'Sinds wanneer heb je die?' vroeg George op een dag toen ze thuiskwam van kantoor en nog steeds de witte oordopjes in had.

'Heb ik gevonden.'

'Polly...'

'Echt waar. In een tas in de kast. Ik denk dat-ie van Chris is.'

'Dat denk ik ook,' zei George, en hij begon te lachen.

'Ik vind dat ik hem maar moet houden, als een soort alimentatie.'

'En wat vindt Chris?'

'Weet ik niet. Ik kan hem niet bellen. Dan denkt hij dat ik hem stalk.'

Ze draaide het geluid harder en luisterde naar een liedje van Billy Joel dat ze leuk had gevonden toen ze nog op de basisschool zat. 'Roy Cohn, Juan Péron, Toscanini, Dacron...' Chris' muzikale smaak was een openbaring voor haar, en geen prettige. Hoe bestond het dat ze samen hadden gewoond en ze nooit had gemerkt dat hij een voorkeur had voor infantiele, pretentieuze popmuziek? Was hun hele relatie een leugen geweest? De iPod zei van wel, en dus luisterde ze wanneer ze maar kon naar de iPod.

Toen ze 's avonds met Everett Howdy uitliet, vroeg Everett haar of ze alsjeblieft die oordopjes uit wilde doen.

'Het is een beetje onbeleefd, Polly,' zei hij. 'Bijna beledigend.'

Polly, die had gemerkt dat haar nieuwe vriendje de gewoonte had haar een beetje terecht te wijzen op een manier die meer bij een vader paste, stopte de iPod in haar tasje, treiterig langzaam, zoals een dochter dat doet. Ze zat net midden in 'The Thong Song', gefascineerd dat Chris dit liedje erop had gezet, en ze vond het nog leuk ook.

Ze liepen zwijgend verder tot ze bij het park kwamen. Ze kwamen een vrouw tegen die achter een gigantische high-tech dubbele kinderwagen met twee piepkleine kindjes erin liep en die bleef staan om Howdy te aaien.

'O, wat is ze mooi!' zei de vrouw, en ze liep verder met het gevaarte.

'Toch niet te geloven dat ze dacht dat Howdy een vrouwtje was,' zei Polly beledigd.

Everett Lachte. 'Dat had ik nou ook altijd met Emily.'

Hij stelde voor om Howdy iets blauws aan te trekken, maar Polly luisterde niet. Ze vroeg zich af waarom hij het altijd over zijn dochter moest hebben. Dat was niet normaal.

Everett dacht aan Emily en keek ondertussen naar Howdy die de riem in zijn bek had genomen en vrolijk voor Polly uit sprong. Everett, nog steeds met zijn gedachten bij Emily, kreeg tot zijn verbazing een opwelling van tederheid.

'Howdy,' riep hij.

De hond bleef doodstil staan. Hij tilde zijn kop op. Toen begon hij te blaffen en te kwispelen met zijn pluimstaart en bleef maar blaffen tot Everett hem aaide. Op de terugweg ging Howdy naast Everett lopen, en elke keer dat Everett naar de hond naast hem keek, keek de hond naar hem op.

In het begin had Polly niet erg vaak de hond mee naar Everett genomen, want Everett was heel kritisch en joeg Howdy steeds van het meubilair, wat Polly wreed en ouderwets vond. Maar Polly werd steeds opstandiger. De avond daarvoor bijvoorbeeld, had Everett haar gevraagd om, ondanks de naam van het ding, niet naakt in de Saarinen Baarmoederstoel te gaan zitten, en ze had zich er niets van aangetrokken.

Thuisgekomen zag Everett Polly naar de slaapkamer gaan om tv te kijken. Hij schonk voor zichzelf een martini in en ging in de huiskamer de krant zitten lezen. Ondanks zijn aantrekkelijke vriendinnetje had hij toch een eenzaam bestaan, besefte hij. Polly begroette hem, babbelde met hem, kuste hem en vrijde met hem met al haar jeugdige energie en blijheid, maar het was alsof ze dat allemaal deed vanaf een grote afstand.

De hond was achter hem aangekomen en duwde zijn snuit tussen hem en de krant en legde toen zijn kop gezellig op Everetts been. Everett voelde zich te droevig om de hond op zijn kop te geven. Hij verroerde zich niet, de hond verroerde zich ook niet. Er daalde een soort rust neer. Everett kwam tot de ontdekking dat hij het prettig vond om de kop van de hond op zijn been te voelen, de warmte van een levend wezen dat niets eiste, er alleen maar was. Met in zijn ene hand een glas martini gaf hij met de andere Howdy zachte klopjes. De hond had zulke zijdezachte oren, zo'n goudkleurige, zijden snuit. Hij luisterde naar het rustgevende ritme van de ademhaling van de hond.

'Howdy,' zei hij zachtjes.

Howdy keek op en hield zijn kop scheef, zijn ogen waren donker en op de een of ander manier straalden ze geruststelling uit.

Everett werd overvallen door een onbekend gevoel. Hij keek in de ogen van de hond, en plotseling was hij zich hevig bewust van de kamer om hem heen, de geordendheid van het meubilair en van zijn leven, de geordendheid van buiten waar de dag plaatsmaakte voor de nacht, van de tv die aanstond, en het koude vocht van het glas martini, het smoezelige gevoel van kranteninkt aan zijn vingers, maar allesoverheersend was het gevoel van vreugde, de wilde vreugde omdat hij leefde.

'Howdy,' fluisterde hij. 'Howdy.' Howdy sloeg met zijn staart tegen de vloer, en ze keken elkaar in de ogen als twee geliefden.

Toen Howdy die avond op Everetts bed sprong, zei Polly: 'D'r af!'

Maar in plaats van dat Howdy van het bed af sprong, keek hij naar Everett, alsof hij van hem verdere bevelen verwachtte.

Everett kende geen enkel commando voor honden. 'Nou, heel eventjes dan,' zei hij, wat hij ook altijd tegen Emily zei, maar Howdy bleek hem uitstekend te begrijpen en strekte zich met een kreun van welbehagen uit.

'Je slaat een heel andere toon aan,' zei Polly.

'Ik ben ook maar een mens,' zei hij.

ZESTIEN

Het gelukkige stelletje

In het restaurant was George aan het dagdromen over een fietstocht langs de rivier als hij klaar was met werken. Vervolgens vroeg hij zich af of hij wel een goede barkeeper was, of hij sowieso ergens goed in was. Het zou fijn zijn als hij deze baan goed deed, maar hij vermoedde dat dat eigenlijk niet zo was. Hij wist wel hoe hij drankjes moest maken, en hij kreeg nooit klachten, niets werd ooit teruggestuurd. Maar hij hield er niet van om met de klanten te praten. En hij wist zeker dat dit wel van hem werd verwacht. Alle grappen over barkeepers, alle cartoons over barkeepers in *The New Yorker*, alle filmscènes met een barkeeper gingen over een barkeeper die met zijn klanten praatte, of in elk geval naar hen luisterde. George was zich er wel degelijk van bewust dat hij zich niet aan een soort barkeepercode hield, en niet ten volle zijn capaciteiten als barkeeper benutte. Hij wilde dat hij al op zijn fiets zat, en hard langs de rivier fietste.

Jamie kwam aan de bar zitten en George schonk hem een glas wijn in.

'We hebben deze week een kennismakingsgesprek,' zei Jamie. 'Voor het kinderdagverblijf. Toen ík naar het kinderdagverblijf ging, bestonden er helemaal geen kennismakingsgesprekken. Je werd er gewoon naartoe gebracht, je deed een slaapje en daarna kreeg je een volkorenkoek.'

George knikte. Hij wilde dat iemand hem zei dat hij een slaapje moest doen en hem daarna een volkorenkoek gaf. Hij herinnerde zich dat hij op een blauwe mat lag die de juf had klaargelegd, en dat hij lag te woelen tot het gruwelijke rustuurtje voorbij was. Maar nu zou hij een dutje wel op prijs stellen. Het was waar dat de jeugd verspild is aan de jeugd.

'Ben ik een goede barkeeper?' vroeg George.

Jamie moest even nadenken.

'Je spreekt Engels,' zei hij uiteindelijk. 'En je gebruikt niet te veel vermout.'

Georges mobieltje ging.

'Neem maar aan, hoor,' zei Jamie toen George verbaasd reageerde, alsof hij zeker wist dat hij zijn mobiel had uitgezet voordat hij aan het werk ging.

Het was zijn moeder.

'Mam, ik ben aan het werk.'

'Noem je dat werk? Is alles goed met Polly? Ze is ook nooit thuis. Heeft ze een vriendje? Ze vertelt me nooit wat. En hoe is het met jou? Jij vertelt me ook nooit wat. Niemand vertelt me iets.'

'Ik heb geen vriendje,' zei hij.

'Nog niet,' fluisterde Jamie vrolijk.

'Goh, wat grappig,' zei Georges moeder. 'Hoor eens. Ik wil dat Polly en jij naar huis komen voor mijn zestigste verjaardag. Het valt in een weekend. Neem nog een paar extra dagen vrij daarvoor en daarna. Ik betaal de reis. Er zijn nu geweldig goedkope aanbiedingen.'

'Mam...'

'Zeg het ook tegen Polly,'

George ging door de knieën. Hij had geen keus, maar dat vond hij ook niet zo erg. Zijn moeder had een gezellig huis, zijn moeder zou hem in de watten leggen, het was altijd heerlijk weer in Californië en het zou maar voor een paar dagen zijn.

'Waar kom jij vandaan?' vroeg hij aan Jamie.

'Pittsburgh.'

'Ga je daar nog wel eens heen?'

'Soms, in de vakantie. Mijn ouders wonen er nog.'

'Zeg je ook nog steeds dat je naar "huis" gaat?'

'Ik woon hier nu al twintig jaar, maar dat zeg ik wel, ja.'

George maakte een paar cocktails voor een tafeltje met opgewonden meisjes. Eentje lachte naar hem. Hij lachte terug. Hij zou naar huis gaan in Californië. En dan zou hij weer terug naar huis gaan, naar New York.

Die avond was Polly naar de film geweest met Laura, het bazinnetje van de eigenzinnige bastaard rottweiler. Wanneer George het had uitgemaakt met een vriendinnetje, betreurde Polly meestal de afwezigheid van het meisje en wachtte dan weer op het volgende, min of meer net zoals George zelf. Maar omdat Kaiya nu deel uitmaakte van Georges dagelijkse schema, kwam Laura, zelfs als ex, elke morgen langs om de hond af te leveren. Polly had er een gewoonte van gemaakt koffie met haar te drinken. Vervolgens gingen ze af en toe met elkaar eten of naar de film. Tot Polly's verbazing was Laura zwart. George had het er nooit over gehad. Ze vroeg zich af of hij het niet echt had gemerkt, het niet de moeite waard had gevonden om het te vermelden, of dat hij vond dat hij het niet de moeite waard moest vinden om het te vermelden.

Zij en Laura hadden het vaak over George. Polly vond het heerlijk om het over George te hebben, dat ze er trots op was dat hij zo lief was, zo geestig en zo knap. En dat ze zich gek ergerde aan het feit dat hij totaal geen ambitie had. Laura had dezelfde gevoelens. Ze adoreerde hem bijna omdat hij het voor elkaar had gekregen haar zenuwachtige hond rustig te krijgen. En ze ergerde zich aan zijn slordige bestaan. Daarom hadden zij en Polly gespreksstof te over.

'Het is waar dat hij geen doel heeft,' zei Polly toen ze na de film in een rustig buurtcafé zaten. 'Maar daardoor heeft hij tenminste de tijd voor... iets.' Ze dacht aan Everett. Die zat niet zonder doel. Die was vastgeroest.

'Maar daarom stelt hij zo teleur, vind je ook niet?'

Polly stond op het punt George te gaan verdedigen, uit gewoonte, hoewel ze het roerend met Laura eens was toen die eraan toevoegde: 'Maar daarbij is hij ook weer zo ontzettend hoffelijk, weet je.'

Dat wist Polly.

'Ik zal wel met een of andere vervelende streber eindigen, net als ikzelf ben,' zei Laura.

'Of iemand die is uitgestrebt. Zoals Everett.'

Ze schoten in de lach.

'Uitgestrebt,' zei Polly, en ze genoot van het woord.

'Hij is wel een beetje oud,' zei Laura. Ze had Everett nooit ontmoet, maar George had over hem verteld, en die had het doen voorkomen alsof Everett bevend gebukt ging onder de last van zijn jaren.

'Dat is het niet, weet je,' zei Polly. 'Het is gewoon zijn hele...' Ze zweeg even en dacht na. 'Leven,' zei ze uiteindelijk.

Laura knikte begrijpend, en de meisjes bestelden tevreden nog een rondje.

De volgende morgen kwam George zijn bed uit om een kop koffie te drinken en te vertellen van de uitnodiging van hun moeder.

'Een dwangbevel,' zei hij. 'Van de verkeersrechter lijkt het wel. We kunnen net zo goed gaan.'

'Anders krijgen we nog meer boetes?'

Hij knikte.

Polly haalde haar schouders op. Ze had nog een paar vakantiedagen te goed. Het was eigenlijk jammer om die op te maken aan familiebezoek, maar het zou leuk zijn om haar vriendinnen van de middelbare school weer te zien, die nog steeds in Californië woonden. Maar toen viel haar opeens met schrik iets in.

'De hond!' zei ze.

George keek verbouwereerd.

'Helemaal niet aan gedacht,' zei hij, en hij keek schuldbewust naar de slapende vleesklomp in de hoek.

Het probleem werd opgelost op een manier die ze geen van tweeën hadden kunnen voorzien. Everett bood aan voor Howdy te zorgen als ze weg waren. Polly was tevreden en voelde zich belangrijk doordat ze zo'n toegewijd vriendje had. Aan de andere kant was ze een beetje teleurgesteld dat Everett zich helemaal geen zorgen maakte over haar aanstaande afwezigheid.

'Ik ben maar een paar daagjes weg,' zei ze om hem een beetje op weg te helpen. Maar hij knikte alleen maar, en zei toen dat het een beetje kort was voor hem en Howdy om elkaar te leren kennen, maar het was een beginnetje.

Everett daarentegen kon zijn geluk bijna niet op. Howdy kwam rondbanjeren in zijn lege flat. Howdy's dikke pluimstaart zou over de lage tafel zwiepen. Howdy zou zich uitstrekken op zijn bed, zijn bank, zijn vloerkleed. En alsof Howdy een veeleisende gast was, begon hij meteen de schilderijen aan de muur recht te hangen en de kussens op te kloppen.

George vond het maar niks dat de hond bij Everett zou zijn, maar hij zag geen andere mogelijkheid. Hij had Jamie een paar hints gegeven, maar Jamie had gedaan alsof hij zogenaamd niet snapte wat hij bedoelde. Dus pakte hij op vrijdagmiddag Howdy's speeltjes en eten. Polly ging meteen van haar werk naar het vliegveld, en hij zou de hond naar Everett brengen.

Everett was eerder van zijn werk gegaan om thuis te zijn voor de overdracht, en hij deed de deur open toen George aanbelde. Everett ging op zijn hurken zitten en liet Howdy hem een lik over zijn gezicht geven. George zag het allemaal met een geforceerde glimlach aan, als een boer met kiespijn.

'Hier is zijn eten,' zei hij, en hij overhandigde Everett een boodschappentas met droogvoer en een paar blikjes.

Everett keek in de tas waar ook Howdy's speeltjes en een pakje hondensnoepjes in zaten, vergezeld van een gedetailleerd schema waarop stond wanneer Howdy moest eten en worden uitgelaten. Toen pakte Everett zijn eigen boodschappentas met inhoud: een nieuwe blauwe rubberbal, een piepende egel van pluche en een aardewerken etensbak met zachtgroene strepen.

'Jonathan Adler,' zei hij, en hij gaf de bak aan George.

George keek verbaasd.

'Die heeft hem ontworpen,' zei Everett. 'Adler is een ontwerper.'

George gaf de bak weer terug aan Everett.

'Je kunt altijd bellen om te vragen hoe het met Howdy gaat,' zei Everett. 'Wil je ook het nummer van mijn mobiel?'

Zo vriendelijk was Everett nog nooit tegen George geweest.

'Howdy,' zei Everett zacht. 'Howdy, Howdy, Howdy.' Hij klopte op zijn borst, en Howdy zette onmiddellijk zijn poten tegen hem aan. Daar stonden ze dan in elkaars ogen te staren.

George kon er niets aan doen, maar hij moest lachen.

Everett zag die lach en lachte terug. Opeens voelde George zich blij, alsof de zon was gaan schijnen. O, zei hij bij zichzelf. Nou snap ik het. Dat was er met Polly aan de hand: die lach.

'Wat aardig van je om voor de hond te zorgen,' zei hij. Hij meende het bijna. Hij zag Howdy kwispelen, en plotseling drong het tot hem door. Hij keek naar Howdy die op zijn rug lag en Everett die over de buik van de hond kriebelde, en hij dacht: ik ben jaloers op het vriendje van mijn zus. En niet omdat Everett het vriendje van zijn zus was, maar omdat het vriendje van zijn zus voor de hond van zijn zus zorgde.

Nou ja, dacht hij toen hij het gelukkige stelletje achter zich liet. Ik ben ook maar een mens.

Een paar minuten later deed Everett Howdy aan de riem, voor een feestelijke wandeling rond het blok. Zoals zo vaak bleef hij staan bij het makelaarskantoor om de hoek van Columbus om een blik te werpen op de posters met verleidelijke foto's van juweeltjes van lofts en ruime, unieke, doorzonwondertjes. Maar hij merkte dat hij niet zo geboeid was als anders, en hij liep met Howdy naar een pluizige witte hond, die door haar bazin als Lola werd voorgesteld. Tevreden keek hij naar de honden die vriendschappelijk elkaars genitaliën inspecteerden.

ZEVENTIEN

'Het is dringend!'

Iedereen die het ooit heeft meegemaakt, weet dat een ochtend in oktober op zichzelf al een goede reden is om in New York te wonen. In het oosten dringt een streep daglicht door langs de gebouwen, laaghangende zilverachtige wolken strijken langs de skyline, waarboven nog het melkachtige maansikkeltje is te zien. In het westen is de hemel dieper van kleur, helderder. De lucht is koud en fris. Achter de ramen is het nog overal donker. De straatlichten zijn geel. De natuur, die in de stad zo vaak afwezig lijkt, is overheersend, vol kracht en zachtheid. Toen Jody de deur opendeed van haar huis en de oktoberochtend begroette, liet ze zich niet gaan in dergelijke bloemrijke taal, maar ze bleef staan, keek om zich heen en ademde de frisse herfstlucht diep in. Het viel haar op dat de lucht de kleur van blauw zeeglas had, en ze voelde zich bevoorrecht dat ze leefde. Ze had de smaak van peroxide in haar mond, want ze was haar tanden aan het bleken, omdat ze de kleur te groezelig vond. Voorzichtig had ze twee kleverige strips op haar onder- en bovengebit geplakt en ze was toen met Beatrice gaan rennen. Om zes uur 's ochtends zou ze niet zo gauw iemand tegenkomen met wie ze zou moeten praten, en dus sabbelde ze tevreden op de blekende strips terwijl ze naar het park liep. Misschien was het wel ijdel om je zo druk te maken over de witheid van je tanden, dacht ze. Aan de andere kant lachte ze zo veel, vaak alleen maar als reactie, dat ze de wereld om zich heen niet kon opzadelen met een vermoeide, grauwe lach. Dat zei ze allemaal tegen zichzelf terwijl ze Columbus overstak met Beatrice aan haar zijde.

Ze had Simon nog geen antwoord gegeven. Had hij maar nooit gevraagd of ze met hem wilde trouwen. Had hun vriendschap maar gewoon zo verder kunnen gaan, zonder deze inbreuk, zonder op de proef gesteld te worden. Jody was nog nooit door iemand ten huwelijk gevraagd, en daardoor had ze een zeker gevoel van triomf, omdat ze nu datgene had bereikt wat de droom van alle meisjes werd geacht te zijn. Ze wist dat er niets op tegen was om met Simon te trouwen. Ze mocht hem graag. Ze vond het heerlijk om met hem naar bed te gaan. Op talloze maniertjes had hij haar voor zich ingenomen. Hij had geen geld, maar dat had zij ook niet, dus op dat punt zouden ze geen van beiden iets hoeven aanpassen. Ze waren allebei niet jong meer, dat was ook iets gemeenschappelijks. Ze konden in zijn flat gaan wonen en ze kon de hare aanhouden als studio, of wegdoen en geld uitsparen. Simon was lief voor Beatrice. Hij was lief voor Jody. Wanneer hij haar aanraakte, begon ze te beven van verlangen. Als ze al deze argumenten naast elkaar legde, leek het wel duidelijk wat ze moest doen.

Maar er waren ook argumenten om niet te trouwen. Allereerst haar eigen gevoel. Ondanks alle argumenten ten voordele van een huwelijk, wilde ze toch niet met Simon trouwen. Misschien wilde ze wel helemaal niet trouwen. Misschien vertrouwde ze Simons waanzinnige verliefdheid niet helemaal. Misschien hield ze gewoon niet van Simon.

Haar ouders zouden zo blij zijn als ze met Simon trouwde. Ze hadden het niet over haar als 'goeie oude Jody', zoals haar collega's, maar ze zeiden wel 'arme Jody'. Simon zei 'lieveling' tegen haar. Wat ze moest doen, lag dus voor de hand.

Ze liep met Beatrice voorbij de plek waar de boom was omgevallen. Ze liep langs de bank waar Simon op haar had zitten wachten. Ze jogde een stukje over Philosopher's Walk onder een baldakijn van lispelende bladeren van sinaasappelbomen. Het was Jody opgevallen dat Beatrice niet meer zo snel vooruit kwam wanneer ze 's morgens een spurtje maakten. Ze zag dat de hond een beetje mank liep en ze bleef staan om haar poot te bekijken. Ze sloeg haar armen om Beatrice heen en drukte haar gezicht tegen de nek van de hond.

Van jou hou ik, zei ze in gedachten tegen Beatrice.

Beatrice tilde haar linkerachterpoot op en jankte even. Bezorgd liep Jody langzaam met haar naar huis. Ze zou de dierenarts bellen en na school daar met Beatrice naartoe gaan. Ze zou het stuk van Vivaldi spelen waar Beatrice zo van hield, het stuk waarvan ze met haar staart tegen de vloer ging slaan terwijl ze Jody vol liefde aankeek. Ze ging naar Citarella om een filet mignon te kopen.

Tegen de tijd dat Jody bij Columbus kwam, had ze zichzelf zo overstuur gemaakt dat ze ervan overtuigd was dat Beatrice meteen naar de dierenarts moest. Ze zou zich ziek melden op school.

Toen het verkeerslicht op groen sprong en ze overstak, zag Jody Everett. Het was net als op de dag van de sneeuwstorm, alleen had hij nu een hond aan de riem: Polly's hond Howdy.

Breed lachend en in een gouden glans bleef hij midden op straat staan, als een god in het zonlicht, met zijn jonge goudkleurige hond naast hem.

'Ik pas op de hond,' zei hij trots.

Jody vroeg zich af of hij zich hun eerste ontmoeting nog wel herinnerde. Ze had van Polly al alles over hun affaire gehoord. Het leek dan wel alsof Polly troost vond bij Everett, maar toch praatte ze nog steeds over haar ex-vriendje. Zou dat lieve, geëngageerde meisje die rijpere man wel gelukkig maken? dacht Jody. In elk geval zag hij er gelukkig uit in zijn donkere pak terwijl hij bezig was de twee honden te aaien: de ene hond een dartelende puppy, de andere eentje die pijn had.

Jody voelde zich plotseling oud en ongelukkig.

'Ik moet met Beatrice naar de dierenarts, ze loopt mank.'

Onder het praten voelde Jody de witmakende strips langs haar voortanden naar beneden zakken. Snel liep ze door, somber, terwijl de hemel boven haar prachtig blauw was.

Everett ging met Howdy naar huis en gaf hem te eten. Hij luisterde met dezelfde vertedering naar de gulzige, wolfachtige geluiden als waarmee hij naar het gesmak van Emily had geluisterd toen ze nog klein was. Hij bleef niet te lang stilstaan bij Beatrice' kwaaltje. Ze was een oude hond, Waarschijnlijk was het een beetje artritis. Hij herinnerde zich de eerste keer dat hij Jody en Beatrice was tegengekomen op straat, in de sneeuw. Hij herinnerde zich de aantrekkelijke vrouw en de spookachtige hond. Wat was er veel veranderd sinds die stormachtige middag. Toen hij die dag was thuisgekomen, had hij te horen gekregen dat zijn benedenbuurman, die hij niet kende, zich had opgehangen. En nu ging hij naar bed met de nieuwe buurvrouw die in de flat van de overleden man was getrokken. Bovendien liet hij de hond van de overleden buurman uit. Nog maar kortgeleden was Everett een man van middelbare leeftijd die zich verveelde op zijn werk en zich verveelde met zijn vriendin. Inmiddels was hij nog steeds een man van middelbare leeftijd en verveelde hij zich nog steeds op zijn werk. En zijn vriendinnetje dan? Verveelde hij zich ook met haar?

Everett liep somber naar de ondergrondse. Hij wilde dat hij terug kon gaan en de hele dag thuis bij de hond kon blijven. Dat hij naar de hond kon kijken die in de keuken naast de verwarmingsketel lag te slapen. Hij zag op tegen de dag dat Polly zou terugkomen om de hond mee te nemen, om de hond van zijn borst te rukken, zoals hij het zelf uitdrukte. Een beetje beschaamd, verdrong hij deze gedachte, hij ging de trap af en kwam op het perron. Hij voelde de luchtgolf toen de trein er aankwam en drong zich vervolgens in de overvolle wagon. Op zijn werk gekomen stortte hij zich opgelucht op de taak zijn jongere collega's te intimideren.

Bij de dierenarts, die vlak om de hoek was, besnuffelde Beatrice even de huiskat en ze ging toen liggen wachten terwijl Jody heen en weer liep in de kleine wachtkamer tot de receptioniste hen naar de behandelkamer zou brengen. Jody tilde Beatrice met moeite op de roestvrijstalen tafel. Dat ze zich moest inspannen, deed haar op de een of andere manier goed, alsof ze daarmee Beatrice kon helpen. De dierenarts was een leuk uitziende jonge vent die haar eerst nog even bedankte dat ze Polly met haar hond naar hem had verwezen.

'O ja,' zei Jody. 'Zij. Het zal wel.' Wat kon haar dat nou schelen? Ze vond het bot van hem dat hij hier tijdens een crisis over begon. 'Is alles goed met haar? Komt het weer goed met haar?'

De dierenarts gaf een ontstekingsremmer voor Beatrice mee en zei dat als ze over een paar dagen nog mank liep er een foto moest worden gemaakt. Jody droeg Beatrice de trap naar haar woning op. Ze gaf haar pindakaas als traktatie. Ze speelde Vivaldi voor haar. Toen het tijd werd om de hond uit te laten, en Beatrice zelf haar weg naar beneden zocht, merkte Jody dat ze iets minder mank liep. 's Avonds aten ze samen de biefstuk op en gingen toen naar bed om naar de *Antiques Roadshow* te kijken.

Simon had gehoopt op een etentje met Jody om zodoende zijn hofmakerij nog wat kracht bij te kunnen zetten, want hij werd ongeduldig. Hij had nog nooit iemand ten huwelijk gevraagd, dus had hij geen ervaring met dit soort zaken, maar uit romans en films had hij opgestoken dat er altijd een snel en definitief antwoord volgde, of het nou ja of nee zou zijn. Deze onzekerheid was verwarrend. Ook vroeg hij zich af hoe het huwelijkse leven in zijn werk zou gaan. Zou voortaan alles samen worden besloten, met alle gevolgen van dien? Hield dat in dat hij geduld moest oefenen tot zijn bruidje had besloten of ze een verzekering op termijn of een levensverzekering moesten nemen? Of ze een boekenkast moesten timmeren? Wanneer, en liever gezegd óf ze naar Virginia zouden gaan? En hoe zat het met wie aan welke kant van het bed sliep? In haar appartement, nadat hij eindelijk bij haar boven had mogen komen, gaf Jody de voorkeur aan de linkerkant. Bij hem wilde ze aan de rechterkant liggen. Zou ze als ze getrouwd waren nog steeds van kant wisselen? Hij kon aan allebei de kanten van het bed slapen, maar hij hield van consequentheid, en zoals het er nu uitzag, werd uitgerekend die consequentheid bedreigd. Nu hij toch over ergerlijke dingen nadacht, moest hij bekennen dat hij ook niet goed werd van Jody's toiletspulletjes. Zo veel flesjes, zo veel tubetjes, zo veel borsteltjes, potjes en zakjes met ritssluiting. Hij vond de geur die uit Jody's douche kwam wel lekker, de frisse geur die ze altijd om zich heen had. Maar de batterij plastic flessen op de rand van het bad, en in alle hoekjes en gaten, was volkomen overdreven.

Toch miste hij haar als hij niet bij haar was. Hij zou haar het liefst willen zonder al die flesjes, zonder haar voorkeur voor rood vlees, dat hij niet at, de sigaretten die ze af en toe rookte, zonder dat ze elke dag een paar uur op haar viool moest oefenen, waardoor ze geen aandacht aan hem kon schenken. Maar ondanks deze minpunten wilde hij haar toch, en hij was er vrij zeker van dat hij haar zou krijgen ook.

Die avond zat hij in het donker in zijn leren stoel, kwaad dat Jody niet met hem uit eten wilde. Een paar weken geleden had hij zijn zadel teruggelegd op de hoge plank, zijn laarzen opgeborgen in de vilten zakken en ze achter in de kast in de slaapkamer gezet. Tegen zijn vriend Garden in Virginia had hij de smoes verteld dat hij later kwam. Maar misschien moest hij zijn zadel en laarzen maar weer tevoorschijn halen uit hun zielige opbergplek en die avond op het vliegtuig naar Virginia stappen. Niets wat hem tegenhield. En misschien ook wel niemand die hem tegenhield. Hij zag het gastenverblijf voor zich waarin Garden, zijn kamergenoot op de campus, hem elk jaar in november uitnodigde. Vlak nadat Garden was afgestudeerd, had hij een paardenfarm geërfd. Ieder jaar bracht Simon zijn vakantie van vier weken door in de kleine cottage, die daar onveranderd in de groene, glooiende heuvels stond, inclusief houten hekken, vurige zonopgangen, en een klimrek met geurende late rozen bij de achterdeur. Hij gaf zich over aan herinneringen, aan de geluiden van de paarden die snoven van opwinding, terwijl ze met hun hoeven over het gras daverden. Het gekraak van leren zadels, laarzen en hoofdstellen, honden die uitzinnig blaften, knappende takken, de felle luchtvlagen die langs hem streken. Simon was een romanticus. Hij sjokte naar zijn werk waar hij niet elke dag genoegen in schepte, en sjokte daarna elke avond weer terug naar huis. Zijn verlegen gemompel was een reactie op de lawaaiige, hectische wereld om hem heen. Maar in zijn hart droeg hij een felle en bruisende verwachting met zich mee. Verwachting van wat? zou je willen vragen. En ik zou op mijn beurt willen vragen: maakte dat wat uit? Voor Simon maakte het in elk geval niets uit. Deze heimelijke opwinding was niet te omschrijven, het was iets als verlangen, hoop, een stille soort bevrediging. In het donker, in zijn leunstoel, slaakte Simon een zucht van voldoening terwijl hij dacht aan het schokje dat door de hoeven van het paard ging als het aan de andere kant van een stenen muur, hek, of bevroren beek op de grond kwam.

Hij bleef daar zo een hele tijd zitten, dromend van de pleziertjes die hij zichzelf ontzegde doordat hij een ander soort plezier najoeg. Toen merkte hij dat hij honger had en ging hij de deur uit om op de late avond nog iets te eten in het restaurant verderop in de straat.

Tot zijn verbazing zag hij daar Everett in zijn eentje aan een tafeltje zitten, met de grote hond van de barkeeper en een fles rode wijn. Het verbaasde hem nog meer dat Everett hem gebaarde naar hem toe te komen.

'Ga zitten,' zei Everett, en hij wees een stoel aan. De hond die op de grond lag, ging ogenblikkelijk zitten. 'Jij niet,' zei Everett vriendelijk tegen de hond. 'Jíj.' En hij lachte naar Simon.

Simon ging zitten zonder daar iets tegenin te brengen. Opeens leek Everett best een geschikte vent. Simon had hem in het verleden een ontzettende zeikerd gevonden, maar nu lachte Everett erg innemend en bovendien schonk hij een glas wijn voor Simon in. Everett was misschien een beetje aangeschoten, maar hij had ook iets met dat meisje Polly, dus vormde hij geen bedreiging voor Simon. En omdat hij toch niemand had om die avond mee te eten, en omdat hij teleurgesteld was in de liefde, of die in elk geval op zich liet wachten, wilde Simon maar al te graag bij zijn nieuwe vriend Everett gaan zitten.

'Wat doe je hier in je eentje?' vroeg Simon.

'Wat zeg je?' vroeg Everett, zoals zoveel mensen deden wanneer hij iets zei. Simon was erachter gekomen dat als hij even wachtte, de woorden meestal toch wel doordrongen, alsof het geluid van zijn zachte stem er iets langer over deed om de oren van de mensen te bereiken dan de stem van anderen. 'O,' zei Everett. 'Ik ben niet alleen, ik heb Howdy bij me.' Toen de hond zijn naam hoorde, keek hij op. 'En nu ben jij ook hier. Neem een biefstuk. Wij eten ook een biefstuk, Howdy en ik.'

Simon zei maar niet dat hij nooit rood vlees at. Hij had er een hekel aan om uit te leggen waarom niet. Uit gezondheidsoverwegingen of uit principe, vroegen de mensen dan. Eet je wel kip? En vis dan? Heb je nooit zin in bacon? Simon bestelde pasta. Hij dronk een glas wijn en ging zich al een beetje beter voelen.

'Ik ga meestal weg in november,' zei hij.

Everett boog zich naar hem toe en luisterde aandachtig. 'Polly is weg,' zei hij. 'Met haar broer. Met George. Ik pas op de hond,' zei hij, en hij stak zijn hand uit om de hond te aaien.

Simon probeerde iets van medeleven in zijn blik te leggen. Maar vervolgens dacht hij: alsjeblieft zeg, die mensen met hun honden. Doe normaal. Toen zag hij een knap meisje binnenkomen, haar haar in de war door de wind, en met blosjes op haar wangen. Wat was ze mooi zoals ze de buitenlucht mee naar binnen nam.

'Hoe is het met die arme Beatrice?' vroeg Everett.

'Beatrice?' Simon had geen idee hoe het met Beatrice was. Hij ging ervan uit dat Beatrice nog steeds dezelfde Beatrice was: nogal waardig met een neiging om tegen je op te springen en je in de ogen te kijken.

'Goh, Jody was zo overstuur. Ik zag haar vanmorgen. Of ik kan beter zeggen: wij zagen haar vanmorgen, hè Howdy?'

Hij praat tegen die hond, dacht Simon. En nog wel met zo'n afgrijselijk babystemmetje, zoals ze allemaal doen. Simon zag dat het mooie meisje haar sjaal af deed. Toen drong het tot hem door wat Everett had gezegd. Vanmorgen, herhaalde hij voor zichzelf. Everett heeft Jody vanmorgen gezien. Op de een of andere manier was dat niet eerlijk.

'Ik denk dat ze uit het park kwam,' zei Everett. 'Haar hond liep mank en Jody ging met haar naar de dierenarts.'

'Niks aan de hand,' zei Simon. Jody had niets over Beatrice tegen hem gezegd. Niet gezegd dat ze overstuur was, dat haar hond mank liep, of dat ze naar de dierenarts ging. Hij had geen idee hoe het met Beatrice was. Wat dat betrof kon die hond net zo goed dood zijn, 's middags geëuthanaseerd. Weer iets, zoals zo veel dingen, waarnaar hij alleen maar kon gissen, weer iets waar hij werd buiten gehouden omdat hij niet vertrouwd genoeg was om op de hoogte te worden gesteld. En terwijl het hem totaal niet beviel dat hij minder afwist van de hond van zijn vriendin dan Everett, zei hij: 'Alles is goed met Beatrice.'

Het mooie meisje vroeg naar George.

'Ben jij George?' vroeg ze aan Jamie, die George tijdens zijn afwezigheid achter de bar verving.

'Godzijdank niet, nee,' zei Jamie.

Het meisje keek snel om zich heen.

Jamie voelde zich plotseling niet op zijn gemak, alsof het meisje zijn zaak taxeerde. Het is een slome maandagavond en het is al laat, wilde hij zeggen. Wat had je dan gedacht?

In plaats daarvan zei hij: 'George is er niet.'

Het meisje zag er diep teleurgesteld uit. Simon zag het vanaf de andere kant van de zaak. Hij herkende dit gevoel van verslagenheid en voelde onmiddellijk een soort verwantschap. 'Dit is de hond van George,' riep hij.

Everett keek hem geschrokken aan. 'Zeg, dat klopt niet helemaal.'

Het meisje kwam naar hun tafeltje gelopen. 'Ken je George? Ik moet hem spreken. Het is dringend.'

Naar de houding van het meisje te oordelen ging Simon ervan uit dat ze zwanger was en George kwam vertellen dat hij de vader was van haar ongeboren kind. Wel raar dat ze niet wist hoe hij eruitzag, en Jamie, een veertigjarige homo, voor George had aangezien. Zelfs een van Georges kortstondige vriendinnetjes zou hem nog herkennen, of in elk geval het verschil zien tussen de jongensachtige George met zijn donkere haar en deze man achter de bar, die een stuk kleiner was en kortgeknipt grijs haar had. Simon werd nieuwsgierig. Een mooi meisje in nood.

Het meisje ging op haar hurken zitten om Howdy te aaien.

'Ik pas op de hond,' zei Everett afwerend, en hij trok de hond naar zich toe.

'Ik heb ook een hond,' zei het meisje, en ze barstte in snikken uit.

Jamie kwam op hen af lopen, en hoopte maar dat hij niet de politie hoefde te bellen. Een paar maanden geleden had een man zich uitgekleed in de heren-wc. Nou ja, zich bijna uitgekleed. Hij had zijn gympen en zijn groene sokken aangehouden. Dansend was hij de wc uit gekomen om vervolgens languit op zijn rug op de pas beklede bank tegen de muur te gaan liggen. Jamie had het alarmnummer gebeld, de ambulance was gekomen en gierend van de lach was de man vastgebonden op een brancard afgevoerd. Godzijdank had het meisje zich nog niet uitgekleed. Nog niet, in elk geval.

Everett keek vol afschuw naar het meisje dat inmiddels niet meer zo hard huilde en zachtjes snuffend op de grond zat. Hij dacht verlangend aan zijn donkere, koele flat waarvan de rust niet werd verstoord door vrouwelijke emoties. Het had zo zijn voordelen om alleen te wonen, dacht hij. Maar als hij eerlijk tegen zichzelf was, moest hij toegeven dat ook als Polly er wel was de rust in zijn flat net zomin werd verstoord door vrouwelijke emoties. Het was niet zo dat zijn bestaan zo vol was met vrouwelijke emoties. Zijn bestaan was gewoon leeg.

Everett keek naar het meisje. Hij keek naar Howdy. Howdy gaf het meisje een lik over haar wang. Everett stak zijn hand uit en gaf de hond een klopje. 'Zoet maar, zoet maar,' zei hij tegen niemand in het bijzonder.

Simon, die zonder veel animo de rol van maatschappelijk werker op zich nam, hielp het meisje opstaan en zette haar in een stoel. Ze droogde haar tranen met een servet dat ze van Jamie kreeg. Ze glimlachte zieligjes.

'George is er morgen weer,' zei Jamie tegen het meisje.

Morgen, dacht Everett. Morgen zou hij Polly weer zien, een vooruitzicht waarvan zijn hart zou moeten opspringen van vreugde. Maar morgen zou Howdy hem in de steek laten, net zoals zijn vrouw en zijn dochter dat hadden gedaan. Opeens kreeg hij een sentimenteel, overweldigend gevoel van zelfmedelijden. Hij zou niet langer een excuus hebben om in de schemer in het park te wandelen en de overvliegende ganzen naar elkaar te horen roepen. De oude mevrouw in het zwart die moeizaam over straat liep, zou niet meer blijven stilstaan om de hond in het Italiaans toe te roepen, en dat onveranderlijk afsloot met 'Chichi, chichi', waarbij ze bevend haar hand uitstak om Howdy over zijn kop te aaien. Everett zou niet meer toekijken terwijl Zappa, de chihuahua, tegen Howdy's poot op stond te rijden en de eigenaar van de hond, een zwierige oude man met een strohoed, hem in het Spaans vriendelijk terechtwees. De Franse vrouw zou hem niet meer gedag zeggen, de oude Duitse vrouw die de Holocaust had overleefd zou geen excuus meer hebben om hem staande te houden, en hij zou geen excuus meer hebben om haar over te halen haar indrukwekkende verhaal te vertellen. De Ierse vrouw met de gemakkelijke schoenen en veel te dikke Boston terriër, de energieke jonge Belg met zijn griffon, de man met de tatoeages en zijn toypoedeltjes, het elfjarige jongetje met Truly, de bastaard herder, al die buren zouden hem niet eens meer zien staan. Hij zou niet meer elke morgen begroet worden door de vuilnismannen die achterop aan hun lawaaiige groene vrachtauto's hingen. De rondspringende, gespierde boxer, het sierlijke dwergpinchertje, de levendige labradoodle puppy, niet eentje zou zich meer tussen Howdy en Everett in wurmen, waardoor hun riemen in elkaar ver-

strikt raakten. Daar zou allemaal een eind aan komen als Polly thuiskwam.

Everett vond het bijna onbegrijpelijk. Hij had nu vijf dagen met de
hond doorgebracht, en in die vijf dagen was zijn leven opgebloeid. De
straat was ineens vol met mensen, en de stad vol met straten. Zijn
park, vroeger alleen maar een plek om aan je conditie te werken, was
nu een landschap, een gazon, een tuin, struiken, zwerfkeien, moeras-
land.

Everett zag dat het mysterieuze meisje aanstalten maakte om weg te
gaan. 'Zoet maar, zoet maar,' zei hij weer vriendelijk, en half tegen
zichzelf.

ACHTTIEN
'Dat heb ík weer'

Simon liep peinzend naar huis. Hij zat niet te wachten op drama in zijn leven. Daar had hij al genoeg van op zijn werk. Heel lang had hij heftige gevoelens in verband gebracht met asociale en geesteszieke mensen. Hij had medelijden met het meisje in het restaurant, maar dat had hij ook met zichzelf. Hij was daar met een rothumeur naartoe gegaan en er met net zo'n rothumeur weer vertrokken. Dat had hij weer, om te worden aangeklampt door een hysterisch vrouwtje. Ze had haar tranen gedroogd, zich oprecht en roerend verontschuldigd en was toen het restaurant uit gerend. Simon wenste haar al het goede toe, maar deze ontmoeting, deze hele avond eigenlijk, had hem uit zijn doen gebracht en hij voelde zich ongelukkig. Waarom had Jody hem niets over Beatrice verteld?

Zodra hij thuis was, belde hij haar op, zogenaamd om te vragen hoe het met Beatrice was, maar eigenlijk om haar zich schuldig te laten voelen dat ze niets tegen hem had gezegd, en als het even kon om haar uit haar slaap te halen.

'Waarom ik je niks heb verteld? Ik dacht dat het je niet interesseerde,' zei ze.

Dat was niet eerlijk, en Simon wist ook dat het niet eerlijk was, en dat zei hij haar dan ook, op een toon die hij zelf nogal ruzieachtig vond, maar daar kon hij niets aan doen. Hij zei dat hij in alle wederwaardigheden van Jody's leven was geïnteresseerd. Hij vroeg altijd belangstellend hoe het ging met haar leerlingen, docentenvergaderingen, een moeilijke passage die ze aan het oefenen was.

'Je hebt gelijk,' zei Jody. 'Sorry.'

Simon had zin om nog even te blijven ruziën, maar moest genoegen nemen met zijn overwinning. Hij zei welterusten en ging toen nog een kwartiertje in zijn stoel chagrijnig zitten wezen voordat hij naar bed ging. Zelfs ík kan niet mijn hele leven op je blijven wachten, Jody, dacht hij. Ik ben ook maar een mens.

Terwijl Everett een kussen onder Howdy's kop stopte en in slaap viel met zijn arm om de hond heen, en Simon in zijn stoel zat te mokken, en Simons telefoontje Jody wakker had gemaakt, zoals hij had gehoopt, waardoor ze niet meer kon slapen en rechtop in bed zat en een tijdschriftartikel las over de mysterieuze dood van een Sherlock Holmes-deskundige, lag Doris zich naast haar man in bed te verheugen. Morgenavond was de gemeenteraadsvergadering waarop ze haar verzoek zou indienen om extra agenten van de Parkpolitie in te zetten om bekeuringen uit te delen aan wetsovertreders en hun schijtende, loslopende honden. Bovendien, en daar was ze nog het meest opgewonden over, zou ze een motie indienen, als je tenminste zoiets kon doen tijdens een gemeenteraadsvergadering, om het park helemaal viervoetervrij te maken, behalve tussen twaalf uur 's nachts en zes uur 's morgens. Wat haar betrof tijd genoeg voor de viervoeters om in schuimbekkende hordes zo veel te rennen als ze maar wilden. Doris wist dat dit haar was ingegeven. Dit zou haar nalatenschap zijn wat betreft de verwoestende praktijken van de mormels. Tegenwoordig noemde ze honden altijd viervoeters. Deze viervoeters hadden de sterke arm der wet nodig en Doris zou ervoor zorgen dat dat in orde kwam.

'Het is geen erg populair standpunt,' waarschuwde Mel haar. 'Ik kan je hier niet in steunen.'

'O, ik begrijp wel dat je me niet publiekelijk kunt steunen. Dat zou politieke zelfmoord betekenen,' had Doris gezegd, die genoot van het achterkamertjeskarakter van hun gesprek. 'Voor mij is het genoeg als ik weet dat je het in je hart met me eens bent.'

Mel had niet echt antwoord gegeven, maar dat was waarschijnlijk uit zelfbescherming, dacht ze. Je wist maar nooit wie er mee luisterde. En hiermee had ze zijn onuitgesproken steunbetuiging aanvaard.

'Er is één hondenbezitter die niet eens het gebouw uit gaat,' zei ze. 'Hij blijft gewoon in de hal staan, doet de deur open voor dat mormel, en roept hem tien minuten later, dat beest komt weer terug, zo brutaal als wat, met achterlating van... nou ja wat ze zoal achterlaten...'

'Gehoorzame hond, toch?'

'Daar hebben we het niet over,' zei Doris.

'Nee, natuurlijk niet,' zei Mel vlug.

Doris kwam de laatste dagen vaak naar zijn kantoor. Mel was zelf een van haar buurtprojecten geworden, en hij leek vooruitgang te boeken. Hij had het vaak over haar inspanningen voor de buurt, met een soort ontzag, volgens Doris. Ik ben er echter niet zo zeker van dat hij zo blij was met haar bemoeienis met het wijkbestuur als ze wel dacht, want hij prees haar altijd het uitbundigst wanneer hij haar uitgeleide deed. Maar Doris was tevreden, ze draaide zich om in bed, ging tegen Harveys vertrouwde vleesklomp aan liggen en viel in slaap, met beelden in haar hoofd van verbeteringen van de infrastructuur en wettelijke hervormingen.

Het reisje naar Californië was precies zoals George had verwacht, een liefdevolle mengeling van verplichtingen en lol hebben. Polly had hem net zoals gewoonlijk heen en weer gesleept tussen hun al zo lang gescheiden, nog steeds kibbelende ouders. Ze hadden zowel een bezoek gebracht aan haar moeder in Santa Monica met haar onuitstaanbare vriend, als aan hun vader die met zijn onbenullige vrouw in Encino woonde. George en Polly hadden te eten gekregen, ze waren in de watten gelegd, en waren toen een heel klein beetje verdrietig, maar verder reuze opgelucht weer vertrokken.

In het vliegtuig terug naar New York vroeg Polly George waarom hij Everett niet mocht. In een poging te omzeilen waar het echt over ging – Everett was te oud voor Polly, ze gebruikte hem om geen eigen leven te hoeven leiden, hij was arrogant en grof – en met de gedachte aan hoe lief Everett voor Howdy was geweest, mompelde George dat hij jaloers was vanwege de hond. Polly begon hard te lachen, waardoor de man naast haar met een schok wakker schrok.

'Goh, je bent dus weer thuis,' zei Everett tegen Polly, die in de deuropening stond. 'Schat,' voegde hij eraan toe, en hij gaf haar een kus op de wang.

Polly bespeurde een soort koelte in Everetts houding, maar ze werd afgeleid door Howdy's onstuimige begroeting en dacht er verder niet over na.

'Hebben de jongens het naar hun zin gehad?' vroeg ze. Ze had het eigenlijk tegen Howdy, maar Everett antwoordde met veel enthousiasme. Hij vertelde Polly over Howdy's vrolijke ontmoetingen met eekhoorns, eenden en schoolkinderen. Hij beschreef zijn capriolen als hij achter frisbees en honkballen aan zat. Hij had het uitgebreid over de hoeveelheid haar die hij elke dag van hem af haalde, en de verschillende soorten borstels die hij hierbij gebruikte. En ten slotte zei hij alleen maar: 'Ik zal hem zo missen.' Hij gaf Polly de boodschappentas met eten en nieuwe speeltjes, draaide zich abrupt om en deed de deur dicht.

Howdy jankte even verbaasd, keek naar de gesloten deur en liep toen achter Polly aan de trap af naar hun eigen flat. Polly vroeg zich af of Everett dronken was. Hij had zich echt idioot gedragen, eerst somber, en vervolgens bijna manisch. Ze zag de hond aan de meubels snuffelen. Ze deed water in Howdy's bak en bleef kijken toen hij dat opdronk, met een luidruchtig gespetter dat ze altijd zo fascinerend vond. Toen nam ze Howdy mee naar buiten. Ze maakten samen een lange wandeling, lieten modderige sporen achter aan de rand van de vijver, en bleven toen naast elkaar staan kijken naar de ondergaande zon die door de ramen van de hoge gebouwen van de East Side werd weerkaatst. Boven hen zweefde een havik. Een groepje goudvinken vloog in een onwaarschijnlijke flits voorbij. Er ritselde iets in de kleurige, gevallen bladeren. Howdy gromde, en Polly keek naar beneden, in de verwachting een vogel te zien in de struiken, of een scharrelende eekhoorn. In plaats daarvan zag ze een lange, dunne rattenstaart onder de bladeren wegschieten. Ze glimlachte. Ze was weer thuis.

Toen George die avond op zijn werk kwam, nam Jamie hem apart en vertelde hem over het drama van de vorige avond.

'Maar wie was dat dan?' vroeg George.

'Weet ik niet, maar ze was in alle staten.'

'Hoe zag ze eruit?'

'Groot, blond, nogal een spetter.'

George gezicht klaarde op. Dat klonk niet slecht. Maar wat moest ze van hem?

'Zag ze jou voor mij aan?'

Jamie knikte en rolde met zijn ogen. 'Toen ze bij me vandaan liep en Howdy zag, begon ze hysterisch te huilen.'

George dacht hierover na. Het meisje kende hem niet, dat was duidelijk. Maar ze wist wel zijn naam en waar hij werkte. En hij had iets gedaan waarvan ze hysterisch in de war was geraakt.

'Moest ze huilen om de hond?'

Jamie knikte weer.

George kreeg een angstaanjagende gedachte. Stel dat ze familie was van de man die zelfmoord had gepleegd? Stel dat ze Howdy kwam opeisen?

'Ik hoef haar echt niet te zien,' zei George.

'Misschien ben je wel haar zaaddonor.'

'Zeg, jíj hebt al die kinderen, ik niet.'

Hij ging achter de bar staan en begon limoenen te snijden. De mysterieuze blonde vrouw wilde Howdy. Dat klonk zo onheilspellend. Als Howdy nou eens stiekem gekloond was in Korea en deze vrouw een agent was van de regering? Welke afdeling? De CIA... Of misschien was Howdy niet gekloond en was hij helemaal geen bastaard, maar een heel zeldzaam ras, en dus heel veel geld waard, en de blonde vrouw kwam hem opeisen omdat Howdy het enige was wat ze had geërfd van haar... vader? Oom? Een verre neef?

Hij pakte zijn mobieltje en belde Polly.

'Die man van jouw flat. Die overleden is. Die had toch geen familie? Was het een wetenschapper, een Koreaan?'

'Hoe kom je nou op hem? Waarom beginnen mensen toch altijd over hem?'

Op dat moment kwam er een grote blonde vrouw binnen, en George wist onmiddellijk dat zij de blonde vrouw van de vorige avond was die naar hem op zoek was.

'Laat maar,' zei hij en hij hing op.

Terwijl George naar het blonde meisje keek dat door het restaurant liep, zat Everett aan zijn keukentafel. Hij was net een martini aan het klaarmaken toen Emily belde.

'Ik ga de volgende maand naar huis,' zei Emily.

'Dat weet ik.'

'Voor mama's bruiloft.'

'Ja.'

'Ik zou willen dat je meeging.'

'Vind je dat niet een beetje mal?' vroeg Everett.

'Ik vind het hele gedoe mal. Ik vind dat ze maar gewoon moeten gaan hokken.'

Everett hing op, zette de fles gin weg en liep naar de overkant om iets te drinken en te eten, in de hoop dat hij Howdy daar zou zien. Polly had gebeld om te zeggen dat ze moe was en een jetlag had en ging slapen. Ze klonk geïrriteerd en pinnig. Everett had er maar niets van gezegd, hoewel het toch echt maar een kort reisje was geweest en niet alsof ze uit Hongkong was gekomen. Hij miste Howdy nu al. Misschien had George de hond wel mee naar zijn werk genomen,

Simon en Jody waren ook op weg naar het restaurant. Ze hadden Beatrice thuisgelaten, want ze had nog steeds last van haar poot. Simon merkte van zichzelf dat hij lang niet zo hartelijk deed als gewoonlijk, alleen maar omdat hij er niet meteen van op de hoogte was gesteld dat de hond iets mankeerde.

'Er is niks aan de hand met haar,' zei hij toen Jody zich bij het weggaan druk maakte over de hond. De blik die ze hem toewierp, deed hem wensen dat hij zijn mond had gehouden. Hij bukte zich en gaf Beatrice een kus om het goed te maken dat hij zo kil had gedaan. Jody lachte naar hem en toen gaf Simon haar ook een kus.

'Ik heb lang nagedacht over je...' Jody zweeg, duidelijk verlegen. 'Over je... aanzoek.'

Wat klonk dat gek, zoals ze dat zo zei, een aanzoek, alsof ze in een of ander ouderwets toneelstuk zaten.

'Ik vind het wel prettig zoals het nu is,' zei ze. 'Voorlopig.'

Af en toe dacht Simon dat hij het ook wel prettig vond zoals het

was. Soms vroeg hij zich wel eens af wat hij zou doen als Jody zijn aanzoek zou aannemen. Vanaf het moment dat hij haar ten huwelijk had
gevraagd, waren hem dingen opgevallen die hem zeker zouden ergeren als ze eenmaal getrouwd waren, dingen die hij daarvoor nooit had
opgemerkt. De manier waarop ze haar jas op een stoel liet slingeren,
de broodkruimels in de boter, muziek op de vroege ochtend. Maar nu
hij zo naar haar keek, terwijl ze over straat liep, met haar snelle pas,
haar verwaaide haren en ze naar hem op keek, onzeker naar hem lachte, pakte hij haar hand vast en wilde altijd bij haar zijn. Hij wilde wel
expres broodkruimels in de boter doen, hele boterhammen, hele bro-
den als het moest
    'Ga mee naar huis,' zei hij plotseling overmand door verlangen.
    Jody lachte met dat speciale lachje dat hij wel kende en waar hij zo
van hield. Zonder een woord te zeggen maakten ze rechtsomkeert en
gingen naar boven.

Jody lag in het donker naast Simon, die in slaap was gevallen. Ze was
gelukkig en ze had honger. Wat leuk om zulke tegenstrijdige dingen te
voelen: geluk en honger. Beatrice lag naast het bed op het kleed en
sliep ook. Waarom zou het niet altijd zo zijn? Een huwelijk zou het allemaal verpesten, te veel gewicht leggen op het luchtige weefsel van de
tijd die ze met Simon doorbracht, het zou het allemaal aan kleine, ra-
felige stukjes scheuren. Dat wist Jody zeker. Maar hoezo eigenlijk? Ze
had altijd gedacht dat ze wilde trouwen. En ze wilde absoluut kinderen. Maar nu, nu het erop aankwam, wilde ze alleen maar zo in het
donker liggen met Simon naast zich. Daar was toch niets mis mee?
    Er mocht dan wel niets mis mee zijn, dacht Jody na een poosje,
maar ik ben wel klaarwakker en lig me zorgen te maken. Ze maakte
zich zorgen dat ze Simon had gekwetst. Ze maakte zich zorgen dat ze
een vergissing had begaan. Ze maakte zich zorgen dat ze honger had
en ze maakte zich zorgen dat ze aankwam. Ze maakte zich zorgen en
draaide zich om en toen nog eens, en vervolgens maakte ze zich zorgen
dat ze Simon wakker zou maken. Voorzichtig glipte ze uit bed en nam
de telefoon mee naar de badkamer. Ze belde een goedkoop tacotentje
en bestelde een portie kipfajita's. Daar hield Simon van. En dan bleef

er ook nog iets over voor morgen. Toen ze ophing en toch niet het licht kon aandoen zonder de slapers wakker te maken, vond ze dat ze net zo goed een bad kon nemen.

Ze deed badzout in het water, wachtte tot het bad was volgelopen en genoot intussen van de stoom. Ze liet zich in het water glijden en terwijl ze haar ogen sloot dacht ze: ja, ik wil dat alles blijft zoals het is.

Op het moment dat ze het bed uit ging, was Simon wakker geworden, maar hij bleef stil liggen, luisterend naar de stilte in een huis dat niet van hem was. De stilte was anders dan in zijn eigen flat. Hij hoorde het badwater lopen. Hij zag Jody voor zich, in het bad, met alleen haar knieën en haar hoofd die boven het melkachtige water uit staken. De geur van het badzout dreef de kamer binnen. Wat waren vrouwen toch een mysterie. Ze roken lekker, maar ze waren ook halsstarrig en ondoorgrondelijk. Ze was zo mooi, zo zacht en toch ook zo hard. Hij was boos en voelde zich gekwetst, maar tegelijkertijd ook bevredigd en vol liefde.

Ze had hem afgewezen. Hij probeerde een draai aan haar woorden te geven om niet alle hoop te verliezen. Alles bij het oude laten. Voorlopig. Dat bood misschien perspectief, maar het was niet echt het juichende onthaal waarop hij voor zijn huwelijksaanzoek had gehoopt. Waarom wilde ze niet met hem trouwen? Wat maakte dat nou voor verschil? Ze had dan nog steeds haar baan en haar hond. Ze zou nog steeds elke nacht naast hem slapen, nog steeds met hem vrijen, nog steeds viool spelen. Hij begreep niet wat haar weerhield, en hij werd steeds kwader.

Hij dacht erover om zijn kamergenoot in Virginia te bellen. Hij kon er nog steeds naartoe. Het was tenslotte maar voor een maand. Wanneer hij terugkwam, zou Jody nog steeds op dezelfde plek zijn in haar appartementje met haar grote hond en geurige zeepjes. Misschien zou ze dan van gedachten zijn veranderd. Misschien was het dan wel afgelopen met dat 'voorlopig'.

Jody sloot haar ogen en leunde met haar hoofd tegen het koude email. Ze wilde dat Simon wakker werd en bij haar in bad kwam. Dat zou romantisch zijn. Ze stelde zich voor dat hij de deur opendeed, en dat de stoom om zijn naakte lijf kringelde. Hij zou in het bad stappen, zichzelf in het water laten zakken... en dan is er geen plaats meer voor mij, dacht Jody, en ze zag al voor zich dat het water over de rand klotste, de wirwar van ellebogen, knieën en glibberige ledematen. Ze vroeg zich af of het huwelijk ook zoiets was: twee blote mensen in een badkuip waarvan het water koud en grauw wordt.

Simon klopte op de deur.

'Ik moet weg,' zei hij zacht.

Jody duwde de deur open met haar voet. Hij was aangekleed en bukte om haar een kus te geven.

'Maak je geen zorgen,' zei hij, zonder te weten waarom.

'Me zorgen maken? Nee, dat zal ik niet doen.'

De bel ging en Simon wachtte bij de deur tot de bezorger boven was. De aanblik van Jody in bad had hem milder gestemd.

'Er zit geld in mijn tas,' riep Jody vanuit de badkamer, terwijl ze zich snel afdroogde.

'Sta mij toe,' zei Simon zogenaamd gewichtig.

Ze trok haar kamerjas aan en zag toen ze de badkamer uit kwam de bakjes met eten keurig op de tafel staan. Er was voor haar gedekt met een papieren bordje en plastic vork, een mes ernaast en een papieren servetje.

'Blijf je niet?' vroeg ze. Zonder op een antwoord te wachten ging ze zitten en schepte op.

Simon bleef toch. De geur van de verse, hete tortilla's was te verleidelijk. Dankbaar at hij een paar fajita's en net zo dankbaar ging hij naar huis, naar zijn eigen bed, naar zijn eigen, vertrouwde stilte.

In tegenstelling tot Jody en Simon lukte het Everett wel om het restaurant in te gaan waar hij in één oogopslag zag dat Howdy er niet was. Maar, en dat was bijna net zo interessant als Howdy, daar was wel het meisje dat de avond daarvoor zo zielig had zitten huilen. Ze stond bij de deur naar de keuken, met haar jas nog aan naar George te staren. George die zo rood was geworden dat je het vanaf de andere kant van het restaurant kon zien, staarde terug.

Wat had George dat arme meisje aangedaan? vroeg Everett zich af. Polly klaagde er voortdurend over dat haar broer zo'n vrouwenversierder was. Maar hoe is het mogelijk dat je een vrouw versiert en ze daarna niet meer weet hoe je eruitziet? Misschien viel hij haar wel lastig via internet. Everett kwam dichterbij en ging aan de bar zitten, in de hoop iets van het gesprek te kunnen opvangen.

'George?' zei het meisje geschrokken.

'Alexandra,' zei George, want zij was het. Alexandra, zijn oude bazin, dwingend zoals altijd.

Ze keken elkaar aan met een vrijwel identieke uitdrukking van afschuw op hun gezicht.

'Dat heb ík weer,' zei Alexandra, en vervolgens barstte ze in snikken uit.

NEGENTIEN
'Hij bijt'

Toen Alexandra in tranen uitbarstte gaf George haar een servet. Hij wist niet wat hij anders moest doen. Hij kon het zich bijna niet voorstellen dat zijn oppermachtige bazin in staat was te huilen.

'Het spijt me,' zei ze achter het enorme witte servet vandaan.

'O, echt waar?' vroeg hij.

'Laura zei...'

'Ken je Laura?'

'We waren kamergenoten op college. Ze vertelde me dat ze iets met een jongen had die...'

Jezus, dacht George, wat heb ik nou weer gedaan?

'Ze zei dat hij geweldig was.'

Had Laura gezegd dat hij geweldig was? Hij grijnsde.

'... met haar hond,' ging Alexandra verder. 'Ze had een hond die Kaiya heette...'

Georges grijns verflauwde een beetje.

Alexandra moest weer huilen, en George schonk een glas water in, gevolgd door een glas wijn. Hij gaf ze aan haar en vervolgens stond ze te snuffen met in elke hand een glas. George nam haar mee naar de bar, waar ze naast Everett ging zitten. George had liever gewild dat ze een andere kruk had genomen, maar ze zat nu tenminste en nam een slok water en klokte de wijn naar binnen. Everett leek net zo verstrooid als anders en knikte niet eens naar hem.

'Wil je iets eten?' vroeg George vriendelijk.

Alexandra schudde haar hoofd.

'Neem me alsjeblieft niet kwalijk,' zei ze. 'Ik dacht gewoon dat ik een hondentrainer zou aantreffen en dan ben jij het.'

De manier waarop ze dat 'jij' uitsprak beviel George helemaal niet.

Ze was dan wel zielig met haar betraande gezicht, maar toch kon hij zich niet aan de indruk onttrekken dat ze een duidelijk gevoel van minachting in de uitspraak van het woordje jij had gelegd.

Alexandra slaakte een diepe zucht. 'Wat een stom misverstand. Neem me niet kwalijk dat ik je lastigval. Ik ben op zoek naar die vent over wie Laura me heeft verteld. Die moet ongelooflijk goed met dieren zijn, en ik heb een hond...'

Ze zweeg en staarde duidelijk aangeslagen in haar lege wijnglas.

Opeens besefte George dat hij het haar maar moest vergeven dat ze zo laatdunkend 'jij' had gezegd. Opeens begreep hij dat ze hem niet ergens van beschuldigde. Ze kwam om hulp vragen, en onmiddellijk stak zijn hoffelijkheid de kop op. Hij ging naast haar zitten en vroeg haar vriendelijk naar haar hond.

Het was een vuilnisbakkenras, van de straat, een mengelmoesje van chihuahua, mopshond, beagle en terriër. Het was het snoezigste hondje van de hele wereld. Mensen bleven op straat stilstaan om te vragen wat voor hondje het was, zo snoezig was hij.

'Wat leuk,' zei George.

'Nee, nee, het is verschrikkelijk. Als mensen vragen wat voor ras het is en hem vervolgens willen aaien... valt hij hen aan.' Beschaamd keek ze naar de grond. 'Hij bijt,' fluisterde ze. 'Hij bijt... mij ook.' Plotseling keek ze George aan. 'Maar daar heeft hij dan wel onmiddellijk spijt van,' voegde ze er snel aan toe. 'Dan begint hij te janken en geeft me likjes in mijn gezicht...'

'Hoe heet hij?'

'Jolly. Maar hoezo? Mijn laatste hoop was gevestigd op die vent die...'

'Maar dat ben ik. Ik ben die vent. Ik heb Laura met haar hond geholpen.'

Alexandra hield haar hoofd scheef, net zoals Howdy wanneer hij iets niet snapte. 'Jíj?' vroeg ze.

Hij vond de manier waarop ze 'jij' zei nog steeds niet prettig, maar zijn ridderlijke gevoelens kregen de overhand, en hij antwoordde: 'Ja, ikke.'

Everett had het hele gesprek kunnen volgen en zei bij zichzelf dat een deel van het mysterie in elk geval was opgelost. Het had niets met een vaderschapskwestie te maken, hoewel Alexandra om de een of andere reden blijkbaar George niet helemaal voor vol aanzag. Hij overwoog even om zich in het gesprek te mengen en George bij te vallen, maar hij wilde niet laten merken dat hij had zitten meeluisteren, dus at hij zwijgend verder.

'Ik laat elke ochtend Kaiya uit,' zei George.

'Echt waar?'

'Jee, ik dacht dat je familie was van die vent die zelfmoord heeft gepleegd in mijn flat.'

'Hè?'

'Ik dacht dat je mijn hond wilde meenemen.'

'Heb je een hond?'

'Nee, eigenlijk niet.'

Alexandra stond op. 'Wat heeft het voor zin.'

'Het is de hond van mijn zusje,' zei George.

'Heb je haar afgericht?'

Even dacht George dat ze het over zijn zus had. Toen zei hij: 'Het is een mannetje.'

Alexandra zei: 'Ik wil hem heus niet hebben, hoor. Wil jij hem dan niet? Bijt hij ook?'

'Nee, natuurlijk niet.'

Alexandra wierp hem een felle blik toe.

'Het is nog maar een puppy,' zei George, in een poging zijn ongevoeligheid te maskeren. 'En ik heb hem afgericht, volgens mij.'

'En Laura's hond, heb je die ook afgericht?'

Over deze vraag moest George even nadenken. Afgericht? Volgens hem was Kaiya vanzelf gewoon rustiger geworden. Ze werd steeds gehoorzamer, net zoals Howdy steeds groter werd, onmerkbaar, elke dag een beetje meer. Het was op de een of ander manier gewoon gebeurd. Of was dat niet zo? George moest toegeven dat hij de afgelopen tijd alles wat los en vast zat had gelezen over dierengedrag en honden africhten. Uren had hij doorgebracht in Barnes & Noble in Sixty-sixth Street en nog meer uren in de bibliotheek en op internet. Hij had een

boek gelezen van een autistische vrouw die een diervriendelijke koe-
straat voor transport naar het slachthuis had ontworpen. Hij had een
dvd bekeken over monniken die honden africhtten, al rennend over
ijzige vlaktes terwijl de gehoorzame Duitse herders met hun prachtige
sterke schoften op hun brede poten pijlsnel achter hen aan kwamen.
Hij las een boek over roedelgedrag en gedragscorrectie voor paarden,
kinderen en papegaaien. Hij had een studie over dierlijk gedrag door-
gebladerd en Virginia Woolfs gedenkschrift voor Flush gelezen, de
hond van Elizabeth Barrett Browning. Hij had Elizabeth von Arnim,
J.R. Ackerly en Cesar Millan gelezen. Hij had zachtjes tegen Kaiya gesproken, naar Kaiya geluisterd, naar Kaiya gekeken, op haar gereageerd, haar beloond, haar genegeerd, en Kaiya was rustig geworden.

'Ja,' zei hij eindelijk. 'Ik heb Laura's hond afgericht.'

Alexandra ging weer zitten en keek hem zielig aan.

Ze heeft een gebroken hart, dacht George, en van dat 'gebroken
hart' werd hij zo treurig dat hij haar wilde helpen. Bovendien moest
hij toegeven dat het hem wel beviel dat zijn voormalige bazin hem om
hulp kwam smeken. Daarom wachtte hij iets langer dan eigenlijk nodig was en genoot van het onbekende gevoel van superioriteit en
macht. Uiteindelijk vond hij dat hij Alexandra toch moest vertellen
dat hij weliswaar Laura's hond had geholpen, maar dat hij eigenlijk
geen echte hondentrainer was.

'Ik heb geen ervaring en geen diploma.'

'Kan me niet schelen. Ik heb al drie hondentrainers versleten. Met
ervaring en diploma.'

'Misschien kan ik iemand voor je zoeken.'

Alexandra stond op en sloeg een sjaal om haar hals. Ze had haar jas
nog steeds aan.

'Hoezo?' zei ze. 'De dierenarts zei dat ik hem een spuitje moest laten geven. Ik vond dat ik nog één ding moest proberen.'

George, met zijn zwak voor ridderlijke gebaren, gebaren die vaak
alleen maar door hemzelf werden geregistreerd, hoorde nu overduidelijk klaroengeschal om zich in de strijd te mengen, en hij wilde daar
maar al te graag gehoor aan geven. Arme, schattige Alexandra. Hij
pakte haar hand vast.

En terwijl hij dat deed en haar in de ogen keek, drong het tot hem door dat de nood van die arme, schattige Alexandra te veel realiteit was voor zijn ridderlijke fantasietje. Dit was geen middeleeuws toernooi met trappelende paarden. Hier ging het niet om gebaren en houding. Hier ging het om smart en verdriet, en George besefte dat hij niet zoveel ophad met de smart en het verdriet van een dame, en liever de deur openhield of een glas wijn voor de dame in kwestie haalde.

En dan ging het ook nog eens om Alexandra, een ongelooflijk kille en harde dame, iemand die hem het leven onmogelijk had gemaakt en daar nog plezier in had geschept ook. Iemand die hem wanneer ze maar kon, had vernederd. En die zat nu zo ongeveer te smeken om zijn hulp.

Ze was zo verdrietig en kwetsbaar zoals ze haar ogen met een servet zat af te vegen. George voelde plotseling een soort drang in zich opkomen om haar te beschermen, een gevoel dat hij eigenlijk alleen maar voor Polly had.

Door de gedachte aan Polly moest hij tevens aan Everett denken. George draaide zich naar hem om, maar zag toen dat Everett volkomen gefascineerd opging in zijn tortellini.

'Blijf hier,' zei George tegen Alexandra, en hij pakte ook haar andere hand vast. 'Blijf hier en eet iets. Misschien mag ik daarna Jolly zien? Wat vind je ervan als ik je help tot we een echte hondentrainer hebben gevonden?'

De blik die ze George toen schonk, een weerloze, kwetsbare blik waar hoop in lag, ontging Everett niet, hoewel hij nog steeds gehoorzaam naar zijn bord met pasta keek. Stel je voor dat iemand zo naar je kijkt, dacht hij een tikkeltje jaloers.

Everett hoorde dat Alexandra broodpudding bestelde. Een goede keus, had hij tegen haar willen zeggen, want broodpudding was zowel heerlijk als troostrijk.

'Ik heb al in de stad gegeten,' zei ze tegen George.

'Werk je daar nog steeds?'

Ze knikte en flapte er toen uit: 'Het spijt me dat ik zo'n kreng was, maar je was echt wel een ober van niks, en wat moest ik anders?'

Nu kon Everett het echt niet laten om even naar George te kijken.

George zag er volkomen onverstoorbaar uit, alsof Alexandra om nog een glas wijn had gevraagd, wat hij ook daadwerkelijk voor haar aan het inschenken was.

'Misschien ben je gewoon beter met dieren,' voegde Alexandra er onzeker aan toe.

TWINTIG
'Maar ik bedoelde eigenlijk liefde'

Misschien vraag je je af wat er met Doris en haar hondenhervormings-
plan was gebeurd. Nou, de gemeenteraadvergadering was niet zo succesvol als ze had gehoopt. Om de waarheid te zeggen waren er mensen
geweest die haar eerst ongelovig hadden aangegaapt, en toen de aanval
op haar openden via een in haar ogen ongezonde, bijna psychotische
woordenvloed. Maar hoe luidruchtig deze medeburgers zich ook ge-
droegen, Doris bleef onverzettelijk staan totdat de vergadering tot de
orde werd geroepen en het gebrul verstomde. 'Het is een schreeuw om
hulp,' mompelde ze toen, en ze schudde treurig haar hoofd vanwege
het ordeloze gedrag. Toen zei ze iets harder: 'Iemand moet er toch paal
en perk aan stellen.' Ze merkte dat Mel zweeg als het graf, en gezien de
reactie van de aanwezigen kon ze het hem niet echt kwalijk nemen.
Politiek is politiek, dacht ze. Maar burgerplicht was ook burgerplicht.
Met naar achter getrokken schouders (ze had een vintage Chaneljasje
en -rok aangetrokken en voelde zich zekerder door de eenvoudige,
chique snit van het marineblauwe mantelpakje) glimlachte ze geduld-
dig, en knipoogde even naar Mel. Toen sloot ze haar optreden af met
de verklaring dat een petitie niet kon worden genegeerd. Er zou naar
de mensen worden geluisterd en ze zou in de toekomst terugkomen
met genoeg handtekeningen om het onwetende en bevooroordeelde
gezag op zijn grondvesten te laten schudden.

'Dit is Parijs niet!' riep Doris, terwijl ze ging zitten met haar vuist
geheven als teken van verzet tegen de met hondenpoep bevuilde trottoirs. En er was helemaal niemand die deze bewering wilde tegenspre-
ken.

Er was ook een kleine, maar zeer aanwezige groep medestanders uit
het blok. Er zullen natuurlijk maar heel weinig mensen zijn die daad-

werkelijk stelling nemen tegen schone trottoirs, en kiezen voor poep op de stoep. Zelfs van de hondenbezitters onder hen, die de professionele hondenuitlaters de schuld gaven van de viezigheid op straat, kreeg Doris bijval voor haar inzet voor een Stoep-zonder-poep. Haar schoonmaakpogingen waren niet onopgemerkt gebleven en vonden waardering. Haar fans mochten volgens Doris dan niet op de hoogte zijn van haar extremere voorstellen, maar toch kreeg ze inmiddels bedankjes wanneer ze haar op haar rondjes tegenkwamen. En ondanks de weinig geslaagde en vervelende vergadering wist Doris zeker dat haar tijd nog zou komen.

Het hoeft geen betoog dat Jody, die altijd zorgvuldig de poep van haar hond opruimde, geen medestander van Doris was. Jody vond het oranje gezicht, de dreigend opgestoken vuist en de grote witte SUV agressief en eng. Een steeds terugkerende, griezelige verschijning in haar fijne, vriendelijke buurt. En wat was het toch een vriendelijke buurt gebleken, dacht Jody toen ze op een middag met haar dirigeerstokje stond te zwaaien voor een klas met zingende schoolkinderen. De kleuters waren allerminst uitblinkertjes, maar ze deden vol overgave hun best en hun gezichtjes waren bijna grappig expressief. De eerste peuters aan wie ze les had gegeven, zaten nu in de hoogste klassen. Ze was hier al zeventien jaar mee bezig. Een verontrustende gedachte. Maar hoezo verontrustend? Ze was tenslotte een vrouw van negenendertig. Over een week zou ze veertig worden. Dan was ze echt een oude vrijster. Ze vroeg zich af wanneer ze eindelijk niet meer zou denken dat ze nog steeds zeventien was, en ze zich zou neerleggen bij het feit dat ze niet alleen volwassen was, maar dat ze al zo láng volwassen was, en dat ze zeventien jaar een volwassen baan had gehad, en al een heel leven achter de rug had.

'Op een klein stationnetje, 's morgens in de vroegte...' zong ze samen met de kinderen, waarbij ze overdreven haar lippen bewoog om hen te helpen de woorden te herinneren.

Geen leven om over naar huis te schrijven ook. Ze was geen succesvol musicus, tenminste ze verdiende haar geld niet met optredens. Maar dat had ze nooit erg gevonden. Zolang ze kon spelen, was ze gelukkig. En het lesgeven had zijn eigen pleziertjes. Het had wel iets om te worden aanbeden. De kinderen hadden haar altijd aanbeden. En nu aanbad Simon haar ook.

'Heel goed gedaan,' zei ze vrolijk.

De kinderen gingen het muzieklokaal uit. Een stelletje kleuters liep huppelend weg en een jongetje met donkerrode krullen gaf haar een kus op haar hand, waarna hij wegrende om zich bij zijn vriendjes te voegen.

Natuurlijk vond ze het prettig om bewonderaars te hebben. Wie niet? Maar betekende dat ook dat ze met Simon moest trouwen? Ze zette de stoelen recht en stopte de bladmuziek in haar tas. Hoewel ze Simon al een antwoord had gegeven, bleef ze zichzelf steeds maar die vraag stellen. Ze wist dat als ze dan toch ging trouwen, ze eigenlijk geen betere echtgenoot zou kunnen krijgen. Hij was lief en eerlijk. En sexy. Hij was ook netjes, misschien een beetje te netjes, net zoals hij een beetje te veel gewend was aan alleen wonen. Maar dat was zij ook. Twee enig kinderen, helemaal in hun eigen wereldje. Ze probeerde zich voor te stellen hoe het zou zijn om met Simon in zijn flat te wonen. Hij in zijn leren leunstoel, en zij en Beatrice... op de vloer aan zijn voeten?

'Je kunt toch een stoel van thuis meenemen,' zei ze tegen zichzelf, waarbij ze even vergat dat Simons flat dan haar thuis zou zijn.

Die avond, naast Simon in bed, keek ze naar hem terwijl hij sliep. Ze had sinds kort weer last van slapeloosheid, en ze was er nog niet helemaal uit hoe ze daarmee moest omgaan als ze bij Simon was. Het raam was dicht, dat vond Simon prettig, en het was te warm. De lakens waren ruw en kreukelig. Ze kon het licht niet aandoen om te gaan lezen, want dan zou ze hem wakker maken. Maar Simon zag er zo vredig uit, en dat ontroerde haar, hoewel ze zichzelf voorhield dat zelfs de vreselijkste mensen er vredig uitzien wanneer ze slapen. Stalin zag er in zijn slaap waarschijnlijk ook als een engel uit, als er tenminste engelen met grote zwarte snorren bestaan. Waarschijnlijk niet, dacht ze.

Ze stak haar hand uit en aaide Simon over zijn hoofd. Ze was nog steeds niet gewend aan het plezier, en de zekerheid, dat ze deze man naast zich had.

'Ik zou echt met je moeten trouwen,' fluisterde ze.

Simon bewoog.

'Hoe laat is het?' vroeg hij.

'Drie uur.'

'Waarom slaap je niet?'

'Ik was aan het denken,' zei ze, zoals zo vaak verrast door de opgewektheid van haar eigen stem.

'O...' En hij sliep weer verder.

De volgende morgen keek Jody hem nog eens aandachtig aan, terwijl ze terugdacht aan het moment toen ze wist dat ze zijn huwelijksaanzoek moest aanvaarden.

'Zit je nog steeds aan trouwen te denken?' vroeg ze.

Simon was bezig de krant open te vouwen en hield er meteen mee op. Hij hield de krant opengeslagen in de lucht, als iemand die een plattegrond vasthoudt, een man die de weg kwijt is, dacht Jody.

Hij had inderdaad over trouwen nagedacht. Hij dacht er zelfs op dat moment aan, maar hij dacht ook dat Jody uiteindelijk misschien wel gelijk had. Ze hadden een heerlijke nacht gehad samen. Ze gingen een verrukkelijk ontbijt eten. Daarna zou ze met haar enorme hond, die tegen Simons zin vol interesse aan zijn blote tenen zat te snuffelen, naar huis gaan en kon hij zijn buikspieroefeningen doen, douchen en scheren. Simon genoot van deze onbespiede activiteiten, en hij besefte dat hij er zo van genoot omdat ze onbespied waren. Als ze getrouwd waren, zou ze hem lachend aanmoedigen bij zijn oefeningen. Ze zou goedgehumeurd en geduldig wachten tot zij gebruik van de douche of de wasbak kon maken. Ze zou in alle opzichten lief, vriendelijk en meegaand zijn, maar ze zou er wel zijn, een indringer.

'Een beetje,' zei hij, en hij streek het papier glad om zijn verwarring te maskeren.

'Ik ook.'

Jody trok haar stoel dichter bij de zijne. Simon rook haar frisse zeepachtige geur. Wat zag ze er toch aantrekkelijk uit, zelfs 's morgens. Toen krabde ze een beetje hard over zijn hoofd, waardoor Simon aan Beatrice moest denken die nu op zijn voeten lag. Jody ging op zijn schoot zitten. Hij merkte dat haar adem naar koffie rook, en ook iets van een zurige slaaplucht. Hij had het onaangenaam warm. De radiator begon te dreunen. Waarom was de verwarming aan, het was nog niet eens... november.

'November,' zei hij hardop

'November,' herhaalde Jody afwezig. Ze had haar blik gericht op de krant, waarin een artikel stond over de opwarming van de aarde.

'Het is hier erg warm,' zei hij, en hij strekte zijn arm om zijn mouwen op te stropen. Hij vond het lekker als het warm was in zijn flat, maar dit ging te ver. Hij moest dit aan de huiseigenaar melden. 'Het is gewoon te warm.'

Jody knikte en zei: 'Alle vissen gaan binnenkort dood.'

Simon merkte dat hij moeite had met ademhalen. Hij probeerde diep in te ademen en begon te hoesten.

'Wil je een beetje water?' vroeg Jody zonder zijn antwoord af te wachten.

Hij duwde haar zachtjes van zijn schoot af. Bij het opstaan pakte Jody de krant mee.

'Sorry,' zei hij.

'Mmm,' mompelde Jody, nog steeds verdiept in het artikel.

Simon stond op.

Terwijl ze las, veegde Jody afwezig met haar vinger de broodkruimels op van haar bord. Beatrice deed haar kop omhoog, en het leek of haar droeve ogen recht in die van Simon keken. Met een schuldgevoel ontweek Simon haar blik.

'Waarom is het zo warm?' vroeg hij.

Hij morrelde aan het keukenraam dat zat dichtgekalkt met dikke lagen oude verf, en rukte eraan totdat het openging en een vlaag koele herfstlucht binnenstroomde.

'Da's beter,' zei hij, terwijl hij de bruine, kale tuin in keek.

Enkele dagen later liepen Jody en Polly met hun hond richting Central Park. Beatrice liep nog af en toe mank en Jody keek bezorgd naar haar.

'Het gaat heel goed met haar,' zei Polly. 'Kijk nou, je moet toch toegeven dat het stukken beter met haar gaat.'

Hoewel Polly's opmerking zoals gewoonlijk als een bevel klonk, en Jody dat bevel maar al te graag wilde opvolgen, zag ze desondanks dat Beatrice haar linkerachterpoot ontzag. Ze zei niets, maar haar maag kromp samen, en de frisse lucht en het speelse windje leken te verdwijnen. Ze kon de gedachte niet verdragen dat Beatrice pijn had. Howdy dartelde naast de oude witte hond, rende een paar meter naar voren, en draaide blaffend een rondje om aan te geven dat hij met haar wilde spelen. Beatrice liep droefgeestig langs de grote jonge hond, en Jody wist dat het mis was.

Een stuk voor hen uit zag Jody een oudere vrouw, in een nogal uit de toon vallende zwarte tafzijden avondjas, die met een bijpassende zwarte vuilniszak sleepte en de stoep afspeurde. Jody vond dat ze vaag iets bekends had. Misschien was het dat onnatuurlijke perzikkleurige haar.

'Polly,' fluisterde ze. 'Is dat die vrouw die mensen achtervolgt?'

Ze zagen dat de vrouw bukte om een bierflesje op te rapen, het bier dat er nog inzat eruit liet lopen en het flesje in de zak stopte.

'Getver,' zei Polly. 'Wat is ze aan het doen?'

Jody stak de straat over, gebaarde dat Polly achter haar aan moest komen, en liep vlug weg, uit de buurt van de oranje vrouw, om dekking te zoeken in het park.

'Chris gaat over twee weken trouwen,' zei Polly toen ze naar de ingang liepen. 'En Everetts ex ook. Op dezelfde dag!'

'Echt waar? Dan kunnen jullie elkaar troosten.'

'Everett is er een beetje van uit zijn doen, denk ik.

Hij zegt het niet met zoveel worden, maar zoiets merk je gewoon.'

'En jij dan? Wat Chris betreft?'

'Ik heb alleen maar de schurft aan hem, dat is alles.'

'Dat is alles.'

'Hij heeft me op zijn bruiloft uitgenodigd. Kun je je voorstellen?'

'Nee, niet dus.'

'Ja hoor, echt waar.'

Ze liepen zwijgend verder. Rond hun voeten maakten de blaadjes een ritselende geluid.

'Ja. Hij heeft me uitgenodigd,' zei Polly uiteindelijk.

'Ga je?'

'Jawel.

Jody schoot in de lach. 'Polly, ik maakte maar een grapje.'

'Maakt niet uit,' zei Polly. 'Ik ga.'

De honden snuffelden en piesten om de beurt bij het standbeeld van een soldaat uit de Burgeroorlog. Jody vond het idioot dat Polly naar Chris' huwelijk ging. Ze deed alle moeite om een van haar montere, optimistische algemeenheden op te dissen, maar ze kwam niet verder dan: 'Maar...'

'Ik ga met George.'

'Niet met Everett?'

Polly trok een gezicht. 'Ik weet niet,' zei ze. 'Everett is zo...'

Geestig en hij heeft zo'n droog gevoel voor humor, dacht Jody, die zich zijn commentaar op het drijvende afval herinnerde toen het ging dooien. Sarcastisch en geestig. Ze herinnerde zich de liedjes die ze samen tijdens de stroomstoring hadden gezongen. Knap? Die lach. Teder? Ze herinnerde zich hoe hij hand in hand met zijn dochter liep, en vol trots Howdy meenam naar het park.

'Oud,' zei Polly uiteindelijk.

Ze gingen terug naar huis. Vergeleken met Polly was Everett oud, dat kon je niet ontkennen, maar toch kreeg Jody de aanvechting ertegenin te gaan.

'Misschien zou hij zich ook opgelaten voelen?' zei ze, nogal diplomatiek vond ze zelf.

'O, maar mensen denken toch al dat hij mijn vader is. Daar is ie denk ik wel aan gewend.'

'En jij?'

Polly moest hier even over nadenken. 'Ik denk dat ik er een beetje genoeg van heb.'

'Dat is niet helemaal hetzelfde als eraan gewend zijn. Misschien heeft hij er ook wel genoeg van.'

'Misschien wel,' zei Polly. 'Op die manier had ik het nog niet bekeken.'

Beatrice liep nu overduidelijk mank, en Jody was niet langer geïnteresseerd in Polly of Chris' trouwerij, en zelfs niet in Everett. Beatrice bleef staan en begon te janken Ze hield haar linkerachterpoot omhoog. Jody knielde naast haar hond neer en hield voorzichtig de trillende poot vast.

'Beatrice,' zei ze zachtjes. 'O god, Beatrice.'

De hond duwde haar snuit tegen haar wang en jankte weer.

Polly zei iets over een taxi nemen, maar Jody nam niet eens de moeite om uit te leggen dat geen enkele taxichauffeur een pitbull van dertig kilo mee zou nemen. Ze pakte de hond op en droeg haar twee blokken verder naar de dierenarts.

'Kan ik iets doen?' vroeg Polly, die meeliep en af en toe haar handen uitstak alsof ze kon helpen.

Jody hoorde haar nauwelijks. Ze voelde dat ze niet kon blijven staan, want anders zou ze de kracht niet meer hebben om Beatrice nog dat hele eind verder te dragen.

'Ik weet al iets,' zei Polly. 'Ik ga Everett halen.' Ze draaide zich om en trok Howdy met zich mee.

Polly rende naar het appartement. Ze zag steeds maar voor zich hoe die kleine, vrouwelijke Jody met die enorme hond in haar armen liep te zeulen. Ze werd niet goed van haar eigen hulpeloosheid. Ze moest iets doen. De taxi was een goed idee geweest. Maar weer typisch dat niemand daar oren naar had. Het viel niet mee om mensen te helpen als ze niet wensten te luisteren. Polly was teleurgesteld, maar ze was zeker niet uit het veld geslagen. Ze liep met ferme pas door. Howdy sprong naast haar, draaide zich steeds hinderlijk om om naar Jody en Beatrice te kijken en bleef dan jankend stokstijf staan.

'Kom op,' zei ze, en ze gaf een ruk aan de riem. Ze zei het zo hard en onvriendelijk dat een voorbijganger, een leuke knul van haar eigen leeftijd, haar een afkeurende blik toewierp.

Bemoei je met je eigen zaken, dacht ze vinnig.

'Kom, we gaan, Howdy,' zei ze iets vriendelijker, maar toen de jongen uit het zicht was, gaf ze stiekem toch nog een rukje aan de riem.

Ze dacht dat Everett nu wel thuis zou zijn, en hij zou wel weten wat er moest gebeuren. Ze was erachter gekomen dat hij over een enorme voorraad gemeenplaatsen beschikte. Hij had er ook vast wel eentje voor een zieke hond paraat.

Maar hij zei alleen maar: 'Arme Jody.' En vloog de deur uit. Ze bleef achter om Howdy voor het eerst sinds weken te borstelen, waarbij ze niet lette op de plukken haar die op Everetts tapijt vielen en via het open raam door de wind werden meegevoerd. Na het borstelen masseerde ze voorzichtig alle vier zijn poten, alsof ze op deze manier haar hond kon beschermen tegen de narigheid die Beatrice was overkomen.

Terwijl ze zat te borstelen dwaalden Polly's gedachten af van Jody en Beatrice naar wat ze zou aantrekken op Chris' bruiloft. Ze zou de jurk kopen die ze in de etalage van een winkel in SoHo had gezien. George, haar begeleider, had natuurlijk weer geen pak. Niet dat hij wist dat hij met haar mee zou gaan, trouwens. En om eerlijk te zijn had ze hem niet eens gezegd dat ze überhaupt zou gaan. Misschien moest ze toch Everett maar meenemen. Hij zou ook wel zeggen dat hij het allemaal raar van haar vond, maar hij zag er zo op zijn gemak uit in een pak, veel meer op zijn gemak dan in die ene slecht zittende en onmodieuze spijkerbroek van hem. Ze had een schitterend poloshirt voor hem gekocht, maar hij droeg alleen maar golfhemden, die hij strak in zijn broek stopte. Misschien moest ze achteraf gezien toch maar met George gaan.

Ze stond op en ijsbeerde door de kamer, zich onderwijl afvragend hoe het met Jody en haar arme oude hond zou gaan. Everett was zo lief geweest om te gaan helpen. Hij was zonder iets te vragen weggegaan. Als een held, dacht ze bij zichzelf. En toch kon ze hem niet echt als een held zien. Ze riep hem weer voor de geest. Hij droeg een donker goed zittend pak en stond naast haar terwijl zij hem aan haar ex-vriendje voorstelde. En op dat moment wist ze absoluut zeker dat ze nooit en te nimmer Everett naar Chris' bruiloft kon meenemen.

Everett was het gebouw uit gerend, zonder te weten wat hij kon doen om Jody te helpen, en helemaal niet zeker of zijn hulp op prijs zou worden gesteld. Toen hij in de buurt van Broadway kwam, zag hij dat er een kleine menigte rond de Go Go Grill stond. Waren ze aan het zingen? Misschien waren het leden van de kerk verderop in de straat. Hij had geen tijd om te blijven staan en ernaar te vragen, maar terwijl hij zich verder haastte op zijn twijfelachtige missie, stak een oudere vrouw, gekleed in een dunne, chique zwarte jas, de straat over en gaf hem een flyer.

Flyers met een godsdienstige boodschap, vermoedde Everett. Zodra hij uit het zicht van de vrouw was, gooide hij het opgevouwen papiertje in de vuilnisbak. Maar zoals je misschien wel hebt geraden, had de flyer niets met godsdienst te maken. Het was een petitie, dezelfde petitie waarmee Doris de gemeenteraad had gedreigd tijdens de rampzalige vergadering waarbij ze aanwezig was geweest. SOS, stond er. SPAAR ONZE STRAAT. In grote, vette letters viel de oproep te lezen tot meer dwang achter de wet op verplichte poepschepjes. Kleiner gedrukt was het verzoek, goed geformuleerd, vond Doris, om honden in het park te laten darren zoals het in hun aard lag, maar alleen, en dat stond er in een nog kleiner lettertje, tussen middernacht en zes uur 's morgens.

'Dit is Parijs niet,' scandeerden de mensen die buiten Jamies restaurant stonden.

Jamie bood het groepje, dat met inbegrip van Doris uit tien mensen bestond, flesjes water aan.

'We zijn hier niet om te eten,' zei Doris, en ze sloeg het aanbod af, hoewel verschillende medestanders er geen nee tegen zeiden. Dat was nou typisch Jamie, dacht ze verontwaardigd, om zo onnadenkend zijn vijanden te steunen. Hij wist echt niet waar zijn grenzen lagen. Daarom had ze het restaurant als plaats voor hun bijeenkomst gekozen, omdat hij geen grenzen stelde, en hij honden toeliet waar geen honden hoorden. Een andere reden was dat er veel mensen het restaurant in en uit gingen, om nog maar te zwijgen van het feit dat Jamie haar had uitgelachen, dat wist ze zeker, en wel de vorige ochtend toen ze voorbijliep met haar zak vol weggegooide flessen en ze hem beleefd een flyer had overhandigd. Hij stond op het trottoir met zijn twee honden die meteen begonnen te blaffen toen Doris voorbijliep, en Doris had hem duidelijk horen zeggen: 'Stil. Dat oude mensje doet niets, ze is ongevaarlijk, laat haar met rust.' Ze had achteromgekeken en geen spoor van een oud mensje gezien, maar wel Jamie die in zichzelf stond te grinniken. Daardoor moest Doris er wel van uitgaan dat zijzelf dat oude mensje was. Dit had haar gevoelens gekwetst, en al heel lang geleden was ze erachter gekomen dat gekwetste gevoelens in haar geval niet vergeven konden worden, maar alleen gewroken. Ze hield er ook niet van om voor mensje te worden uitgemaakt, nog minder om oud te worden genoemd en al helemaal niet om als ongevaarlijk te worden bestempeld.

Deze man, die lachende, zelfingenomen man was toch eigenlijk een soort crimineel, waar of niet? Daar kon niemand omheen. Hij overschreed de wet, dag in dag uit, door zijn restaurant te vervuilen met niet-toegestane honden. Een terechte straf en boycot was daarom op zijn plaats, hoewel Doris wist dat ze daardoor, in elk geval deze zondag, zijn heerlijke erwtensoep zou moeten missen. Ze verschoof haar aandacht van Everetts verdwijnende gestalte naar de man die de fatale fout had begaan te denken dat ze een ongevaarlijk oud mensje was. Vervolgens kneep ze dreigend haar ogen tot spleetjes tegen een verward paartje dat de Go Go binnen liep om te gaan eten.

Toen Everett bij de dierenarts aankwam, waren Jody en Beatrice nog steeds in de spreekkamer. Hij ging zitten wachten, en probeerde een grijze kat ervan te weerhouden tegen zijn benen te schurken. Hij vroeg zich af of hij Beatrice naar huis moest dragen. Misschien konden Jody en hij de hond ieder aan een kant vasthouden, net zoals Emily en hij een keer een kerstboom naar huis hadden gedragen.

Jody kwam bleek, verslagen en zonder Beatrice naar buiten.

'O, hoi,' zei ze, zonder enige verbazing of hartelijkheid.

Everett voelde zich voor gek staan. Wat deed hij hier? Polly was niet goed bij haar hoofd. Jody wilde niet dat iemand zag dat ze ongelukkig was. In narigheid wilde je alleen gelaten worden, en geen mensen om je heen. Dat wist hij, want zo deed hij dat al zijn hele leven. En hier zat hij dan als een soort sensatiebeluste toeschouwer van een auto-ongeluk.

'Heb je hulp nodig om Beatrice naar huis te krijgen?' vroeg hij.

'Er wordt een foto gemaakt.' Ze stond naast een stoel, maar ze ging niet zitten. 'Ze heeft ontzettend veel pijn.'

Everett ging naast haar staan en voelde zich onhandig, als een jongetje op een dansavond. 'Polly dacht dat ik misschien...'

Jody keek hem even recht aan, alsof ze nu pas merkte dat hij er was. 'Dank je. Julie zijn ontzettend attent.'

Everett vond het maar vreemd overkomen, alsof Polly en hij een eenheid vormden. Hij wilde Jody verbeteren en zeggen: nee, we zijn helemaal niet attent. Polly reageerde zo omdat ze impulsief, jong, en een opgewonden standje is, en ik omdat ik een pessimist en oud ben. Hij voelde nog meer afstand tussen Polly en hem dan anders.

Jody was inmiddels in tranen. 'Neem me niet kwalijk dat ik zo melodramatisch doe,' zei ze. 'Ik weet dat het maar een hond is. Maar...'

'Ik weet hoe je je voelt,' zei Everett. Hij wilde zijn arm om haar heen slaan om haar te troosten, maar hij aarzelde. Terughoudendheid, hield hij zichzelf voor. Terughoudendheid, ook bij verdriet. 'Ik weet het echt,' voegde hij eraan toe, en hij dacht aan Howdy.

'Op de een of andere manier heb ik het gevoel dat zij de enige is die me begrijpt,' zei Jody. 'Begrijp je wat ik bedoel?'

Everett knikte. Hij dacht aan de keren dat Howdy in zijn ogen staarde of zijn neus tegen zijn hand duwde of gewoon geduldig aan zijn voeten zat.

'Idioot, hè?' zei Jody.

Everett stond op het punt te zeggen dat het helemaal niet idioot was, dat het eerder wonderbaarlijk was, toen de dierenarts binnenkwam. Hij was jonger dan Everett had verwacht en nogal knap. Hij had geen witte jas aan, hetgeen Everett behoorlijk onprofessioneel vond.

'Het is de gewrichtsband, zoals we al dachten. Dat komt vaak voor bij dit soort grote honden. Ik zal haar nog een injectie geven, en dan moeten we bekijken of we haar gaan opereren, Jody.'

Everett was er nog steeds niet aan gewend dat dokters hem bij zijn voornaam noemden. Dit was de eerste keer dat hij zich afvroeg of het wel in de haak was dat ook een dierenarts iemand zo informeel aansprak. Hij ging dichter bij Jody staan, alsof hij haar wilde beschermen.

'Ze is wel in staat om naar huis te lopen. Ze zal nog een beetje traag zijn...' zei de dierenarts,

'Kan ze de trap op lopen?'

De dierenarts zuchtte even. 'Misschien moet je haar vannacht toch maar hier laten.'

'Je mag in mijn flat,' zei Everett 'Daar is een lift. Ik kan naar Polly gaan...'

Hij probeerde zichzelf voor te stellen in dat studentenflatachtige appartement, met George en zijn vriendinnetjes, een aanrecht vol met borden, de eetbar vol met pizzadozen, tafels met batterijen lege Coronaflesjes, met beschimmelde partjes citroen in de lange flessenhalzen. Hij had de flat maar één keer in een dergelijke staat gezien, na een feestje, en het had diepe indruk gemaakt. Maar toch, hij moest er niet aan denken Beatrice in een metalen kooi bij de dierenarts achter te laten.

'Je bent echt heel aardig,' zei Jody. De lichtverbaasde toon in haar stem deed vermoeden dat hier ooit wel eens anders over was gedacht. 'Heel erg, vreselijk aardig. Ik ben er beduusd van.'

Everett moest lachen, hij was tevreden over zichzelf, hoe hij er ook tegenopzag om op een futon te slapen met een kaal peertje boven zijn hoofd.

'Maar Beatrice en ik kunnen bij Simon logeren,' ging Jody verder. 'Hij woont op de begane grond. We zijn daar gewend.'

Everett zei: 'Natuurlijk.' Wat stom van hem. Ze waren daar gewend. Simon woonde op de begane grond. Hij duwde de grijze kat met zijn voet opzij, en wachtte toen opgelaten tot Beatrice kwam en de enorme rekening was betaald.

Op weg naar huis bleef hij met Jody stilstaan en wachten terwijl Beatrice aan een lantaarnpaal snuffelde.

'Toen Emily nog klein was, vertelde ze al haar problemen aan een klein speelgoedhondje.'

'Er is niet veel verschil met dit, vind je niet?' zei Jody. Ze trok zachtjes aan de riem tot Beatrice weer meeliep.

'Gewoon een heleboel projectie?'

'Nou, ja. Maar ik bedoelde eigenlijk liefde.'

Tot zijn opluchting zag Everett dat het kerkgroepje weg was, en hij liet Jody en Beatrice achter bij Simon voor de deur. Toen liep hij peinzend verder. Liefde. Projectie. Wie weet of dat niet op hetzelfde neerkwam?

Howdy begroette hem bij de deur met een piepende rubberbal in zijn bek, die hij aan Everetts voet liet vallen. Everett voelde zijn hart opspringen. Niet in figuurlijke zin, maar letterlijk, fysiek, een sprongetje van vreugde maken.

'Howdy,' zei hij, en hij gaf de bal een trap nadat hij een paar snelle schijnbewegingen had gemaakt.

'Everett,' zei Polly terwijl ze opzij stapte om de rennende hond te ontwijken, 'ik moet met je praten.'

'Ik moet met je praten'

Niet lang na zijn ontmoeting met Alexandra ging George naar haar huis in Brooklyn Heights om met haar hond Jolly kennis te maken. Het was snikheet in de ondergrondse, maar niet druk, en toen hij in Clark Street uitstapte, scheen de zon. Een hondje, een aantrekkelijke vrouw, een prachtige dag, ging door hem heen toen hij het rustige straatje in liep. Hij had nooit een trainersopleiding gedaan en hij had ook geen diploma, maar toch ging hij vol vertrouwen het huis binnen waar Alexandra en Jolly woonden, in de overtuiging dat hij Alexandra met haar lastige hondje kon helpen.

Hij klom de drie trappen op en belde aan. Dat Jolly niet blafte was een goed teken, of niet soms?

Alexandra deed de deur open. Ze glimlachte flauwtjes en pakte zijn hand.

'Dank je wel,' zei ze.

Het viel George op hoe statig, groot en krachtig ze was. Haar haren waren nog een beetje vochtig van de douche, en een beetje donkerder blond. Het appartement baadde in het zonlicht. Tot zijn verbazing zag hij het Vrijheidsbeeld door het raam.

'Dit is waanzinnig,' zei hij, en hij liep naar het raam. 'Te gek.'

De flat was een studio, kleiner dan zijn kamer bij Polly, zoals hij nog steeds zijn huis beschreef. De muren waren van een zachtroze.

'Wat een mooie woning,' zei hij. In zijn opgetogenheid over het uitzicht was hij bijna de hond vergeten. Maar toen zag hij het hondje. Jolly was misschien niet zo'n erg toepasselijke naam voor hem, omdat zijn gerimpelde kop hem een treurige uitdrukking verleende. Maar zoals Alexandra had gezegd, was Jolly erg schattig. Hij keek George aan met ronde oogjes die een en al nieuwsgierigheid uitstraalden. Hij kwispelde met zijn buitensporig grote staart die een eigenaardige krul vertoonde, een beetje zoals de krul in een varkensstaart. Hij wrong zijn sterke, gespierde lijfje in allerlei bochten en liet een lief, muzikaal soort gejodel horen, vol aanhankelijkheid.

'Alexandra,' zei George, 'wat is ie ongelooflijk... schattig.'

'Ja,' zei Alexandra treurig.

'Ik ga hem even negeren, dan kan hij aan me wennen. We gaan gewoon zitten en doen alsof we over iets praten.'

'We kunnen ook gaan zitten en het echt over iets hebben.'

'Tuurlijk,' zei George. Ze klonk vriendelijk, maar George was nog steeds wantrouwig na al die avonden dat hij aan haar sarcasme en afkeuring was overgeleverd, in de tijd dat ze nog zijn bazin was. Hij moest goed voor ogen houden dat hij de deskundige was, of in elk geval de nep-deskundige, en zich niet door Alexandra laten imponeren. 'Je hebt gelijk. Waar zullen we het over hebben?'

Urenlang hadden ze het ergens over, en George zag de zon ondergaan achter het Vrijheidsbeeld. Ze hadden het over behaviorisme en conditionering, hondenroedels, dominantie, wolven, hondenvoer en antidepressiva. Alexandra zette koffie voor hem en gaf hem een plak citroencake. In het begin keek de hond wantrouwig naar hem, maar toen ging hij met een kreun naast Alexandra liggen en viel in slaap.

George had het gevoel alsof hij op vakantie was. De gloed van de ondergaande herfstzon, de stilte, die alleen af en toe doorbroken werd door het gezang van vogels, het fraaie appartementje met de eenvoudige, stijlvolle meubels, het leek eindeloos ver van Manhattan.

Hij keek naar de slapende hond. Hij bedacht dat als hij vriendjes met Jolly was geworden, hij hem net zo zou benaderen als iemand op straat. Dan zou hij Alexandra een paar oefeningen laten zien waardoor Jolly eraan zou wennen om door vreemden te worden aangeraakt. Hij zou hem leren dat een uitgestoken hand niet betekende dat hij werd geslagen, daarvoor had George een oude leren handschoen en een pollepel meegenomen. Jolly's borstkas ging ritmisch op en neer door zijn ademhaling. Over één oog lag een oor. Wat een lieverdje, dacht George.

Alsof Jolly reageerde op die gedachte sprong hij overeind en ging achter zijn eigen staart aan, draaiend in een spiraal van hels gegrom en gekef, een duivel, duizend duivels die tegen duizend andere duivels vochten, en dat speelde zich allemaal op het kleed af. George zat verstijfd van schrik. Er spatte bloed op zijn broek.

En toen hield Jolly even plotseling weer op. Hij jankte zachtjes, trilde en hijgde. Alexandra pakte hem op en zei lieve woordjes tegen hem terwijl ze hem over zijn kop aaide en hem mee naar de badkamer nam. George ging achter haar aan. Ze gaf hem een washandje, hij maakte het nat en stak het uit naar Jolly's poot. Jolly keek naar hem en trok zijn lip op. George trok zijn hand terug en ontsnapte op het nippertje aan Jolly's ontblote tanden.

'Krijg nou wat,' zei George.

'Denk je dat hij nachtmerries heeft?'

Ik denk dat hij zelf een nachtmerrie is, dacht George.

Maar dat zei hij niet, want Alexandra hield de hond zo liefdevol vast. Voor het eerst zag hij dat haar handen onder de littekens en krassen zaten.

'Alexandra...'

'Ik weet het.' Ze ging met Jolly zitten, en ze bette zijn poot met een watje met toverhazelaar. 'Ik weet het.'

'Ik moet met je praten,' zei Polly. Everett liep naar de koelkast, Howdy ging met de bal achter hem aan en liet hem voor zijn voeten vallen.

'Hou op,' zei Everett kortaf tegen de hond. Howdy kromp in elkaar, waardoor Everett zich een echte bruut voelde. Hij pakte een biertje en maakte het open. Het dopje vloog op de grond en Everett bukte zich om het op te rapen. Zij rug deed pijn en hij kwam moeizaam overeind.

Polly was hem in de keuken achterna gekomen.

'Ik denk dat we het maar moeten uitmaken,' zei ze.

Everett wachtte even op het misselijkmakende, akelige gevoel dat hierop zou volgen, en het liet niet lang op zich wachten. Toen kwam de paniek. Howdy, dacht hij. Hoe moest het met Howdy? Hij ging aan de keukentafel zitten.

'Waarom?' vroeg hij. Natuurlijk wist hij waarom. Ze pasten zo totaal niet bij elkaar. Ze hadden genoeg van elkaar. Hij was te oud om haar te blijven boeien en zij te jong om hem te blijven boeien. Ze geneerden zich voor elkaar. Ze hadden bijna een hekel aan elkaar. 'Waarom?' vroeg hij weer.

'Het spijt me.' Polly zat tegenover hem en legde haar hand op de zijne.

Everett dronk stilzwijgend bier.

'Je weet ook wel dat dit het beste is,' zei Polly

Everett trok zijn hand terug. Hij was sprakeloos van ellende. Polly zorgde voor afleiding, en hoewel ze de laatste tijd hoe langer hoe meer op zijn zenuwen begon te werken, was het een lieve meid en zou hij haar waarschijnlijk missen. Maar Howdy... Howdy was zijn pas ontdekte liefde. Aan Howdy dacht hij de hele dag. Een wandelingetje met Howdy was de beloning voor een lange, saaie dag op het werk.

'We kunnen toch vrienden blijven?' zei Polly. Niet dat ze wist hoe dat zou moeten, want ze waren nooit echt vrienden geweest, maar Everett zag er zo ontdaan uit. Het verbaasde haar en gaf haar nogal wat voldoening. Ze had nooit geweten dat hij zo veel voor haar voelde.

Everett keek naar haar op met een hoopvolle blik.

Arme kerel, dacht Polly. Het is natuurlijk waar dat hij op zijn leeftijd niet zo snel iemand anders zal krijgen. Zelfs als hij iemand heeft, blijft het toch een eenzame, oude druiloor. Hij weet niet wat hij moet beginnen zonder mij. Zoals hij zich nu gedroeg, paste dat helemaal niet bij de arrogante en onafhankelijke man die hij in haar ogen was. Maar ze begreep het wel, en toegeeflijk gaf ze een klopje op zijn hand.

'We kunnen toch samen de hond uitlaten,' zei ze.

'Echt waar?' vroeg Everett gretig.

'Tuurlijk, wanneer je maar wilt.'

Polly ging weg met het aangename gevoel dat het niet pijnlozer kon, zoals ze het met Everett had uitgemaakt. Everett mocht die dag zelfs Howdy meenemen naar de hondenrenpartij, omdat ze hoopte dat dit uitje hem in elk geval eventjes van zijn smartelijke verlies zou afleiden. En ik denk dat we rustig mogen aannemen dat dat zo was.

Dezelfde avond trok Jody bij Simon in. Niet als voorspel tot hun huwelijk, maar omdat het niet anders kon vanwege Beatrice. De huwelijkskwestie hing nog steeds in de lucht, zoveel was zeker, maar die hing er meer als een soort kooklucht dan als mogelijkheid. Terwijl de weken verstreken dacht Jody alleen maar aan haar hond, die steeds meer achteruitging. Simon dacht alleen maar aan Virginia. Ze glimlachten tegen elkaar, gaven het zout door en vrijden hartstochtelijk met elkaar, maar zo dicht bij elkaar waren ze verder van elkaar verwijderd dan ooit.

Op haar veertigste verjaardag kreeg Jody van Simon rode rozen. Ze zette ze in een vaas en dacht toen aan de heldergele tulpen die ze onverwacht van Everett op straat had gekregen. Wat was Everett toch een vreemde man. Ze had hem de laatste tijd niet veel gezien, misschien omdat ze maar heel korte wandelingetjes met Beatrice maakte.

'Ik heb een e-mail van mijn vriend Garden gekregen,' zei Simon die avond tijdens het eten. Hij had erop gestaan om haar mee te nemen naar een duur restaurant in de Village, hoewel ze hem ongeveer had gesmeekt om haar verjaardag bij Beatrice in de buurt te vieren. Maar hij had gezegd dat ze er even tussenuit moest, en zij had hem niet willen teleurstellen.

'Garden,' zei Jody, en ze schoot in de lach, zoals altijd wanneer ze de naam hoorde van zijn vossenjachtvriend uit Virginia.

'Wat zeg je?' vroeg Simon.

'Die naam van hem. Een gekke voornaam.'

Simon fronste zijn wenkbrauwen.

'Wat wilde Garden?' vroeg ze opgewekt. Ze was van nature niet sarcastisch. Ze moest alleen lachen om de kleine ongerijmdheden in het leven, en de voornaam Garden viel in deze categorie. Haar eigen naam was ook niet iets om over naar huis te schrijven, maar ze was in elk geval geen tuintje, dacht ze bij zichzelf terwijl Simon een fles champagne bestelde.

'Dankjewel,' zei ze met een lach.

'Je wordt niet elke dag veertig,' reageerde hij.

Toen zwegen ze. Simon keek naar de kaart, terwijl het Jody in stilte duizelde bij de gedachte aan het woordje veertig, totdat de ober verscheen en de champagne inschonk. Het was goede champagne, zoals Jody wel had verwacht. Simon had geen geld, maar in Virginia had hij het een en ander opgestoken van mensen die het wel hadden. Jody nipte van haar glas en dacht aan Beatrice die in Simons huis op het kleed lag te slapen. De dierenarts had een heupoperatie ingepland, die de volgende week zou plaatsvinden.

'Hij wil dat ik naar hem toe ga. Voor een maand of zo.'

Jody keerde met haar gedachten terug bij Simon en het geluid van zijn stem. Ze was bijna vergeten dat hij er was. Een maand. Beatrice had een maand nodig om te herstellen.

Simon keek haar aandachtig aan. Hij vond haar mooi als ze zo wazig naar hem staarde en het kaarslicht haar levendige, fijne trekken verzachtte. Toen lachte ze plichtsgetrouw naar hem, de lach waarmee ze de wereld op een afstand hield. Simon werd kwaad. Begreep ze wel wat hij zei? Het leek alsof ze niet luisterde en al helemaal niet snapte waar hij het over had. Nog niet zo lang geleden had hij haar achteloosheid verfrissend gevonden. Ze oefende zo weinig druk op hem uit, en ze had hem in zijn eigen tempo haar laten veroveren. Wat had hij haar fijnzinnig, geduldig en inschikkelijk gevonden. Maar nu drong tot hem door dat ze helemaal niet zo geduldig en inschikkelijk was geweest. Ze was gewoon... achteloos.

'Dus, wat vind je ervan?' vroeg hij.

'Waarvan?'

'Jody, godallemachtig...'

'O, Virginia?'

'Wil je met me mee?'

Jody liet haar hoofd achterover vallen en sloot haar ogen. Interessant zoals hij dat zei: 'Wil je met me mee?' Hij vroeg niet: 'Zullen we gaan?' Of: 'Kom op, laten we gaan!' Hij zei: 'Wil je met me mee?' Hij ging dus in ieder geval, en ze kon met hem mee of niet, dat moest ze helemaal zelf weten, dat bedoelde hij met die vraag,

'Ik moet werken,' zei ze.

'Dat is waar.'

Jody deed haar ogen open en keek hem aan. Ze had vrij met

Thanksgiving. Dat wist hij. Ineens kwam het bij haar op dat Simon niet wilde dat ze meeging naar Virginia.

'Tjemig,' zei ze.

Simon had genoeg van haar, er waren tekenen te over. Hij ging naar de slaapkamer wanneer zij in de woonkamer was. En hij ging naar de woonkamer als zij in de slaapkamer was. Als ze terugkwam van de korte, moeizame wandelingetjes met Beatrice keek hij altijd op van hetgeen hij aan het doen was met een uitdrukking die het midden hield tussen wanhoop en wezenloosheid.

Hij krabde aan zijn kin en staarde in de verte.

'Tjemig,' zei ze weer, en ze schudde haar hoofd. Ze kon het bijna niet geloven. Wanneer was het allemaal veranderd? Zeker toen ze even niet oplette.

'Hoe bedoel je?' vroeg hij ijzig. 'Helemaal niet tjemig. Garden vroeg of ik in december kwam. Dat is alles.'

'Simon,' begon ze, plotseling teder en vol liefde. 'Het valt vast niet mee om van twee van dat soort gasten als wij in huis te hebben.'

'Wat heeft de hond met ons gesprek te maken, Jody? Daar heb ik het niet over. Dat weet je best.'

Hij gebaarde naar de ober. Hij had het weer zo warm, net als laatst op die ochtend. Hij moest even naar buiten, in de frisse lucht.

'Het is zo warm,' zei hij, en hij waaierde zich met de rekening tevergeefs wat koelte toe.

'Je hebt vast last van de overgang,' zei ze met een geforceerd lachje.

Maar Simon lachte niet terug.

'O, schatje,' zei ze, en ze pakte zijn handen beet om er een kus op te drukken.

Simon probeerde te glimlachen. Hij wilde haar verjaardagsdinertje niet verpesten. Maar met een soort afgrijselijke helderheid drong het tot hem door dat hij niet eens op haar verjaardagsdinertje wilde zíjn.

'Simon,' zei ze. 'Laat me alsjeblieft niet vallen.'

'Doe niet zo idioot.'

Toen ze die avond thuiskwamen, knielde Jody onmiddellijk naast Beatrice neer, ze kuste haar, aaide haar en fluisterde geruststellende woordjes. Tegelijkertijd zag ze Simon door de kleine, overvolle kamer ijsberen. Hij was zo aardig. Hij was zo attent. Hij hield zo veel van haar. Dat waren allemaal dingen die ze zo vaak tegen zichzelf had gezegd, in een poging zichzelf ertoe te brengen met hem te trouwen. Hij was nog steeds aardig, nog steeds tamelijk attent, zo attent als iemand kan zijn wanneer je op elkaars lip zit, maar hij houdt niet meer van mij, dacht ze.

Simon hield niet meer van haar. Terwijl ze dit dacht, voelde ze haar liefde voor hem in haar groeien totdat ze nauwelijks meer kon ademhalen. Wat had ze gedaan? Waarom had ze dit laten gebeuren? De aardigste, liefste, meest sexy man van de wereld had haar aanbeden, had haar gevraagd met hem te trouwen. Ze had geaarzeld en nu was alles verloren.

Ze hield haar gezicht dicht bij de kop van de hond, maar eigenlijk had ze het tegen de ijsberende Simon. 'We maken het wel goed met je, Simon,' zei ze. 'Toch, Beatrice?'

Beatrice sloeg met haar staart zonder haar kop op te tillen.

'Jij ook altijd met je hond,' zei Simon afgemeten, en hij klonk helemaal niet als de aardigste, liefste man van de wereld.

Jody keek zwijgend naar het kleed.

Simon schonk voor zichzelf een glas bourbon in en bood Jody niets aan. Niet dat ik iets wilde, dacht ze. Maar het is wel mijn verjaardag. Ze was misselijk en een beetje duizelig.

'Wel jammer dat je niet mee kunt naar Virginia,' zei hij. 'Maar ik mag me deze gelegenheid niet laten ontgaan. Ik ga weg. Natuurlijk mag je hier blijven met de hond zolang ze nog niet beter is.'

'O ja, mogen we dat?' Ze probeerde te glimlachen, maar dat lukte niet erg. 'Dank je,' zei ze zachtjes.

Simon, duidelijk in verwarring gebracht door de zielige manier waarop ze dit zei, voegde eraan toe: 'Trouwens, ook als ze weer beter is.' Hij dronk zijn glas leeg en nam er toen nog een.

TWEEËNTWINTIG

De oude vrijster

Terwijl de buurtbewoners allemaal hun persoonlijke drama's beleefden, werd Doris voortdurend beziggehouden door haar eigen avontuur, dat steeds meer een openbaar karakter kreeg. Er was nu een officiële Taakeenheid Buurtverbetering opgericht. Het statiegeld van de lege flessen waarmee ze de flyers bekostigde was op, en Doris had inmiddels op eigen kosten nieuwe flyers laten maken. Samen met haar medestanders deelde ze die uit in de lobby's van de gebouwen in het blok. De flyers zagen er officieel uit en waren gedrukt op crèmekleurig papier. Op de flyers stonden de moties die waren ingediend door het nieuwe adviesorgaan en de vorderingen van de Spaar Onze Straatcampagne die mede gericht was op het creëren van viervoetervrije uren in het park. Professionele hondenuitlaters werden gewaarschuwd dat ze na hun werk de troep moesten opruimen, waarbij werd gedreigd met bekeuringen en slechte publiciteit voor het geval ze in gebreke bleven. De hondenbezitters in de buurt werden ingelicht over het stedelijke aanlijngebod en erop gewezen dat het hun burgerplicht was om hun honden bij zich te houden. Er werd nog eens extra de aandacht gevestigd op pitbulls vanwege hun spreekwoordelijke gewelddadige gedrag, waarbij de wet op een algeheel pitbullverbod, die in Toronto was aangenomen, in zijn geheel was weergegeven. Restauranthouders werden herinnerd aan de gemeentelijke gezondheidsbepalingen, waarin stond dat dieren verboden waren in hun zaken. De lezer werd op het hart gedrukt dat ze niet in Parijs waren, en dat de brigade van verontruste burgers zou overgaan tot aanhouding van medeburgers wanneer dat nodig mocht zijn. Voor vragen en klachten moest iedereen bij de gemeenteraad zijn. Het devies, dat was gedrukt als het revolutionaire devies van New Hampshire, compleet met slang luidde: PLAS NIET OP MIJ.

Toen Doris' pamfletten pas waren verschenen, ontstond er menige discussie. Sommige mensen waarschuwden ervoor dat een mysterieuze oude man met rood geverfd haar, die in het blok woonde, rattengif op de stoep strooide om alle honden uit de buurt om zeep te helpen. Anderen beweerden dat de gifmoordenaar een vrouw van middelbare leeftijd uit Greenwich was, die ooit in de hondenpoep was gestapt toen ze op weg was naar een bruiloft in de katholieke kerk, en die het de hond in kwestie nooit had vergeven. Ze wist weliswaar niet welke hond het was geweest, maar sindsdien had ze zich toegelegd op het grootschalig uitroeien van alle honden in deze buurt. Weer anderen, die het gifverhaal met een korreltje zout namen, wisten absoluut zeker dat deze 'schending van burgerrechten', zoals ze het noemden, het werk van de burgemeester was. Een aantal mensen was beledigd dat ze niet waren gevraagd om lid te worden van de Taakeenheid Buurtverbetering, terwijl anderen woedend waren omdat de flyers op hun stoep werden gedeponeerd en er toch duidelijk stond aangegeven dat er geen foldertjes voor afhaalmaaltijden of wat voor soort drukwerk dan ook mocht worden achtergelaten. Al met al kregen deze mysterieuze boodschappen een heleboel aandacht, veel meer dan hun inhoud rechtvaardigde, ben ik bang. Doris' medestanders probeerden de misverstanden uit de wereld te helpen, waardoor er verscheidene burenruzies ontstonden, en ten minste één echtpaar ongeveer drie dagen niet meer tegen elkaar sprak.

Jody wist meteen dat de Taakeenheid Buurtverbetering eigenlijk de vrouw was die haar begluurde vanuit haar witte SUV. Als ze het niet al meteen had vermoed, dan had ze wel een aanwijzing gekregen door de boodschap, gedrukt op crèmekleurig papier, die op de voorruit van de SUV was geplakt en waarop stond: LAAT UW VIERVOETER NIET TEGEN MIJN AUTO PLASSEN, TENSLOTTE PLAST MIJN AUTO OOK NIET TEGEN UW VIERVOETER.

Het ontging Jody ook niet wat er over pitbulls werd gezegd, en dus liet ze haar grote witte hond nog steeds tegen de grote witte auto plassen, alleen nog wat vaker dan eerst. Ze gingen 's avonds laat of heel vroeg in de ochtend, en al snel werd de auto Beatrice' lievelingsplekje om te plassen, alleen al uit gewoonte. Waar de auto ook geparkeerd stond, Beatrice wist hem te vinden. Jody leerde haar om altijd aan de kant van de bestuurder te plassen, waarbij ze een glinsterend, penetrant ruikend plasje achterliet: een ritueel, een van de weinige dingen waar Jody op dat moment nog blij van werd. De dierenarts had Beatrice geopereerd en geconstateerd dat ze onder de kankergezwellen zat. Opereren was zinloos. Beatrice' dagen waren geteld, en dat waren er niet veel.

Jody was dankbaar dat zij en Beatrice nog steeds in Simons appartement op de begane grond konden blijven. Maar Simon zelf was vertrokken. Hij was inderdaad naar Virginia gegaan, en Beatrice bracht nu haar laatste levensdagen door met het enige wezen dat echt belangrijk voor haar was. De eerste avond nadat Simon was vertrokken, had Jody het gevoel alsof Beatrice ook voor haar het enige wezen was dat echt belangrijk voor haar was. Maar er waren ook momenten dat ze terugdacht aan een avond of een nacht met Simon, of aan de manier waarop hij naar haar keek, 's ochtends wanneer het zonlicht door het raam naar binnen viel en op het bed scheen, en dan besefte ze dat Simon ook iets voor haar betekende. En nu was hij weg.

Ze vond het vreselijk om niet bij haar hond te zijn, en elke dag ging ze na school zo snel mogelijk naar huis. Op een middag, toen Simon nog maar een week weg was, nam Jody Beatrice mee voor wat tegenwoordig een wandelingetje heette. Ze gingen de deur uit, langzaam liepen ze over het trottoir tot ze de witte suv hadden gevonden, vervolgens deed Beatrice wat ze moest doen, en toen liepen ze weer net zo langzaam naar huis, waar Beatrice op de grond neerplofte en in slaap viel. Jody vond dit een goede gelegenheid om eventjes naar haar eigen woning te gaan en haar post op te halen, een paar schone kleren te pakken en een paar fatsoenlijke lakens. Het was een mooie herfstdag, de lucht was stralend en helder, maar toch was ze blij dat ze in de donkere lobby was. Ze werd somber van de zon. Er werd altijd tegen haar gezegd dat ze een zonnig karakter had, maar sinds Beatrice ziek was en Simon naar Virginia was gegaan, had ze bijna een gloeiende hekel aan die stralende, valse zon.

Toen ze het sleuteltje omdraaide en het metalen deurtje van de brievenbus opendeed, zag ze dat er een brief van Simon in lag. Ze werd er altijd blij van als ze post kreeg. En ze miste Simon nog meer dan ze had gedacht. Terwijl ze de brief liefdevol in haar hand hield, vroeg ze zich af waarom hij de brief niet naar zijn eigen adres had gestuurd. Het was de eerste brief de ze ooit van Simon had gekregen. Ze liep de trap op en ging haar kleine woning binnen. Het is fijn om thuis te zijn, dacht ze, en ze ging op het bed zitten. Maar het rook toch een beetje muf en daarom stond ze op en deed een raam open. Ze leunde tegen het raamkozijn, en herinnerde zich dat ze daar had zitten breien terwijl ze op Everett wachtte. Toen maakte ze Simons brief open.

Er stond een heleboel in over de jacht. Er waren ook een paar passages over het heerlijke weer. Verder werd er melding gemaakt van twee rijke, onervaren ruiters die hun paarden niet aankonden. Er was nog een paragraaf waarin hij vroeg hoe het met Beatrice ging, en meldde dat een lid van de jachtvereniging een hond had die chemotherapie had gekregen, waardoor de ziekte tot staan was gebracht.

En toen eindelijk, aan het eind van de brief, alsof hij er zich toe had moeten zetten, schreef Simon dat hij haar miste. Hij zei dat hij heel veel van haar hield, dat zijn leven zo veranderd was sinds hij haar kende, en hoeveel rijker zijn bestaan was geworden met haar aan zijn zij.

Toen Jody bij dit deel van de brief was aangekomen, glimlachte ze, en ze stelde zich Simon voor met zijn hoge zwarte laarzen en getailleerde rijjas. Welke jas zou hij aanhebben? De zwarte met die bijzondere knopen? Of de felrode die hij pasgeleden tweedehands had gekocht? Hij was op alle twee zo trots.

Zijn leven was rijker, ging de brief verder, maar betekende dat ook dat hij gelukkiger was? Hij was tot de conclusie gekomen dat dat niet zo was. Misschien was hij wel helemaal niet geschikt voor zo'n rijk emotioneel leven. Hij was altijd op zichzelf geweest. Hij was niet jong meer en het viel niet mee om oude gewoonten af te leren, om een oude hond nieuwe kunstjes te leren.

Jody moest onwillekeurig aan Beatrice denken toen ze dit las. Beatrice had nog heel veel nieuwe dingen geleerd toen ze oud was. Of niet soms? Misschien kende ze ze al, en had Jody alleen maar haar geheugen opgefrist door te zeggen wanneer ze moest komen, of wanneer ze moest blijven zitten en pootjes geven.

Jody was zo levenslustig, ging Simons brief verder. Maar de laatste weken dat ze hadden samengewoond was er iets tot Simon doorgedrongen.

'Ik ben een oud wijf,' schreef Simon. 'Ik ben een lastig, bekrompen, oud wijf. Ik ben een oude vrijster, en zo wil ik het houden.'

Oude vrijster, dacht Jody. Opeens had ze een hekel aan die uitdrukking. Het was helemaal geen leuke, ouderwetse term. Het klonk vervelend, benepen en lelijk. Simon had haar uitdrukking afgepakt en die veranderd. Hij had alles afgepakt en veranderd. En zij had het toegestaan.

Hij ging maar door met te zeggen dat het hem speet als hij haar verdriet had gedaan, maar dat hij het gevoel had dat hun relatie te snel te intens en emotioneel was geworden.

'En wie zijn schuld was dat?' zei Jody hardop met schorre stem, want ze huilde.

En dus, schreef Simon, moesten ze het wat kalmer aan doen. Terwijl ze verder las, realiseerde Jody zich dat hij met kalmer aan doen, bedoelde dat ze uit elkaar zouden gaan.

Sterker nog, Simon schreef dat hij van plan was in Virginia te blijven. Garden had hem een baan aangeboden als hoofd personeelszaken op zijn advocatenkantoor. Dat betaalde veel beter dan zijn huidige baan en bovendien was het leven daar goedkoper, hij zou het hele seizoen kunnen jagen, en al helemaal doordat Garden hem een huurcontract van twee jaar had aangeboden voor het gastenverblijf. Hij ging nog een poosje door over Gardens vrouw die haar rug had bezeerd – godzijdank was het niets ernstigs, schreef hij; godzijdank, dacht Jody afwezig – en over haar genereuze aanbod dat Simon het jachtseizoen op haar merrie mocht rijden. Toen herinnerde hij zich blijkbaar weer wat het doel van de brief was, en schreef dat Jody natuurlijk wel zou begrijpen dat hij deze kans niet aan zijn neus voorbij mocht laten gaan. Hij zou haar nooit vergeten. Ze had zijn leven veranderd en hem de moed gegeven zijn leven nog meer te veranderen.

Hij ondertekende de brief met: 'Vriendelijke groet, Simon.'

Verbijsterd en woedend liep Jody terug naar Simons flat. Het drong tot haar door dat ze het raam open had laten staan, maar ze ging niet terug. Wat maakte het uit? Regen, wind, sneeuw, dieven, laat maar komen. Ze had de enige man met wie ze ooit bijna had willen trouwen van zich af gezet.

Polly ging inderdaad naar Chris' bruiloft, maar zonder George of Everett, want ze vond dat ze deze uitdaging alleen moest aankunnen. Zoiets als het volwassenwordingritueel bij de indianen waarbij de jongens allemaal akelige dingen te verduren krijgen. Ze trok haar meest sexy jurk aan, die nog net op het randje was voor een bruiloft, en liet haar nagels doen. Toen nam ze de trein, en ze kwam erachter dat deze bruiloft net zo suf was als alle andere bruiloften die ze ooit had meegemaakt. De enige leuke bruiloft was je eigen bruiloft, dat had ze tenminste tegen Chris gezegd, wanneer ze voor de zoveelste keer en in de zoveelste vreselijke jurk moest opdraven als bruidsmeisje. Dat had ze nogal bijdehand van zichzelf gevonden, en dat vond ze nog steeds bijdehand, maar dat hielp niet echt tegen de verveling die haar altijd overviel wanneer ze het geluk van iemand anders moet aanzien, en zeker niet het geluk van Chris. Chris zag er geweldig uit, en daardoor vond ze het opeens weer des te erger dat ze hem kwijt was. De bruidsmeisjes hadden paarse jurkjes aan, en ze had met hen te doen. Ze was een buitenstaander en dat was altijd een ongemakkelijke positie. Er waren maar een of twee vrienden uit de tijd dat ze nog een stelletje waren, en dat waren eigenlijk Chris' vrienden en niet de hare, besefte Polly. Ze waren verbaasd haar te zien, vroegen haar een keer ten dans en verdwenen vervolgens. Ze was inderdaad een buitenstaander. Maar ik ben tenminste wel een echte buitenstaander, dacht ze, want een deel van de bruiloftsgasten bestond uit prachtige vrouwen van een meter tachtig, gekleed in petieterige jurkjes en een ander deel werd gevormd door bleek uitziende mannen, met vlassige baarden en zwarte hoeden op. Toen Polly hierover begon tegen een van de gasten, een echte corpsbal, maar die ze altijd had gemogen, zei hij: 'O ja. Die zus? Dat is een model. En er zijn ook nog een paar Joden.' Vervolgens zag hij een jongen die met twee sigaren stond te zwaaien en ging toen met hem buiten onder een boom staan roken. Wiens zus? vroeg Polly zich af. En wie waren die Joden?

Ze was hier omdat ze nieuwsgierig was, en haar nieuwsgierigheid was bevredigd. Maar ze was ook naar deze bruiloft gegaan om zelf te kunnen vaststellen dat het allemaal echt gebeurde. En eigenlijk genoot ze ook op een beetje narcistische manier van het verdriet. Van al deze redenen was ze zich bewust. Maar de reden waar ze zich misschien niet helemaal van bewust was, was dat ze Chris wilde zien, hem alleen maar zien. Al die redenen waren helemaal niet iets om trots op te zijn, en toch was ze net zo trots alsof ze een berg had beklommen of met haaien had gezwommen. Ze had zich zorgvuldig gekleed en ze liet zich zelfs niet intimideren door een aantal Amazoneachtige modellen, die er net zo verveeld uitzagen als zij zich voelde. Tijdens de plechtigheid werd er gespeecht, wat Polly nogal gek vond, ook al omdat het hier blijkbaar om de levensbeschrijving van de bruid en bruidegom ging. De gebeurtenis vond plaats in een buitensociëteit in Connecticut, in het stadje waar de ouders van Chris woonden. De ontmoeting met Chris' ouders was ongelooflijk weerzinwekkend, want ze hadden Polly nooit gemogen, en omdat ze nu geen gevaar meer vormde, deden ze voor de eerste keer aardig tegen haar. Maar de confrontatie met Chris was alles bij elkaar genomen een succesje. Hij kwam naar haar toe met uitgestoken hand alsof ze een verre nicht was. Ze keek naar hem zoals hij daar stond met zijn keurig geknipte haar en zijn modieuze, als gegoten zittende smoking, en ze dacht: ik ben je kwijt en dat doet me verdriet. Toen pakte ze zijn hand, schudde die en wenste hem het allerbeste.

'Ik ben blij dat je bent gekomen,' zei hij.

'Echt waar? Hoezo?'

Haar vraag was oprecht. Ze wist waarom ze was gekomen, maar ze wist niet waarom ze was uitgenodigd.

Chris haalde zijn schouders op. 'Weet ik niet,' zei hij, en hij keek opgelaten.

Polly schoot in de lach, ze greep in haar tasje, haalde Chris' iPod tevoorschijn en richtte die op hem.

'Pang,' zei ze.

Chris pakte de iPod van haar aan. 'Je hebt hem gevonden.'

Polly begon een van de liedjes van Billy Joel te zingen.

'Zeg hé, ik weet niet hoe dat daar op is gekomen, mens.'

Polly ging verder met het liedje, en genoot ervan dat hij zich geneerde. Op de een of andere manier maakte dat de hele bruiloft goed: het opgelaten gevoel, dat ze muurbloem was, de afgrijslijke ouders, en zelfs dat ze Chris kwijt was.

'Oké, oké,' bleef hij maar zeggen. Hij duwde de iPod in haar handen. Het bleek dat hij hem uiteindelijk toch niet meer hoefde, want Diana had een nieuwe voor hem gekocht met twee keer zoveel gigabytes.

'Je mag hem dus wel houden,' zei hij.

'Ja,' zei ze opgewekt. 'Dan heb ik in ieder geval een leuke herinnering aan je.'

Jody ging nu nergens meer heen waar ze Beatrice niet mee naartoe kon nemen. Tijdens Simons afwezigheid waren ze inmiddels vertrouwde verschijningen in de Go Go geworden. Op de avond van Chris' huwelijk, terwijl Polly op de gezondheid van het gelukkige paar dronk, ging Jody zoals gewoonlijk naar het restaurant. Jamies oog viel op de vrouw met het korte, warrige haar en de witte pitbull, en hij vond dat ze er erg verlaten uitzag. Natuurlijk waren ze al veel vaker in het restaurant geweest, maar altijd in gezelschap van Simon. Jamie besefte dat hij niet eens wist hoe die vrouw heette. De hond, ja, die heette Beatrice. Maar wie was die vrouw die altijd zo'n levendige indruk maakte en er nu zo uitgeblust en verloren uitzag?

'Mag ik even bij je komen zitten?' vroeg hij.

Jody keek verbaasd op en schonk hem een flauw glimlachje.

Jamie ging zitten en onmiddellijk verschenen er een fles wijn en twee glazen op tafel.

'O, dank je wel,' zei Jody toen hij haar glas inschonk.

'Ik ben zo blij dat hier honden mogen komen,' zei ze even later. 'Ik kan haar echt niet thuis laten.' En toen hoorde ze zichzelf in één grote verwarde woordenvloed hem het hele verhaal vertellen. Vol afgrijzen merkte ze dat ze iemand die ze niet kende alles vertelde over het mank lopen van Beatrice, over de operatie, de kanker en vervolgens over Simon, zijn aanzoek, dat hij aan het jagen was, haar afwijzing, zijn onzekerheid, zijn brief, haar alles overheersende verdriet. Ze kon zichzelf wel slaan dat ze al deze intieme gevoelens en gedachten naar buiten bracht. Ze werd gek van het geluid van haar eigen stem.

Eindelijk hield ze ontzet haar mond en staarde Jamie aan.

'Mag ik Beatrice een bot geven?' was het enige wat hij zei. Hij riep een knappe ober en zei iets tegen hem in een vreemde taal die Scandinavisch klonk, en meteen daarop verscheen een groot, rauw bot. Beatrice hield het bot tussen haar grote poten en begon er tevreden op te knauwen. Jody keek vertederd toe. Toen ze weer opkeek, was Jamie weg, maar hij had de fles wijn achtergelaten, en tegen de tijd dat Jody opstond, was hij leeg. Toen ze die avond naar huis liep, voelde ze zich beter dan ze zich in tijden had gevoeld. Ze ging naar bed, en hoewel Simon er niet was, vond ze dat de wereld warm en aangenaam was en viel ze meteen in slaap.

Everett mocht niet zo vaak genieten van het wandelen met Howdy als hij had gehoopt. Polly bleek toch meer bezitterig wat de hond betrof dan ze had laten zien op de dag dat ze het zo pijnloos met Everett had uitgemaakt. En George, als George niet weg was met dat hysterische hondje van dat blonde meisje, was hij niet bij Howdy weg te slaan. Zelfs dit keer, nu Polly de stad uit was naar een bruiloft, kreeg Everett Howdy niet. Het leek wel alsof er een soort samenzwering was om hem en Howdy uit elkaar te houden. Net zoals Romeo en Julia, dacht hij. Soms ging hij ook zonder Howdy wandelen, maar dat was niet hetzelfde. Het overkwam hem dat hij mensen aanhield om hun honden te aaien, en dat bood dan even afleiding, maar hij voelde er zich wel een beetje een zonderling door. En als hij dan alleen op het trottoir achterbleef terwijl de hond en zijn baas verder liepen, voelde hij zich nog eenzamer dan daarvoor. Op het werk was hij onuitstaanbaar, ook voor zichzelf. Was hij vroeger chagrijnig en gemeen, dan was hij nu gewoon niet meer te harden. Hij maakte spottende opmerkingen als zijn collega's een vergissing maakten, hij greep elke gelegenheid aan om de mensen die onder hem werkten te vernederen, hij liet hen allemaal overwerken en beledigde hen waar iedereen bij stond.

Thuis dronk hij in alle stilte martini's, en hij zette niet eens de televisie aan. Af en toe ging hij naar de Go Go Grill, maar hij kon niet tegen het behaaglijke geroezemoes, om maar te zwijgen van de aanblik van George en Polly. De laatste tijd bestelde hij meestal eten bij de Chinees en at dat op in bed, iets waar hij altijd op tegen was geweest, en keek ondertussen naar *Animal Planet*.

Vandaag trouwt Alison, dacht hij, terwijl hij naar een lama keek die een jong wierp. Hij at gebakken rijst met een lepel en voelde zich nog meer ex-echtgenoot dan anders.

DRIEËNTWINTIG
Hij kwam voor de honden

De sombere dagen, vlak voordat het echt winter werd, de dagen die flink korter werden en waarvan het leek alsof ze nooit meer zouden lengen, gingen langzaam voorbij voor Jody. Ze was minder op school dan ooit, in haar wiek geschoten als van haar werd gevraagd of ze een oogje in het zeil wilde houden op het dansfeest van de vijfde klas of een munteninzameling wilde organiseren. Ze was bezig de lagere klassen liedjes te leren voor het wintervakantietoneelstuk, waarbij ze er goed op lette dat er verwijzingen naar Chanoeka, Kerstmis en Kwanzaa in voorkwamen, maar niet naar Jezus of God. Toch had ze haar hart er niet in gelegd. Haar hart was gebroken, en de stukjes lagen thuis bij haar zieke vriendin, haar stervende hond Beatrice.

Op een avond liep ze Everett tegen het lijf, maar ook hij kon er niet voor zorgen dat ze zich beter voelde. Wie was hij trouwens helemaal? Een buurman, een vreemde, een man voor wie ze ooit een soort kalverliefde had gekoesterd, de rare, afgewezen minnaar van een belachelijk jong meisje.

'Simon is in Virginia,' zei ze als antwoord op zijn vraag. 'Hij gaat daar wonen.'

Everett keek verbaasd. Maar jij bent niet zo verbaasd als ik, dacht ze.

'Wat erg dat Beatrice zo ziek is,' zei hij. 'Als ik iets kan doen...'

Maar ze schudde alleen maar haar hoofd en liep langzaam verder met haar oude witte hond.

Na die avond merkte Everett dat hij veel vaker langs Jody's huis liep dan eigenlijk nodig was. Soms bleef hij even aarzelend voor haar deur staan en vroeg zich af of hij zou aanbellen om te kijken of ze thuis was en te vragen of ze een eindje wilde wandelen. Hij deed het nooit, maar

hij zag haar en die arme Beatrice wel bij de Go Go. Hij vroeg het nummer van haar mobieltje, omdat hij om de een of andere reden haar niet
op Simons telefoon wilde bellen. Toen belde hij haar op haar mobiel,
en stelde voor om bij hem thuis iets te komen eten.

Ze kwam op een druilerige avond, met de trage, magere hond aan
de lijn. Everett werd overvallen door de herinnering aan een jaar geleden, toen hij hen voor het eerst had ontmoet en ze uit een sluier van
sneeuw tevoorschijn waren gekomen. Jody met roze wangen en de
hond gespierd en glanzend. Everett zette water neer voor de hond in
de Jonathan Adler-etensbak. Zowel door de bak als door het geluid
van de slobberende Beatrice moest hij aan Howdy denken en miste hij
hem.

Hij had voor het eerst in jaren weer gekookt en was nogal zenuwachtig over het eten, hoewel het alleen maar ging om een gebraden
kip, gebakken aardappels en een salade. Maar hij wilde dat de avond
een succes werd. Vervolgens vroeg hij zich af wat hij onder succes ver-
stond. Dat hij Jody zover kreeg dat ze met hem naar bed ging? Of wilde hij haar alleen maar eten voorzetten en haar op haar gemak stellen,
net zoals een gewond dier, zoals Beatrice?

'Ik zag vandaag in het park een eekhoorn die een croissant at,' zei
hij. 'Een grote, dikke croissant. Hij kon hem bijna niet vasthouden
met zijn kleine pootjes.'

Jody moest hierom lachen, en Everett vond haar heel erg leuk.

'Wat deed je in het park?' vroeg ze. 'In dit weer?'

'Ik deed alsof ik ook een hond had.'

Jody moest weer lachen, en het was een heel plezierige avond geworden. De kip was prima, een beetje vet, vond Jody, maar vol van
smaak, en ze hadden urenlang gepraat en de heerlijke wijn gedronken
die hij had gekocht. Hij probeerde niet haar in bed te krijgen. Ze was
te kwetsbaar en tegelijkertijd had ze iets bedreigends.

Hij heeft medelijden met me, dacht Jody toen hij haar voor de
tweede keer uitnodigde om gebraden kip te komen eten. En dat mag
ook wel.

'Wat ontzettend aardig,' zei ze, maar wat ze eigenlijk bedoelde was:
wat maakt het uit, het is toch te laat. Voor alles is het te laat. Wat was

ze toch een jankerd geworden. Ze probeerde haar hoofd erbij te houden, maar ze merkte dat ze het moeilijk vond zich op Everett te concentreren, Everett die ze in haar verbeelding ooit zo achterna had gehold. Het leek wel alsof haar fantasie samen met Simon naar Virginia was verhuisd.

'Zullen we vanavond buiten de deur eten?' vroeg Everett.

'Buiten de deur?' Het was een donkere, koude avond. Ze zaten behaaglijk in de huiskamer. Schaamde hij zich ervoor om weer gebraden kip op tafel te zetten? 'Maar ik ben dol op gebraden kip,' verzekerde ze hem.

'Nou ja, de kip is nog niet ontdooid...'

Waarom zou hij die kip überhaupt hebben ingevroren? dacht ze. Je kunt toch gewoon de supermarkt binnen stappen op dezelfde dag van het etentje? dacht Jody. Ze hoopte maar dat de andere diepgevroren kip antibioticavrij was. Maar misschien maakten chemici zich daar niet zo druk om. Beatrice was moeizaam de straat over gehinkt, de lift in. De hond lag nu naast Everett te slapen.

'Ja, dat lijkt me wel leuk,' zei ze, hoewel het duidelijk was dat er nooit meer iets leuk zou zijn voor iemand met zo veel zelfmedelijden als zij. Ze dronken hun martini op en verruilden Everetts opgeruimde en comfortabele flat voor de natte avond en het restaurant aan de overkant.

Everett zag dat Jody de hond aan haar voeten neerzette. Wat was ze toch voorzichtig en kalm met die grote zieke hond. Hij schonk Jody's glas in, hield toen het glas voor haar gezicht alsof ze hulpbehoevend was en zei: 'Neem een slok.'

Jamie keek nieuwsgierig naar hen en wendde zich toen tot een grote groep vrouwen, een leesclubje, veronderstelde hij. Hij nam hen mee naar de ronde tafel bij het raam en gaf advies over de wijn. Hij lachte. Zij lachten terug. Verrukkelijk, een leesclubje, of was het een bijeenkomst van Weight Watchers? Nee, Weight Watchers zouden echt niet in een restaurant afspreken. Bovendien waren ze allemaal nogal slank.

'Moet je die schattige hondjes zien,' zei een van hen, en ze wees naar Jamies hondjes die vanachter de bar tevoorschijn waren gekomen.

Hij overwoog net wat hij de aardige dames van de leesclub aan het eind van hun diner zou aanbieden – grappa of calvados? – toen de deur van het restaurant met een luide knal openzwaaide. En daar in de deuropening, haar handen in de zij en met een van woede vertrokken gezicht, gehuld in een lange bontjas, stond Doris.

Weloverwogen en theatraal deed ze een stap opzij. Achter haar, als een lange schaduw, torende een zware, gespierde man met vierkante kaken en een mal plastic clipboard in de hand.

'Daar!' zei Doris. Ze wees naar Jamie.

De onheilspellende schaduw kwam naar voren. Hij stak zijn kin naar voren als een soort groet, dacht Jamie. Jamie stak zijn hand uit en stond op het punt zich voor te stellen, toen de schaduw, die nu duidelijk in het licht te zien was, een penning uit zijn zak haalde en die naar voren stak, alsof hij Jamie op een afstand wilde houden.

'New York City Gezondheidsdienst,' las Jamie hardop, 'en Geestelijke Gezondheid.'

'Dit is een inval,' zei Doris met een hoog stemmetje van opwinding.

'Inspectie,' verbeterde de man haar met een toonloze, dreigende stem.

Nu zijn de rapen gaar, dacht Jamie, maar hij hield zijn mond.

'Geef hem een bekeuring!' zei Doris.

Geestelijke gezondheid, dacht Jamie. Zeg dat wel. Uit zijn ooghoek kon hij zien dat zijn personeel in de startblokken stond. Ze gingen bordjes in de wc ophangen, dingen in de diepvries gooien, alles wat maar mogelijk was om de inspecteur voor te zijn. Maar Jamie wist dat het allemaal geen zin had. De inspecteur was hier niet om na te gaan of er wel bordjes hingen waarop stond dat de obers hun handen moesten wassen. Hij kwam voor de honden.

Jamie gebaarde naar George. 'Laat de inspecteur even zien dat...'

'Gezondheidsdeskundige,' verbeterde de man hem.

Jamie keek hem aan. De gezondheidsdeskundige keek terug.

'Laat de gezondheidsdeskundige even zien wat hij wil zien,' zei Jamie uiteindelijk.

George kwam van achter de bar vandaan. Misschien waren gezondheidsdeskundigen net zoiets als quakers, eenvoudige, vreedzame lui die geen vlieg kwaad deden.

Doris keek vol trots naar het tafereel dat zich afspeelde. Ze had zo lang en zo ontzettend haar best gedaan om te zorgen dat dit zou gebeuren. Ze had talloze keren de Warenwet gebeld en gezegd dat ze 's avonds een inspecteur moesten sturen om Jamie zogezegd op heterdaad te kunnen betrappen, net zolang totdat ze eindelijk een ambtenaar met een gewillig oor had gevonden. Maar niets komt tot stand zonder hard ervoor te werken, zei ze bij zichzelf. Ze had vuilnis opgeraapt, haar medeburgers opgevoed en haar rechten als burger laten gelden. En nu, eindelijk, zou ze iets laten gebeuren. Triomfantelijk stond ze tegenover de verslagen vijand. Hij ontweek haar blik. Hij draaide haar de rug toe en liep weg. Dat stak Doris. Ze had het gevoel dat dit niet rechtvaardig was. Maar zoals wel wordt gezegd: geen enkele goede daad blijft ongestraft, en op een dag zou Jamie haar dankbaar zijn dat ze hem weer op het goede pad had gebracht. Er waren toch genoeg mensen die niet in de Go Go gingen eten omdat er overal honden lagen. Ze wist niet precies hoeveel, maar het waren er zeker een heleboel.

'Aha!' riep Doris, en ze wees naar Tillie en Hector die op haar af kwamen gedraafd.

De deskundige mompelde iets onverstaanbaars, maar wel duidelijk iets eenlettergrepigs.

'Ze wilden net weggaan,' zei George, en hij liep snel de honden achterna.

Maar inmiddels lagen allebei de honden al op hun rug voor de zware laarzen van de gezondheidsdeskundige met hun pootjes in de lucht te trappelen.

De gezondheidsdeskundige porde zachtjes met zijn laars tegen een van de hondjes.

'Waarom doet u zo aardig tegen deze mormels?' vroeg Doris.

Jamie was een zachtaardig mens. Hij was een gematigd iemand. Hij was zijn hele leven bezig geweest met het anderen naar de zin te maken, weliswaar met zo min mogelijk moeite van zijn kant, maar nu voelde hij iets in zich opkomen, en dat iets kwam hem zo te zeggen zijn strot uit. Hadden gezondheidsdeskundigen wapens bij zich? vroeg hij zich af. Misschien hadden gezondheidsdeskundigen gewelddadige neigingen, net zoals postbodes. Misschien zou deze gezondheidsdeskundige zijn pistool trekken en zijn afgrijselijke beschermvrouwe doodschieten en kon Jamie toekijken hoe ze bloedend op de grond viel, tevergeefs naar adem happend.

'Kijk,' zei de beschermvrouwe. 'Nog een overtreding.' Doris had Beatrice in het oog gekregen. Ze liep op de oude, slapende pitbull toe. 'In Toronto zou je worden geëuthanaseerd.'

'We zijn hier niet in Toronto,' zei Jamie resoluut.

'New York,' zei de gezondheidsdeskundige nog even ter verduidelijking.

Hij stond met een potlood aantekeningen te maken op zijn paarse clipboard.

Potlood, dacht Jamie. Potlood, potlood, kan worden uitgegumd. Op de een of andere manier zou de dagvaarding of wat hij dan ook aan het noteren was, worden uitgegumd. Dit was wat Noah met een soort minachting 'Jamies magisch denken', noemde. En wat dan nog? Het was het enige wat nog zou helpen. Dit zou zijn derde dagvaarding vanwege honden worden. Hij had nog mazzel als hij alleen een bekeuring kreeg en niet de zaak moest sluiten. Hij zou nooit meer een hond binnen mogen laten. Hij zou zich het risico niet meer kunnen veroorloven. Als het restaurant überhaupt nog open mocht blijven. Magisch denken? Ja. Waarom niet? Het gebed van een atheïst.

De klanten hadden allemaal gemerkt dat er iets aan de hand was, en het was heel stil geworden. Toen het woord 'euthanasie' viel, had Everett Jody's hand gepakt. Natuurlijk was het idioot dat Jamie honden in het restaurant toeliet. Het was een wonder dat hij niet eerder een verbod had gekregen. Maar wat kon Beatrice nou voor kwaad, een oude, slapende hond die een heel klein beetje snurkte? En wat deden die grappige terriërs nou voor kwaad?

Jody was rood geworden. Ze streek met haar hand door haar haar dat vervolgens gek overeind ging staan. 'Dat wijf,' zei ze. 'Dat verschrikkelijke, wanstaltige wijf...'

'Kom op,' zei Doris tegen de gezondheidsdeskundige. 'Schrijf nou die bekeuring uit. Of hoe dat ook mag heten.'

De gezondheidsdeskundige wierp haar zo'n kille, onsympathieke blik toe dat Jamie eventjes, een verrukkelijk ogenblik, dacht dat de gezondheidsdeskundige de hele zaak zou vergeten. Dat hij de woedende burgeres die hem hier mee naartoe had genomen links zou laten liggen, dat hij lachend het pootje zou schudden van Howdy, die net uit de keuken kwam en zijn pootje naar hem ophield, vriendelijk naar Jamie zou knikken en de deur uit zou lopen, een gunstig rapport zou schrijven en naar huis zou gaan, naar een vast en zeker gelukkig, liefdevol gezin en een uitgebreid, heerlijk diner. Hoewel naar de deskundige te oordelen er aan tafel vast niet veel gesproken werd, maar ja, mensen communiceren op zoveel verschillende manieren...

Aan Jamies dagdromerij werd abrupt een eind gemaakt.

'O-ver-tre-ding,' zei Doris, met betrekking tot Howdy die naar haar toe was gelopen om aan haar bontjas te snuffelen.

De gezondheidsdeskundige draaide zich om en keek Jamie aan. 'Vier,' zei hij met zijn vlakke stem. En toen voegde hij er met plotselinge heftigheid aan toe: 'Waar denk je verdomme wel dat je bent, vriend. Parijs?'

VIERENTWINTIG
Thanksgiving

Everett verheugde zich op Thanksgiving, want dan zou Emily thuiskomen. Maar toen het zover was, kon Emily hem niet opvrolijken. Ze probeerde het wel, en het ontroerde hem dat ze moeite deed. Maar Emily had haar eigen leven. Dat zei hij tegen zichzelf toen ze op een woensdagavond aanstalten maakte de deur uit te gaan. Dat hij zich nu leeg voelde, begreep hij wel en hij riep zichzelf tot de orde. Maar wat hij niet begreep, was waarom hij zich eerder op de avond ook zo leeg had gevoeld, een hol gevoel van lusteloosheid dat bij hem was opgekomen bij de aanblik van Emily en haar vrienden die onderuitgezakt op zijn meubels zaten. Hij voelde zich gevleid dat ze zich voldoende op hun gemak voelden om zijn flat als een bezettingsleger in beslag te nemen. En toch had hij zich eenzaam gevoeld.

Dit jaar was Alison aan de beurt om Emily thuis voor Thanksgiving te hebben, en toen het donderdagavond werd, ging Everett een beetje gegeneerd naar de Go Go om te gaan eten. Hij had altijd medelijden gehad met mensen die op Thanksgiving in een restaurant aten, zo helemaal in hun eentje achter een bord met droge kalkoen. Maar hij kon het ook niet aan om in zijn flat te blijven en eten te bestellen. Dat zou niet alleen vernederend maar ook laf zijn.

Jody ging ook voor haar Thanksgivingdiner naar de Go Go. Maar niet in haar eentje, want Jamie had haar uitgenodigd voor het diner samen met zijn kinderen, zijn partner, zijn personeel, en het belangrijkste: zijn honden.

'En Beatrice natuurlijk ook,' zei hij.

'Wat doen we als dat afschuwelijke wijf komt? En die man?'

'Op Thanksgiving?'

'Nee, dat zal niet,' zei Jody.

'Weet je,' zei hij opeens ernstig en boos, 'ze heeft het bijna voor elkaar gekregen dat ik moest sluiten.'

Hij ademde even diep in. Toen schoot hij in de lach en leek weer iets meer op zichzelf.

'Nog één keertje dan,' voegde hij eraan toe. 'Voor de lol.'

'Voor de lol,' reageerde Jody, maar ze kon zien hoe erg de inval ('inspectie' hoorde ze de gezondheidsdeskundige nog zeggen) hem had dwarsgezeten. Die onverstoorbare, zelfgenoegzame Jamie. Ze waren nogal bevriend geraakt sinds de dag dat hij de hond dat bot had gegeven, en hij haar bij wijze van spreken een bot had toegegooid in de vorm van een fles wijn. Ze was met een tevreden gevoel naar huis gegaan, en hoewel dat gevoel niet lang had geduurd, wist ze wel dat ze weer gelukkig zou kunnen zijn, en had ze het idee dat ze een vriend erbij had. Vanwege de hond kon ze met Thanksgiving niet naar Florida vliegen om haar ouders op te zoeken, en ze zat te diep in de put om naar een van haar collega's te gaan, maar ze kreeg bijna een opgewonden gevoel door het vooruitzicht van een illegale Thanksgiving met Jamie.

Ze verscheen om klokslag zeven uur, alsof ze had gereserveerd. Toen ze aan Jamies vriend Noah werd voorgesteld, die ze al talloze keren op straat en in het restaurant had gezien, drong het voor het eerst tot haar door dat hij Amerikaan was, en dat verbaasde haar. Hij was ook ongeveer een meter negentig lang. Jody vroeg zich af hoe vaak mensen wel niet aan hem vroegen of hij basketbal speelde, want even had ze de neiging hetzelfde te doen. Daar moest hij wel gek van worden, dacht ze. En vervolgens voelde ze de hele avond zo'n grote sympathie voor hem dat ze het idee had dat Noah en zij dikke vrienden waren geworden, hoewel ze tijdens het hele diner geen woord met elkaar hadden gewisseld.

Jamie was een beetje aangeschoten, merkte Jody. Hij ging op zijn knieën zitten en hield zijn gezicht voor Beatrice' kop. 'We gaan het redden,' zei hij monter. 'Toch?'

Hij zette ouderwetse discomuziek op en begon te dansen met zijn kinderen, tot Noah naar een van de exen knikte, waarna een cd van Stephin Merritt werd opgezet.

'Wat krijgen we nou?' zei Jamie tegen Noah. 'Wat mankeert er aan Donna Summer?'

'Rustig maar, schat,'

'Dit is een ode aan de onschuld.'

'Die onschuldige jaren zeventig,' zei Noah lachend. Hij pakte Jamies hand en trok hem dichterbij. 'Het is goed,' zei hij zacht. 'Het is helemaal goed.'

Jody draaide zich snel om en de moed zonk haar in de schoenen toen ze Everett zag binnenkomen. Misschien kon ze maar beter naar huis gaan, weg van deze man, de kinderen die om de tafel draafden, deze familie, deze intimiteit. Weg van Everett, een van haar mislukte intieme contacten.

Toen Everett binnenkwam en Jody daar tussen dat internationale, lawaaierige gezelschap zag, werd hij zich des te meer bewust van zijn eigen isolement. Bijna had hij zich meteen weer omgedraaid, maar Jamie had hem al gezien en riep luidkeels dat hij bij hem moest komen. Hij stond aan het hoofd van de tafel en gebaarde met zo veel enthousiasme dat Everett vermoedde dat de wijn al een poosje rijkelijk had gevloeid. Hij liep verlegen naar de tafel, zich er opeens van bewust dat hij niet in staat was zich feestelijk te gedragen, hij was zelfs niet eens een beetje aangeschoten.

Jamie stelde Noah voor, die opstond en tot Everetts verbouwereerdheid hem vanaf grote hoogte begroette. Toen werden de kinderen voorgesteld. Er waren er erg veel, en erg veel kinderen leken op elkaar. Jamie nam niet de moeite om het personeel dat aan tafel zat voor te stellen. Hij vroeg alleen aan een van hen om op te schuiven zodat Everett kon zitten.

'Nee, nee. Ik wil jullie niet storen,' zei Everett, maar tevergeefs. Er was al een jongen opgestaan die zorgde voor een ander couvert en zelf naar de andere kant van de tafel verhuisde.

Everett zag dat Jody tegenover hem zat en lachte naar haar. Toch vroeg hij zich af wat ze hier deed, en hij voelde zich een beetje gepikeerd dat ze hier was. Het was allemaal zo onverwacht, want hij had zich ingesteld op een rotavond en nu voelde hij zich uit zijn evenwicht gebracht en onbeholpen.

'Beatrice!' zei hij, en hij boog zich voorover om de hond te aaien die onder de tafel lag. Haar staart bonkte op zijn schoenen. 'Jij bent ook hier!'

Jody knikte.

'Op de revolutie!' zei hij, en hij lachte weer toen hij de cairn terriërs zag. Hij was blij de honden te zien, maar wat nam Jamie een risico. Nou ja, dat was niet Everetts probleem, alhoewel, dat zou het worden als de Go Go zou moeten sluiten. En dan zou hij volgend jaar met Thanksgiving helemaal nergens meer naartoe kunnen! Gottegot, wat ben je grappig, zei hij tegen zichzelf. Hij richtte zijn aandacht weer op Jody. 'Hoe is het met Beatrice?' vroeg hij.

Jody schudde langzaam en verdrietig haar hoofd.

Everett vroeg zich af wat er met Jody aan de hand was, had ze gezworen niet meer te praten tot de hond beter was? Hij haalde een beetje geïrriteerd zijn schouders op en probeerde met Noah een gesprek aan te knopen over het belang van daglicht voor het dagritme van een kind, iets waarover hij net een artikel had gelezen.

Natuurlijk had Jody niet gezworen niets meer te zeggen, maar toen Everett naar haar lachte, werd ze opnieuw overvallen door die vreugdegolf die ze had gevoeld toen ze hem maanden geleden op die stormachtige avond was tegengekomen, en dus was ze eventjes volkomen sprakeloos. Ik herinner het me nu, dacht ze bijna beschaamd. Voordat mijn hart werd gebroken, ging mijn hart naar jou uit.

'Je hebt een fantastisch gezin,' zei Everett tegen Jamie.

'Ik beschouw het meer als een sekte,' was Jamies antwoord, maar hij bloosde en lachte. Helemaal de trotse pater familias, vond Everett. Hector en Tillie zaten zo stil als standbeelden, hun blikken gefixeerd op Jamie terwijl hij de kalkoen aansneed. Zijn kinderen, van wie Everett maar niet de namen kon onthouden, hoewel hij tamelijk zeker was van een Dylan en een Isabella, hingen rond, kropen of renden, al naar gelang hun leeftijd. Jamies personeel was dronken. Zijn vriend was rijk en aardig, hoewel erg lang. Jamie was iemand om jaloers op te zijn en dat was Everett dan ook.

'Waar is je dochter?' vroeg Jody toen ze eindelijk weer haar stem terughad.

Everett keek haar aan en lachte niet meer. 'Bij haar moeder,' reageerde hij stuurs.

Jody keek naar haar bord. Zoals gewoonlijk had ze weer het verkeerde gezegd.

'Is Simon in Virginia?' vroeg Everett, nogal gemeen besefte hij meteen, en Jody zag er nu nog verdrietiger uit.

'Nog steeds in Virginia,' zei ze.

'O, ja. Sorry. Hij gaat daar wonen.'

'En ik neem zijn flat over,' zei Jamie tevreden.

'Nou daar zitten we dan,' zei Everett tegen Jody.

'Ja,' zei Jody, 'Hier zitten we dan.'

Daarna zeiden ze even niet veel tegen elkaar. Jody voelde Beatrice' zware kop op haar schoen en ze dronk te veel wijn. Ze dacht aan Everett die tegenover haar aan tafel zat en Simon die nog steeds in Virginia was. Ze vroeg zich af hoe Thanksgiving eruit zou hebben gezien als Simon niet was weggegaan. Misschien zouden ze dan aan een rustig dinertje in zijn flat zitten. Misschien waren ze wel hiernaartoe gegaan. Had Simon eigenlijk familie in de buurt? Het drong tot haar door dat ze dat helemaal niet wist. Hij was enig kind en zijn ouders woonden aan de westkust, maar misschien was er wel een nicht of tante. Ze voelde de adem van Beatrice langs haar enkel strijken.

Everett keek naar Jody. Ze zag er tegenwoordig altijd zo droefgeestig en verdrietig uit. Hij herinnerde zich nog hoe ze eruit had gezien toen hij haar zo onhandig die gele tulpen had gegeven. Hij vond het niet fijn wanneer ze verdrietig keek. Ze was een opgewekt, energiek iemand die blij hoorde te zijn. Als ze zo bedroefd keek, leek ze net een wanhopig vogeltje. Vogels konden toch niet treurig zijn? Dat hoorde niet. Maar toen schoot hem te binnen dat er treurige gedichten uit de romantiek bestonden waarin vogels een grote rol speelden. En *The Raven*, dat kon je toch moeilijk een vrolijk gedicht noemen.

Toen het diner afgelopen was, bracht Jamie dronken, maar in een juichstemming een toast uit op alle viervoetige wetsovertreders van de wereld. Everett liep met Jody en Beatrice naar huis. Ze woonde nog steeds in Simons flat.

'Maar niet lang meer,' zei ze. Ze keek vol vertwijfeling naar de hond. 'Het is alleen maar vanwege Beatrice, en het zal niet lang...'

Everett sloeg zijn arm om haar heen. Hij nam haar mee naar binnen en zette een pot kruidenthee. Ze zaten in Simons woonkamer, hij op de voetenbank, zij in de leren stoel, en dronken thee terwijl de oude hond zwaar ademend tussen hen in op de vloer lag.

Polly en George vierden Thanksgiving in hun eigen flat. Ze hadden het gescheiden-oudersprobleem aangepakt door ze allebei uit te nodigen, in de overtuiging dat ze dan geen van beiden zouden komen. Alexandra en Laura waren ook uitgenodigd en die kwamen wel, net als hun honden. Kaiya sjeesde door de flat, achternagezeten door de totaal opgewonden Howdy, terwijl Jolly was opgesloten in Georges kamer waar je haar zo nu en dan kon horen keffen. Polly had erop gestaan om kalkoen te maken, maar die was op het laatste moment kant-en-klaar besteld bij Fresh Direct. Toen het diner was afgelopen, verplaatsten ze zich naar de bank en de stoelen aan weerszijden daarvan. Polly overzag haar domein met trots. Ze woonde in een huis waar ze gasten kon ontvangen voor Thanksgiving. Dit was haar appartement, met uitzondering van Georges kamer dan, en dat telde niet echt want daar had ze hem zelf in gezet. Ze liet haar blik gaan door de weinig uitgesproken huiskamer en haar hart zwol op van huiselijke triomf. Ze keek naar het raam waar de IKEA-kaars brandde op het altaartje voor de ongelukkige vorige huurder. Ze vond het erg jammer dat hij zo ongelukkig was geweest in dit huis waarvan zij zo veel was gaan houden.

Op aanraden van George hield Alexandra een staatje bij van Jolly's gedrag, en terwijl George op de bank een stukje van haar appeltaart zat te eten, liep ze met het notitieboekje naar hem toe.

'Waar heb je die taart gekocht?' vroeg hij. 'Die is echt heerlijk.'

'Zelf gemaakt.'

Ze sloeg het notitieboekje open.

'Echt lekker,' zei hij weer. Alexandra had altijd heerlijk gebak in haar flat. Het was net als bij zijn oma: muffins, cakes en taarten. Het was nooit bij hem opgekomen dat Alexandra dat allemaal zelf maakte. Zijn oma deed dat in elk geval niet.

Hij keek naar de pagina in het notitieboekje.

Woensdag
6.00 grommend waker geworden.
8.00 uitlaten: viel uit naar hardloper; ging gehoorzaam zitten, deed niets tegen fietser, gromde tegen kind: viel niet uit.
8.30 gegeten, viel 2 minuten staart aan. Sliep op kleed in de zon.
10.15 werd wakker, viel waszak aan die ik vast had, kleine beet in pols.
10.30-12.00 geslapen op hondenbed; 4 ronddraaiingen op hondenbed (tegen de klok in: 4 min., 2 min., 1 min., 3 min.).
12.00-13.00 uitgelaten (gehapt naar skateboarder, maar niet naar man in rolstoel!) gespeeld met speeltjes.
13.00-14.00 gewerkt aan commando 'af' en 'blijf', gehapt naar mijn hand (bovenkant rechterhand, geen bloed!!!).
14.00-15.00 geslapen onder bureau, 2 ronddraaiingen (met de klok mee; 2 min., 3 min.).
15.00 heel aanhankelijk.
15.30 geprobeerd hem te borstelen, naar me gehapt.
16.00 sprong op bed, ging eraf op commando, grommen met af en toen ronddraaien, bloed op linkerachterpoot, tot 16.40.
16.50 uitlaten, geen incidenten, naar werk.
2.30 op bed. Grommen en janken ca. 1,5 uur.

'Wat vind je er ervan?' vroeg Alexandra, onzeker maar toch hoopvol.

Het enige wat George vond, was dat 'ronddraaien' een interessante omschrijving was voor wat Jolly deed. Het leek er een beetje op alsof de hond een ritje maakte in een klein hondenautootje. Maar wat Alexandra 'ronddraaien' noemde was een soort aanval van razernij en geweld, een explosie van gegrom die George had gezien toen hij voor het eerst in Alexandra's flat was. Hij keek naar Alexandra's verslag van Jolly's gedragingen en kon wel huilen.

'Ja, eh...'

'Kijk nou,' zei ze enthousiast, en ze legde haar vinger op de bladzijde. 'Eén keer uitlaten zonder problemen. En minder ronddraaiingen dan de dag daarvoor.'

Zorgvuldig gingen ze door het verslag en noteerden wat er 's morgens, 's middags en 's avonds gebeurde. Kwam het door het eten? Slaap? Training? Er was geen duidelijk patroon en George begon een beetje de moed te verliezen. Maar hij wilde haar niet laten zakken. Alexandra's notitieboekje was net zo nauwkeurig als Darwins beschrijving van de groei van klimplanten. Hoe zou hij het kunnen opgeven met Alexandra's hond?

De afgelopen weken had hij bijna elke vrij moment aan Jolly besteed. Hij had hem eraan laten wennen te worden aangehaald met behulp van een handschoen op de steel van een pollepel, en vervolgens door zijn eigen hand. Hij had hem geleerd te gaan zitten als er een rolstoel aankwam in plaats van de eigenaar aan te vallen, en om alleen in een kamer te blijven zonder het vel van zijn eigen lijf te scheuren. Maar zo gauw hij Jolly iets had geleerd, en zodra hij hem iets had afgeleerd, kwam Jolly onmiddellijk met een nieuw idee. Nu viel hij wandelaars en hardlopers aan. En wanneer de mensen op straat hem wilden aaien, vloog hij niet naar hun handen maar naar hun gezicht. Het gesis van karbonaadjes in de pan lokte een heftige aanval op zijn eigen poten uit, net zoals reggaemuziek en het geluid van de douche. Nadat Jolly de man die onder Alexandra op de begane grond woonde had gebeten, iemand met twee chihuahua's en daardoor boordevol begrip, probeerde George Jolly te laten wennen aan een zacht muilkorfje. Maar de hond verdroeg het ding niet langer dan een paar seconden en viel zichzelf daarna als een gek aan, met het schuim op zijn kaken en onder angstaanjagend gekef.

George was helemaal aan deze hond verslingerd geraakt, dit valse secreet, zoals Polly hem noemde, en tijdens dit proces was hij zonder het zelf te willen aan Alexandra verslingerd geraakt. Ze zagen elkaar elke dag, en soms ook zonder Jolly. Hij had Alexandra nog nooit mee uit gevraagd, haar aangeraakt of zelfs maar met haar geflirt. Maar zijn pogingen om Jolly te helpen hadden zich ontwikkeld tot een soort vrijage.

'Ik zal die man in Cornell e-mailen, over wie ik je heb verteld,' zei George. 'Hij denkt dat de dierenarts gelijk heeft, het lijkt niet op epilepsie. Maar hij heeft me wel een paar werkjes over autisme gestuurd die me aan het denken hebben gezet.' Hij slaakte een zucht. Zijn ideeën waren op. 'We kunnen nog altijd de dierenpsychiater proberen,' zei hij een beetje verslagen.

'Arme George,' zei Alexandra, en ze legde haar hand op de zijne.

Polly stond in de keuken te hannesen met het karkas van de kalkoen, maar ze was dichtbij genoeg om te verstaan waar haar broer en Alexandra het over hadden.

Arme George, dacht ze. Alexandra woonde samen met een volkomen psychotische hond, en ze zei arme George tegen hem? Toen glimlachte Polly, en ze vroeg zich af of ze zich misschien voorlopig niet zo druk hoefde te maken om een geschikte vriendin voor haar broer te zoeken.

Met Thanksgiving was Doris met Harvey in Bedford bij haar zus Natalie. Het diner was een grootse aangelegenheid, allemaal buren die hun met zorg voorbereide bijdragen leverden. De heerlijke geuren en het geroezemoes over wie wat had gemaakt, gaven het huis een feestelijke sfeer. Doris had een vulling gemaakt vol met noten, oesters, bourbon en ambachtelijk brood. Haar zus, met een schoon, gesteven linnen schort voor, deed de deur open. Doris overhandigde Natalie de braadpan en legde erbovenop de flyers van de Taakeenheid Buurtverbetering. Ze wilde dolgraag Natalie vertellen over haar geweldige overwinning met betrekking tot de honden van de Go Go Grill. Geholpen door de uitermate efficiënte gezondheidsdeskundige, natuurlijk.

'Is dit het recept?' vroeg Natalie, en ze keek naar de flyer.

'Nee, alleen maar...'

Maar Natalie had de braadpan al neergezet en was de flyer aan het lezen. Hoewel haar teint niet zo onnatuurlijk oranje was als die van haar zus, had haar gezicht wel de neiging een dieprode kleur te krijgen als ze zich ergens over opwond. Doris, die al sinds hun kindertijd wist wat die kleur betekende, zag met ontsteltenis dat zich vanuit haar zusjes nek een paarse gloed over haar gezicht verspreidde.

'Dit is misdadig!' zei Natalie duidelijk articulerend, op een toon die ze alleen voor de allerergste vergrijpen reserveerde. 'Goeie god...'

'Ja, dat vond ik nou ook, en...'

Maar Doris had haar mond nog niet opengedaan of haar zus tastte in de zak van haar schort en haalde er een harig balletje uit.

'Dat is toch misdadig, waar of niet, Fredericka?' zei ze tegen de bal 'En ordinair. "Plas niet op mij." Laat me niet lachen.'

De bal, die twee zwarte oogjes op Doris richtte, trilde een beetje als antwoord.

'Dit is mijn zus,' zei Natalie, die het weer tegen de bal had. 'En dit,' zei ze, en ze hield het pluizige geval voor Doris' gezicht, 'is mijn Fredericka.'

Doris deinsde achteruit. Wat was dat? Een halfaap?

Fredericka begon te blaffen, een hoog, verrassend hard blafje.

Doris keek naar wat ze nu als een hond herkende en toen naar haar zus, en met het idee dat dit was wat van haar werd verwacht, stak ze aarzelend haar hand uit en raakte het pluizige lijfje van het hondje aan. Het hondje begon te piepen en ze trok haar hand terug, maar toch had ze even het zachte vachtje gevoeld en het vogelachtige lijfje dat trilde en bibberde.

'Heeft hij het koud?' vroeg ze. 'Hij bibbert.'

'Goeie god,' zei Natalie weer, en ze keek naar de flyer. 'Hoe kan iemand? "Viervoeters". En die arme schatten nog bedreigen ook. Je hebt dit toch zeker wel aan dat gemeenteraadslid van je laten zien?'

'O, zeker,' zei Doris gedwee.

Harvey had de hele tijd zwijgend naast haar gestaan, maar nu zei hij: 'Doris zit hier bovenop.' Hij grijnsde naar zijn vrouw, gaf haar een bemoedigend kneepje in haar arm en ging kijken hoeveel doelpunten er waren gevallen.

Doris keek hem na terwijl Natalie Fredericka aan haar gaf. Ze vertelde dat het hondje een Engelse dwergkees was en dat ze in een theekop paste, natuurlijk niet in die ouderwetse, maar in die je tegenwoordig had voor cafe latte.

Doris hoorde nauwelijks wat ze zei. Ze stond nog te trillen vanwege het misverstand dat bijna geen misverstand was geweest. Harvey had haar beschermd. Als een ridder had hij haar eer verdedigd en haar geheim bewaard.

Natalie moest niesen en stopte Fredericka terug in de zak van haar schort, waarna ze een papieren zakdoek tevoorschijn haalde.

'Ziet Harvey er niet goed uit vanavond?' vroeg Doris toen haar kalende echtgenoot met gekromde rug wegschuifelde.

'Harvey?' vroeg haar zus nogal verbaasd, en ze snoot haar neus.

'Ja,' zei Doris zacht en bijna eerbiedig. 'Harvey.'

VIJFENTWINTIG
'Ik bedoel, niet alleen wat de hond betreft'

Het leek alsof de zon het bijna helemaal had opgegeven en zich nauwelijks meer liet zien op deze korte winterdagen. Op een wel heel korte, winterse zaterdag liepen Polly en Laura onder de treurige loodgrijze hemel naar huis, nadat ze hadden gewinkeld in Lower East Side. Het was koud maar niet prikkelend. Anonieme groepjes mensen passeerden elkaar haastig in het halfdonker.

'Zo zou de hel eruitzien als het er niet heet zou zijn,' zei Polly. 'Of juist ijskoud. Gewoon, als de hel alleen maar... naar was.'

Laura nam niet de moeite hierop te reageren, maar dat kon Polly niets schelen. Ze was tevreden over haar formulering en glimlachte in zichzelf, misschien kwam het daardoor dat ze langs Jody liep zonder haar te zien.

Jody zag haar jonge vriendin al op een afstandje aan komen lopen en stond op het punt haar gedag te zeggen, met haar mond halfopen, zoals je doet wanneer je hallo wilt roepen. Maar toen ze merkte dat Polly haar niet zag, deed ze haar mond weer dicht en vervolgde haar weg. Ze had zich niet kunnen onttrekken aan een optreden van een oude vriend van haar, een cellist, en nu haastte ze zich vol schuldgevoel naar huis, naar Beatrice.

Nog voordat ze de deur had opengedaan, wist ze dat haar hond dood was. Er ontbrak iets toen ze de sleutel omdraaide, het geschuifel van oude poten, getik, een begroeting. Ze trof Beatrice aan op haar nieuwe hondenbed, haar grote kop op haar ingetrokken voorpoten. Ze had haar ogen dicht. Jody ging op de grond naast haar liggen en barstte in tranen uit.

Dagenlang ging ze de deur niet uit. Iemand van de dierenarts kwam Beatrice ophalen, maar Jody bleef binnen. Everett belde herhaalde malen om te vragen hoe het met Beatrice was, maar ze nam de telefoon niet op, en liet hem op het antwoordapparaat inspreken. Haar ouders belden op, en ze deed haar uiterste best om kalm en vriendelijk over te komen zodat ze niet de drang zouden voelen haar binnenkort weer te bellen. Ze zat dagenlang in Simons stoel en probeerde de vermoeiende herhaling van noten tijdens de pianoles boven haar te negeren terwijl ze naar de deprimerende winterse tuin keek. Ze sliep in Simons bed, of dat probeerde ze althans. Woelend raakte ze verstikt in de lakens, ze staarde naar het donkere plafond en drukte het kussen tegen haar gezicht om haar snikken te smoren. Ze huilde zo vaak en zo hard dat ze er zelf van schrok. Ze bestelde eten in een café en liet dat vervolgens onaangeroerd staan. Ze had tegen school gezegd dat ze griep had, want hoe kan ik ze ooit aan het verstand brengen dat ik om mijn hond aan het rouwen ben? dacht ze.

Na een week ging ze weer naar buiten en maakte ze dezelfde wandeling als ze met Beatrice deed, door het kale, modderige park, en ze ging op koude banken zitten. De vijver was levenloos, donkergrijs en claustrofobisch, de bomen druilerig en droefgeestig. Zelfs de vogels, alleen maar een paar kraaien, hadden iets griezeligs, iets van een begrafenisstoet met hun zwarte silhouet en harde gekras. Ze sleepte zich weer terug naar het appartement, ging op de vloer liggen en probeerde zich voor te stellen wat Beatrice' laatste gedachten zouden zijn geweest. Maar ze wist niet eens wat honden dachten als ze het heel erg naar hun zin hadden. Eigenlijk kende ze niemands gedachten. Jody drukte haar gezicht op het hondenbed dat ze had aangeschaft om Beatrice' laatste dagen zo aangenaam mogelijk te maken. Ze had zichzelf er nog niet toe kunnen brengen het weg te halen. Na een poosje stond ze op en keek de kamer rond waarin ze zo veel tijd had doorgebracht. Ze zou de volgende dag teruggaan naar haar eigen flat, en ze dacht dat ze maar moest beginnen met inpakken van de dingen die ze de afgelopen maanden van haar eigen huis naar Simon had meegenomen. Ze vroeg zich af of ze het hondenbed mee naar huis moest nemen. Het was gemaakt van traagschuim met een roze en bruin gestreept overtrek. Natuurlijk zou ze het meenemen. Het was Beatrice' bed. Ze kon het hier niet laten liggen. En ze kon het absoluut niet weggooien. Zouden mensen dat vreemd vinden, een groot roze met bruin hondenbed in een klein flatje, zonder hond?

Er waren helemaal geen mensen om dat vreemd te vinden, dacht ze, en zorgvuldig pakte ze Beatrice' speeltjes in een plunjezakje.

Op dat moment rende George vanaf de ondergrondse naar het restaurant. Hij had de hele dag in Westchester gewerkt met een ongehoorzame wheaten terriër die eigendom was van een vriendin van Alexandra's moeder. Door verveling en gebrek aan beweging in het kleine tuintje waarin hij de hele dag zat, was de hond recalcitrant en bang wanneer hij af en toe op straat werd uitgelaten. Zelfs voor huisdieren waren buitenwijken lastige en onnatuurlijke plekken om te wonen, dacht George.

Hij liep snel over Broadway en inhaleerde de ijle, bittere lucht. De vuile kleur van de hemel overdag was overgegaan in winterse duisternis. Mensen liepen ineengedoken en slecht gehumeurd in hun kleurloze dikke jassen. Maar George was dolblij. Die morgen was hij lid geworden van de Vereniging van Hondentrainers. Hij had zich ingeschreven voor een cursus met de naam Nieuwe Ontwikkelingen voor Hondentrainers. Ik ben een Nieuwe Hondentrainer, dacht hij, en hij schudde ongelovig zijn hoofd en trok toen zijn wollen muts dieper over zijn oren. Bij de VVHT, waar hij was begonnen als vrijwilliger, had de trainer die hij assisteerde hem een echte parttime baan aangeboden. Hem, George, de belabberde ober en middelmatige barkeeper, de man van twaalf ambachten en dertien ongelukken, het zogenaamde wonderkind zonder portefeuille.

'Weet je waarom, George,' zei hij bij zichzelf. 'Je bent denk ik, nou ja, je bent gewoon... begaafd.'

Eindelijk, dacht George min of meer verlegen, en hij keek naar zijn schoenen terwijl hij over straat liep die opeens glinsterde door de piepkleine stukjes mica in het asfalt. Eindelijk, eindelijk.

Hij kwam een kwartier te laat op zijn werk. Jamie keek hem met een uitdrukking van wanhoop aan, maar hij zei niets. Hoewel George hoopte dat hij binnenkort met dit werk zou kunnen stoppen, kwam het hem nu nog niet goed uit als hij werd ontslagen. Hij beloofde plechtig dat hij zijn baantje als hondentrainer wat beter zou plannen, en zorgde ervoor dat het eruitzag alsof hij het heel druk had door glazen te schikken en energiek de bar schoon te poetsen. Net toen hij een citroen in partjes stond te snijden, kwam Jody binnen. Hij had haar al in geen weken gezien. Ze zag er verschrikkelijk uit, mager en bleek met donkere kringen onder haar ogen. Hij wilde haar vragen of ze ziek was geweest, maar hij bedacht dat dat misschien wel net zoiets was als iemand vragen of ze zwanger is, terwijl ze alleen maar dik is.

Jody ging aan de bar zitten en bestelde een Jack Daniel's ter nagedachtenis aan Simon, en lamskoteletten uit een soort verzet tegen hem.

'Beatrice is dood,' zei ze tegen George. 'Mijn Beatrice.'

George keek naar de plek waar Howdy altijd lag, en dacht dat dat afschuwelijke bezoekje van de gezondheidsdeskundige in elk geval één voordeel had gehad: geen gezonde jonge hond die Jody's verdriet alleen nog maar erger zou maken. Zelfs Jamies honden, die een stuk minder bedreigend waren omdat ze niet zo mooi waren, mochten niet meer lekker lui liggen snurken aan Georges voeten.

'Dat vind ik heel naar voor je.'

Jody bedankte hem voor zijn medeleven, maar zo te zien had ze geen zin om te praten en George ging weer verder met zijn werk aan de bar, waarbij hij was overgegaan tot het in partjes snijden van een limoen. Ondanks Jody werd hij vrolijk van de geur van de limoen. Hij kon er niets aan doen dat hij blij was. Gisteren was hij naar Brooklyn gegaan om Jolly te leren door een gele hoelahoep te springen. Hij had het ding meegenomen in de ondergrondse en daarmee bewondering geoogst van een jongetje dat tegenover hem zat. Hij voelde zich net een opgewonden clown, en hij had het idee dat hij zelf wel door die hoepel wilde springen.

'Ik weet niet wat ik zonder je zou moeten,' had Alexandra gezegd toen hij klaar was met de training en Jolly op haar rug lag uitgestrekt.

'Ik heb niks gedaan,' zei George, die zich afvroeg hoelang dat arme hondje zo rustig zou kunnen blijven liggen. Een uur? Drie uur? Een kwartier? Misschien was hij moe geworden van de hoelahoep en sliep hij de hele nacht door. Maar misschien ook niet.

'Ik bedoel, niet alleen wat de hond betreft,' zei ze. 'Niet alleen wat de hond betreft.'

Toen had hij haar vastgegrepen en haar gekust, zoals hij al maanden had willen doen en zij had hem teruggekust.

Deze avond zou hij haar in de stad van haar werk afhalen en met de ondergrondse naar Brooklyn gaan. Ze konden de volgende dag de hele tijd bij elkaar zijn, in het bed onder het raam, met uitzicht op het Vrijheidsbeeld.

Doris stond in de deuropening van het restaurant met een vage uitdrukking van afkeuring op haar gezicht. De barkeeper stond zoals gewoonlijk weer te dagdromen. Jamie moest echt de teugels wat strakker aanhalen. Ze had gedaan wat ze kon om hem te stimuleren om zijn zaak meer op orde te krijgen, maar de rest moest hij toch echt zelf doen.

Ze zag een vrouw aan de bar die haar vaag bekend voorkwam, Doris kon haar niet echt thuisbrengen, maar toch had ze een onbestemd gevoel dat ze haar niet vertrouwde. Maar ze zou in elk geval kunnen proberen haar voor haar campagne te werven. Gemeenteraadslid. Wat klonk dat lekker. Natuurlijk vond Mel het maar niets, en na alles wat hij voor haar had gedaan, was het misschien ook niet zo aardig, maar nu kon ze niet meer terug. Toen de school haar had voorgesteld om met pensioen te gaan, was bij haar het idee opgekomen om in de politiek te gaan, en dat idee had haar niet meer losgelaten.

'Hoe gaat het met je?' zei ze tegen de vrouw, een treurig, eenzaam wezentje. Doris dacht dat ze haar had laten schrikken want de vrouw kromp in elkaar, bijna alsof ze bang was. 'Je woont toch in de buurt?' ging Doris verder, en terwijl ze wachtte op de soep om mee naar huis te nemen, vertelde ze de vrouw over de ophanden zijnde voorverkiezing en gaf haar een folder waarin haar partijprogramma stond vermeld.

Jody keek haar vol ongeloof aan. Dit was dat mens met de witte suv, die euthaniseerster van pitbulls, de gesel van het restaurant, die roddelende, verlinkende verraadster, haar grote schrik en nachtmerrie, haar gezworen vijand, en die stond daar maar te kletsen en te lachen en probeerde haar te interesseren voor de een of andere politieke campagne. Ze dacht aan al die keren dat Beatrice tegen de banden van die grote auto had geplast. Wat een brave hond was Beatrice geweest, altijd recht op de auto af, alsof ze haar instinct volgde. Jody luisterde niet echt, maar keek vervuld van afschuw naar de pratende Doris. Dat gezicht, zo oranje als een mandarijn, kleine achterdochtige oogjes, een zwaaiende vinger en toen... vanuit haar jas, vanuit de opening tussen twee knopen, op een plek waarvan je redelijkerwijs mocht aannemen dat zich daar borsten bevonden, kwam een harig kopje tevoorschijn.

'Fredericka!' zei Doris, en ze aaide over het kopje. 'Krijg je het een beetje benauwd daarbinnen?'

Fredericka liet een schel kefje horen.

Jody kon er niets aan doen, maar ze schoot in de lach. Het was de eerste keer sinds lange tijd dat ze lachte.

'Ik heb haar van mijn zus gekregen, is ze niet snoezig? Natalie was allergisch voor haar. Hoe kan iemand nou allergisch voor Frederickaatje zijn? Ik heb nooit van hondjes gehouden tot Fredericka in mijn leven kwam, hè Fredericka? Ik hield er niet van, tante Doris hield niet van...'

'Er mogen hier geen honden binnen,' zei Jody, op een toon waarvan ze hoopte dat het sarcasme ervan af droop. 'Niet meer,' voegde ze er venijnig aan toe.

'Ik heb haar ook mee naar school genomen, en van de directeur mocht je daar ook niet binnen, hè, Fredericka? Maar we trokken ons lekker niks van hem aan.'

Jody staarde verbijsterd naar het mens dat babytaal stond te brabbelen tegen het dwergkeesje in haar jas. Misschien was ze wel aan het testen of Jamie zich aan de gezondheidsvoorschriften hield. Of was ze gewoon niet goed snik?

'Geen honden,' zei George vermoeid vanaf de andere kant van de bar.

'Wat nou hond?' reageerde Doris zogenaamd onnozel terwijl ze het kleine harige snuitje weer terug in haar jas duwde. 'Hoezo hond?'

Jody keek met een gevoel van opluchting naar haar vijandin toen die met bontjas en het ratachtige hondje dat daarin zat het restaurant verliet. Ze at haar bord leeg en vol vertedering dacht ze terug aan Beatrice en de ontheiliging van de witte SUV.

Everett zag haar daar zitten met een afwezige uitdrukking op haar gezicht en aarzelde even of hij wel bij haar zou gaan zitten. Jody had zijn telefoontjes niet beantwoord, waardoor hij nog meer aan haar was gaan denken. Eigenlijk moest hij aldoor aan haar denken. Met Thanksgiving had hij zo'n beschermend gevoel voor had gehad. Haar kwetsbaarheid had hem treurig gemaakt, maar hem ook aangetrokken. Haar ooit zo vriendelijke en voorkomende manier van doen was totaal veranderd, en hij leefde met haar mee, want hij had ook een geliefde en een hond verloren.

En daar zat ze dan. Nog steeds kwetsbaar, nog steeds een beetje eng door haar kwetsbaarheid, maar door een week lang onbeantwoorde telefoontjes stond zijn besluit vast. Hij ging naast haar zitten en kuste haar op de wang.

'Hè, wat heerlijk om je te zien,' zei hij.

Jody keek verrast maar ook blij op.

'Ik heb aan je gedacht,' zei hij. 'Aan jou en Beatrice. Onafgebroken.'

'Ze is dood,' zei Jody.

'Daar was ik al bang voor. Ik bedoel, toen je de telefoon niet opnam...'

Ik had ook weg kunnen zijn, dacht Jody. Op reis voegde ze er in gedachten recalcitrant aan toe. Maar dat zou idioot zijn geweest, en Everett had tenslotte aan haar gedacht. Aan haar en aan Beatrice.

'Sorry,' zei ze. 'Ik had je moeten bellen. Alleen...'

'Ik snap het wel,' zei Everett.

Jody keek Everett aan. Hij lachte niet. Hij was niet knap. Hij was geen god. Hij was ernstig, hij was teder, hij hield haar hand vast.

'Ja,' zei ze, alweer een beetje verrast. 'Ik denk dat je het snapt.'

Epiloog

Jody wachtte nog een paar weken voordat ze Everett de blauwe trui gaf die ze maanden geleden voor hem had gebreid. Soms betwijfelde Jody of Everett wel zo'n goed mens was als Simon. Hij was zeker niet zo goed als minnaar, maar ze was verliefd op hem en dus ontdekte ze dat haar dat niet zoveel kon schelen. Tot mijn genoegen kan ik melden dat ze in juli zijn getrouwd en een hond hebben genomen, een rank vuilnisbakje dat ze Clio hebben genoemd en dat tussen hen in slaapt. Simon is verhuisd naar de snoezige cottage met de nog snoezigere tuin in Virginia, waar hij inmiddels bekendstaat als een van de populairste en actiefste leden van de jachtvereniging. Het zal niemand verbazen dat George bij Alexandra in Brooklyn woont onder de goedkeurende blik van het Vrijheidsbeeld. Hij heeft zijn baan in het restaurant opgezegd en traint nu fulltime honden. En ik heb gehoord dat hij daar een behoorlijk inkomen aan heeft. Zijn belangrijkste, meest tijdrovende en frustrerende klant is en blijft Jolly. De tweeling van Jamie zit op de peuterschool van hun keuze, na een royale bijdrage. Doris heeft echter geen zetel in de gemeenteraad gekregen. Om haar te troosten heeft Harvey nog een dwergkeesje voor haar gekocht, een mannetje dat luistert naar de naam Franklin. Ze heeft met de hondjes gefokt en een van de twee pups heeft ze verkocht en de andere heeft ze gehouden. Polly is inmiddels over haar verdriet om Chris heen, maar voor zover ik weet is er nog geen plaatsvervanger, hoewel George haar steeds met blind dates opzadelt. Ze woont nog steeds in dezelfde flat waar haar vriendin Laura nu de vroegere kamer van George huurt. En bijna iedere ochtend, het hele jaar door, zie je twee mooie meisjes hun grote, dartele honden uitlaten onder de hoge bomen van Central Park.